# 莎士比亚喜剧集

Shakespeare's comedies

[英] 莎士比亚◎著　朱生豪◎译



煤炭工业出版社

·北　京·

**图书在版编目（CIP）数据**

莎士比亚喜剧集／（英）莎士比亚著；朱生豪译．
--北京：煤炭工业出版社，2016（2022.3 重印）
ISBN 978-7-5020-5089-4

Ⅰ.①莎…　Ⅱ.①莎…　②朱…　Ⅲ.①喜剧—剧本—作品集—英国—中世纪　Ⅳ.①I561.33

中国版本图书馆 CIP 数据核字(2015)第 305328 号

**莎士比亚喜剧集**

**著　　者**　（英）莎士比亚
**译　　者**　朱生豪
**责任编辑**　刘少辉
**责任校对**　郭浩亮
**封面设计**　新吉乐夫
**封面插画**　严文胜

**出版发行**　煤炭工业出版社（北京市朝阳区芍药居 35 号　100029）
**电　　话**　010-84657898（总编室）
010-64018321（发行部）　010-84657880（读者服务部）
**电子信箱**　cciph612@126.com
**网　　址**　www.cciph.com.cn
**印　　刷**　唐山楠萍印务有限公司
**经　　销**　全国新华书店

**开　　本**　710mm×1000mm 1/16　**印张**　17　**字数**　230 千字
**版　　次**　2016 年 1 月第 1 版　2022 年 3 月第 4 次印刷
**社内编号**　7940　**定价**　58.00 元

# 目　录

# 驯悍记

## 剧中人物

贵　族

克利斯朵夫·斯赖　补锅匠

酒店主妇、小童、伶人、猎奴、从仆等

（以上：序幕中的人物）

巴普提斯塔　帕度亚的富翁

文森修　披萨的老绅士

路森修　文森修的儿子，爱恋比恩卡者

彼特鲁乔　维洛那的绅士，凯瑟丽娜的求婚者

葛莱米奥
霍坦西奥
（以上：比恩卡的求婚者）

特拉尼奥
比昂台罗
（以上：路森修的仆人）

葛鲁米奥
寇提斯
（以上：彼特鲁乔的仆人）

老学究　假扮文森修者

凯瑟丽娜　悍妇
比恩卡
（以上：巴普提斯塔的女儿）

寡妇

裁缝、帽匠及巴普提斯塔、彼特鲁乔两家的仆人

## 地　点

帕度亚；有时在彼特鲁乔的乡间住宅

# 序　幕

## 第一场　荒村酒店门前

女店主及斯赖上。

斯　赖　我揍你！

女店主　把你上了枷、带了铐，你才知道厉害，你这流氓！

斯　赖　你是个烂污货！你去打听打听，俺斯赖家从来不曾出过流氓，咱们的老祖宗是跟着理查万岁爷一块儿来的。给我闭住你的臭嘴；老子什么都不管。

女店主　你打碎了的杯子不肯赔我吗？

斯　赖　不，一个子儿也不给你。骚货，你还是钻进你那冰冷的被窝里去吧。

女店主　我知道怎样对付你这种家伙，我去叫官差来抓你。（下）

斯　赖　随他来吧，我没有犯法，看他能把我怎样。是好汉决不逃走，让他来吧。（躺在地上睡去）

号角声。猎罢归来的贵族率猎奴及从仆等上。

贵　族　猎奴，你好好照料我的猎犬。可怜的茂里曼，它跑得嘴唇边流满了白沫！把克劳德和那大嘴巴的母狗放在一起。你没看见锡尔佛在那篱笆角上，居然会把那失去了踪迹的畜生找到吗？人家就是给我20镑，我也不肯把它转让出去。

猎奴甲　老爷，培尔曼也不比它差呢；它闻到一点点臭味就会叫起来，今天它已经两次发现猎物的踪迹。我觉得还是它好。

贵　族　你知道什么！爱柯要是脚步快一些，可以抵得过20条这样的狗哩。可是你得好好饲养它们，留心照料它们。明天，我还要出来打猎。

猎奴甲　是，老爷。

贵　族　（见斯赖）这是什么？是个死人，还是喝醉了？瞧他有气没有？

猎奴乙　老爷，他在呼吸。他要不是喝醉了酒，不会在这么冷的地上睡得这么熟的。

贵　族　瞧这蠢东西！他躺在那儿多么像一头猪！一个人死了以后，那样子也不过这样难看！我要把这醉汉作弄一番。让我们把他抬回去放在床上，给他穿上好看的衣服，在他的手指上套上许多戒指，床边摆好一桌丰盛的酒食，穿得齐齐整整的仆人侍候着他，等他醒来的时候，这叫花子不是会把他自己也忘记了吗？

猎奴甲 老爷，我想他一定想不起来他自己是个什么人。

猎奴乙 他醒来以后，一定会大吃一惊。

贵　族 就像置身在一场美梦或空虚的幻想中一样。你们现在就把他抬起来，轻轻地把他抬到我的最好的一间屋子里，四周的墙壁上挂满了我那些风流的图画，用温暖的香水给他洗头，房间里熏起芳香的栴檀，还要把乐器预备好，等他醒来的时候，便弹奏起美妙的仙曲来。他要是说什么话，就立刻恭恭敬敬地低声问他；“老爷有什么吩咐？”一个仆人捧着银盆，里面盛着浸满花瓣的蔷薇水，还有一个人捧着水壶，第三个人拿着手巾，说：“请老爷洗手。”那时另外一个人就拿着一身华贵的衣服，问他喜欢穿哪一件；还有一个人向他报告他的猎犬和马匹的情形，并且对他说他的夫人见他害病，心里非常难过。让他相信他自己曾经疯了；要是他说他自己是个什么人，就对他说他是在做梦，因为他是一个做大官的贵人。你们这样用心串演下去，不要闹得太过分，一定是一场绝妙的消遣。

猎奴甲 老爷，我们一定用心扮演，让他看见我们不敢怠慢的样子，相信他自己真的是一个贵人。

贵　族 把他轻轻抬起来，让他在床上休息一会儿，等他醒来的时候，个人都按照各自的职分好好做去。（众人抬斯赖下；号角声）来人，去瞧瞧那吹号角的是什么人。（一仆人下）也许有什么过路的贵人，要在这儿暂时歇脚。

仆人重上。

贵　族 啊，是谁？

仆　人 启禀老爷，是一班戏子要来侍候老爷。

贵　族 叫他们过来。

众伶人上。

贵　族 欢迎，列位！

众　伶 多谢大人。

贵　族 你们今晚想在我这里耽搁一夜吗？

伶　甲 大人要是不嫌弃的话，我们愿意侍候大人。

贵　族 很好。这一个人很面熟，我记得他曾经扮演过一个农夫的长子，向一位小姐求爱，演得很不错。你的名字我忘了，可是那个角色你来演恰如其分，一点不做作。

伶　甲　您大概说的是苏多吧。

贵　族　对了，你扮演得很好。你们来得很凑巧，因为我正要串演一幕戏文，你们可以给我不少帮助。今晚有一位贵人要来听你们的戏，他生平没有听过戏，我很担心你们看见他那傻头傻脑的样子会忍不住笑起来，那就要把他气坏了；我告诉你们，他只要看见人家微微一笑，就会发起脾气来的。

伶　甲　大人，您放心好了。就算他是世上最古怪的人，我们也会控制我们自己。

贵　族　来人，把他们领到伙食房里去，好好款待他们；他们需要什么，只要我家里有，都可以尽量供给他们。（仆甲领众伶下）来人，你去找我的童儿巴索洛缪，把他装扮成一个贵妇，然后带着他到那醉汉的房间里去，叫他做太太，需要十分恭敬的样子。你替我吩咐他，他的一举一动必须端庄稳重，就像他看见过的高贵的妇女在她们丈夫面前的那种样子；他对那醉汉说话的时候，必须温柔和婉，也不要忘记了屈膝致敬；他应当说："夫君有什么事要吩咐我，请尽管说出来，好让我稍尽一点做妻子的本分，表示一点对您的爱心。"然后他就装出很多情的样子把那醉汉拥抱亲吻，把头偎在他的胸前，眼睛里流着泪，假装是他的丈夫疯癫了好久，七年以来，始终把自己当作一个穷苦的讨人厌的叫花子，现在他眼看他丈夫清醒过来，所以快活得哭起来了。要是这孩子没有女人随时淌眼泪的本领，只要用一棵葱包在手帕里，擦擦眼皮，眼泪就会来了。你对他说他要是扮演得好，我一定格外宠爱他。赶快去把这事情办好了，我还有别的事要叫你去做。（仆乙下）我知道这孩子一定会把贵妇的举止行动声音步态模仿得很像。我很想听一听他把那醉汉叫作丈夫，看看我那些下人们向这个愚蠢的乡人行礼致敬的时候，怎样努力忍住发笑；我必须去向他们关照一番，也许他们看见有我在面前，自己会有些节制，不致露出破绽来。（率余众同下）

## 第二场　贵族家中卧室

斯赖披富丽睡衣，众仆持衣帽壶盆等环侍，贵族亦作仆人装束杂立其内。

斯　赖　看在上帝的面子上，来一壶淡麦酒！

仆　甲　老爷，要不要喝一杯白葡萄酒？

仆　乙　老爷，要不要尝一尝这些蜜饯的果子？

仆　丙　老爷，今天要穿什么衣服？

斯　赖　我是克利斯朵夫·斯赖，别老爷长老爷短的。我从来不曾喝过什么白葡萄酒黑葡萄酒；你们倘要给我吃蜜饯果子，还是切两片干牛肉来吧。不要问我爱穿什么，我没有衬衫，只有一个光光的背；我没有袜子，只有两条赤裸裸的腿；我的一双脚上难得有穿鞋子的时候，就是穿起鞋子来，我的脚趾也会钻到外面来的。

贵　族　但愿上天给您扫除这一种无聊的幻想！真想不到像您这样一个有权有势、出身高贵、富有资财、受人崇敬的人物，会沾染到这样一个下贱的邪魔！

斯　赖　怎么！你们把我当作疯子吗？我不是勃登村斯赖老头子的儿子克利斯朵夫·斯赖，出身是一个小贩，也曾学过手艺，也曾走过江湖，现在当一个补锅匠吗？你们要是不信，去问曼琳·哈基特，那个温考特村里卖酒的胖婆娘，看她认不认识我；她要是不告诉你们我欠她14便士的酒钱，就算我是天下第一名说谎的坏蛋。怎么！我难道疯了吗？这儿是……

仆　甲　唉！太太就是看了您这样子，才终日哭哭啼啼。

仆　乙　唉！您的仆人们就是看了您这样子，才个个垂头丧气。

贵　族　您的亲戚们因为您害了这种奇怪的疯病，才裹足不进您的大门。老爷啊，请您想一想您的出身，重新记起您从前的那种思想，把这些卑贱的噩梦完全忘却吧。瞧，您的仆人们都在侍候着您，每个人都等候着您的使唤。您要听音乐吗？听！阿波罗在弹琴了，（音乐）20只笼子里的夜莺在歌唱。您要睡觉吗？我们会把您扶到比古代王后特制的御床更为温香美软的卧榻上。您要走路吗？我们会给您在地上铺满花瓣。您要骑马吗？您有的是鞍鞯上镶嵌着金珠的骏马。您要放鹰吗？您有的是飞得比清晨的云雀还高的神鹰。您要打猎吗？您的猎犬的吠声，可以使山谷响应，上彻云霄。

仆　甲　您要狩猎吗？您的猎犬奔跑得比麋鹿还要迅捷。

仆　乙　您爱观画吗？我们可以马上给您拿一幅阿都尼的画像来，他站在流水之旁，西塞利娅隐身在芦苇里，那芦苇似乎因为受了她气息的吹动，在那里摇曳生姿一样。

贵　族　我们可以给您看那处女时代的伊俄怎样被诱遇暴的经过，那情形就跟活的一样。

仆　丙　或是在荆棘林中漫步的达芙妮，她腿上为棘刺所伤，看上去就真像在流着鲜血；伤心的阿波罗瞧了她这样子不禁潸然泪下；那血和泪都被画工描摹得栩栩如生。

贵　族　您是一个不折不扣的贵人；您有一位太太，比世上任何一个女子都要美貌万倍。

仆　甲　在她没有因为您的缘故而让滔滔的泪流满她那可爱的面庞之前，她是一个并世无俦的美人，即以现在而论，她也不比任何女人逊色。

斯　赖　我是一个老爷吗？我有这样一位太太吗？我是在做梦，还是到现在才从梦中醒来？我现在并没有睡着；我看见，我听见，我会说话；我嗅到一阵阵的芳香，我抚摸到柔软的东西。哎呀，我真的是一个老爷，不是补锅匠，也不是克利斯朵夫·斯赖。好吧，你们去给我把太太请来，可别忘记再给我倒一壶最淡的麦酒来。

仆　乙　请老爷洗手。（数仆持壶盆手巾上前）啊，您现在已经恢复神智，知道您自己是个什么人，我们真是说不出地高兴！这 15 年来，您一直在做梦，就是醒着的时候，也跟睡着一样。

斯　赖　这 15 年来！哎呀，这一觉可睡得长久！可是在那些时候我不曾说过一句话吗？

仆　甲　啊，老爷，您话是说的，不过都是些胡言乱语；虽然您明明睡在这么一间富丽的房间里，您却说您被人家打出门外，还骂着那屋子里的女主人，说要上衙门告她去，因为她拿缸子卖酒，不按官家的定量。有时候您叫着西息莉·哈基特。

斯　赖　不错，那是酒店里的一个女侍。

仆　丙　哎哟，老爷，您几时知道有这么一家酒店，这么一个女人？您还说起过什么史蒂芬·斯赖，什么希腊人老约翰·拿普斯，什么彼得·忒夫，什么亨利·品布纳尔，还有一二十个诸如此类的名字，都是从来不曾有过、谁也不曾看见过的人。

斯　赖　感谢上帝，我现在醒过来了！

众　仆　阿门！

斯　赖　谢谢你们，等会儿我重重有赏。

小童扮贵妇率侍从上。

小　童　老爷，今天安好？

斯　赖　喝好酒，吃好肉，当然很好啰。我的老婆呢？

小　童　在这儿，老爷，您有什么吩咐？

斯　赖　你是我的老婆，怎么不叫我丈夫？我的仆人才叫我老爷，我是你的亲人。

小　童　您是我的夫君，我的主人；我是您的忠顺的妻子。

斯　赖　我知道。我应当叫她什么？

贵　族　夫人。

斯　赖　艾丽丝夫人呢，还是琼夫人？

贵　族　夫人就是夫人，老爷们都是这样叫太太的。

斯　赖　夫人太太，他们说我已经做了15年以上的梦。

小　童　是的，这许多年来我不曾和您同床共枕，在我就好像守了30年的活寡。

斯　赖　那真太委屈你啦。喂，你们都给我走开。夫人，宽下衣服，快到床上来吧。

小　童　老爷，请您恕我这一两夜，否则就等太阳西下以后吧。医生们曾经关照过我，叫我暂时不要跟您同床，免得旧病复发。我希望这一个理由可以使您原谅我。

斯　赖　我实在有些等不及，可是我不愿意再做那些梦，所以只好忍住欲火，慢慢再说吧。

一仆人上

仆　人　启禀老爷，那班戏子们说您听见贵体痊愈，想来演一出有趣的喜剧给您解解闷儿。医生说过，您因为思虑过度，所以血液停滞；太多的忧愁会使人发狂，因此他们以为您最好听听戏开开心，这样才可以消灾延寿。

斯　赖　很好，就叫他们演起来吧。你说的什么喜剧，可不就是翻翻筋斗、蹦蹦跳跳的那种玩意儿？

小　童　不，老爷，比那要有趣得多呢。

斯　赖　什么！是家里摆的玩意儿吗？

小　童　他们表演的是一桩故事。

斯　赖　好，让我们瞧瞧。来，夫人太太，坐在我的身边，让我们享受青春，管他什么世事沧桑！（喇叭奏花腔）

# 第 一 幕

## 第一场 帕度亚广场

路森修及特拉尼奥上。

路森修 特拉尼奥，我久慕帕度亚是人文渊薮，学术摇篮，这次多蒙父亲答应，并且在像你这样一位练达世故的忠仆陪同之下，终于来到了这景物优胜的名都。让我们就在这里停留下来，访几个名师益友，研究些有用的学问。比萨城出过不少有名人士，我和我父亲都是在那里诞生的；我父亲文森修是班提佛里家族的后裔，他五湖四海经商立业，积聚了不少家财。我自己是在弗罗棱萨长大成人的，现在必须勤求上进，敦品力学，方才不致辱没家门。所以，特拉尼奥，我想把我的时间用在研究哲学和做人的道理上，在修身养志的功夫里寻求我的乐趣，因为我离开披萨，来到帕度亚，就像一个人从清浅的池沼里跳入汪洋大海中，希望满足他的焦渴一样。你的意思怎样？

特拉尼奥 恕我冒昧，好少爷，我对这一切的想法都和您一样；您能够立志在哲学里寻求至道妙理，使我听了非常高兴；可是少爷，我们一方面向往着仁义道德，一方面却也不要板起一副不近人情的道学面孔，不要因为一味服膺亚理士多德的箴言，而把奥维德的爱经深恶痛绝。您在相识的面前，不妨运用逻辑和他们滔滔雄辩；日常谈话的中间，也可以练习练习修辞学；音乐和诗歌可以开启您的心灵；您要是胃口好的时候，研究研究数学和形而上学也未始不可。学问必须合乎自己的兴趣，方才可以得益，所以，少爷，您尽管拣您最喜欢的东西研究吧。

路森修 特拉尼奥，你这番话说得非常有理。等比昂台罗来了，我们就可以去找一个适当的寓所，将来有什么朋友也可以在那里招待招待。且慢，那边来的是些什么人？

特拉尼奥 少爷，大概这里的人知道我们来了，所以要演一场戏给我们看，表示他们的欢迎。

巴普提斯塔、凯瑟丽娜、比恩卡、葛莱米奥、霍坦西奥同上。路森修及特拉尼奥避立一旁。

巴普提斯塔 两位先生，你们不必向我多说，因为你们知道我的意思是非常坚决的。我必须先让我的大女儿有了丈夫以后，方才可以把小女儿出嫁。你们两位中间倘有哪一位喜欢凯瑟丽娜，那么你们两位都是熟人，我也很敬重你们，我一定答应你们向她求婚。

葛莱米奥 求婚？哼，还不如送她上囚车；我可吃她不消。霍坦西奥，你娶了她吧。

凯瑟丽娜 （向巴普提斯塔）爸爸，你是不是要让我给这两个臭男人取笑？

霍坦西奥 姑娘，您放心吧，像您这样厉害的女人，无论哪个臭男人都会给您吓走的。

凯瑟丽娜 先生，你也放心吧，她是不愿嫁给你的；可是她要是嫁了你，她会用三只脚的凳子打破你的鼻头，把你涂成花脸叫人笑话的。

霍坦西奥 求上帝保佑我们逃过这种灾难！

葛莱米奥 阿门！

特拉尼奥 少爷，咱们有好戏看了。那个女人倘不是个疯子，倒泼辣得可以。

路森修 可是还有那一位不声不响的姑娘，却很贞静娴雅。别说话了，特拉尼奥！

特拉尼奥 很好，少爷，咱们闭住嘴看个饱。

巴普提斯塔 两位先生，我刚才说过的话决不失信，比恩卡，你进去吧；你不要懊恼，好比恩卡，爸爸疼你，我的好孩子。

凯瑟丽娜 好心肝，好宝贝！她要是机灵的话，还是自己拿手指捅捅眼睛，回去哭一场吧。

比恩卡 姐姐，你尽管看着我的懊恼而高兴吧。爸爸，我一切都听您的主张，我可以在家里看看书，玩玩乐器解闷。

路森修 特拉尼奥，你听！好一个贤淑的姑娘！

霍坦西奥 巴普提斯塔先生，您为什么一定这样固执？我们本来是一片好意，不料反而害得比恩卡小姐心里不快乐，真是抱歉得很。

葛莱米奥 巴普提斯塔先生，您难道要她代人受过，因为您那位大令嫒的悍声四播，而把她终身禁锢吗？

巴普提斯塔 请你们不要见怪，我已经这样决定了。比恩卡，进去吧。（比恩卡下）我知道她喜欢音乐诗歌，正想请一位教师在家教授。霍坦西奥先生，葛莱米奥先生，你们要是知道有这样适合的人才，请介绍他到这儿来；我因为希望我的孩子们得到良好的教育，对于有才学的人是竭诚欢迎的。再会，两位先生。凯瑟丽娜，你可以在这儿多玩一会儿；我还要去跟比恩卡说两句话。（下）

凯瑟丽娜　什么，难道我就不可以进去？难道我就得听人家安排时间，仿佛自己连要什么不要什么都不知道吗？哼！（下）

葛莱米奥　你到魔鬼的老娘那里去吧！你的盛情没有人敢领教，谁也不会留住你的。霍坦西奥先生，女人的爱也不是大不了的事，现在你我同病相怜，大家还是回去自认晦气，把这段痴情斩断了吧。可是为了我对于可爱的比恩卡的爱慕，要是我能够找到一个可以教授她功课的人，我一定要把他介绍给她的父亲。

霍坦西奥　葛莱米奥先生，我也是这样的意思。可是我说我们两人虽然站在互相敌对的立场，然而为了共同的利害，在一件事情上我们应当携手合作，否则恐怕我们就是再要为了比恩卡的爱而成为情敌的机会也没有了。

葛莱米奥　愿闻其详。

霍坦西奥　简简单单一句话，给她的姊姊找一个丈夫。

葛莱米奥　找个丈夫！还是找个魔鬼给她吧。

霍坦西奥　我说，给她找个丈夫。

葛莱米奥　我说给她找个魔鬼。霍坦西奥，虽然她的父亲那么有钱，你以为竟有那样一个傻子，愿意娶个活阎罗供在家里吗？

霍坦西奥　嘿，葛莱米奥！我们虽然受不了她那种打骂吵闹，可是世上尽有胃口好的人，看在金钱面上，会把她当作活菩萨一样迎了去的。

葛莱米奥　那我可不知道。可是我要是贪图她的嫁妆，我宁愿每天给人绑在柱子上抽一顿鞭子，作为要她回去的交换条件。

霍坦西奥　正像人家说的，两只坏苹果之间，没有什么选择。可是这一条禁令既然已经使我们两人成为朋友，那么让我们的交情暂时继续下去，直到我们帮助巴普提斯塔把他的大女儿嫁出去，让他的小女儿也有了嫁人的机会以后，再做敌人吧。可爱的比恩卡！不知道哪一个幸运儿捷足先登！葛莱米奥先生，你说怎样？

葛莱米奥　我很赞成。要是能够找到那么一个人，我愿意把帕度亚最好的马送给他，让他立刻前去求婚，赶快和她结婚睡觉，把她早早带走。我们走吧。（葛莱米奥、霍坦西奥同下）

特拉尼奥　少爷，请您告诉我，难道爱情会这么快就把一个人征服吗？

路森修　啊，特拉尼奥！倘不是我自己今天亲身经历，我绝不相信这样的事是可能的。当我在这儿闲望着他们的时候，我却在无意中感到了爱情的力量。特拉尼奥，你是我的心腹，正像安娜是她姐姐迦太基女王狄多的心腹一样，我坦白向你招认了吧，要是我不能娶这位年轻的贞淑的姑娘做妻子，我一定会被爱情燃烧得憔悴而死的。给我想想法子吧，特拉尼奥，我知道你一定能够也一定肯帮助我的。

特拉尼奥　少爷，我现在也不能责怪您，因为爱情进了人的心里，是打骂不走的。它既然到了您的身上，就会占有您的一切。您既然已经爱上了，事情就只好如此，唯一的途径是想个最简单的方法如愿以偿。

路森修　谢谢你，再说下去吧。你的话很有道理，句句说中我的心意。

特拉尼奥　少爷，您那样出神地望着这位姑娘，恐怕没有注意到最重要的一点。

路森修　不，我没有把它忽略过去；我看见她那秀美的容颜，就是天神看见了她，也会向她屈膝长跪，请求她准许他吻一吻她的纤手的。

特拉尼奥　此外您没有注意到什么吗？您没有听见她那姐姐怎样破口骂人，大大地闹了一场，把人家耳朵都嚷聋了吗？

路森修　特拉尼奥，我看见她的樱唇微启，她嘴里吐出的气息，把空气都熏得充满了麝兰的香味。我看见她的一切都是圣洁而美妙的。

特拉尼奥　他已经着了迷了，我必须把他叫醒。少爷，请您醒醒吧；您要是爱这姑娘，就该想法把她弄到手里。事情是这样的：她的姐姐是个泼辣凶悍的女子，除非她的父亲先把她姐姐嫁出去，那么少爷，您的爱人只好待住家里做个老处女；他因为不愿让那些求婚的人被她麻烦，所以已经把她关起来不让她出来了。

路森修　啊，特拉尼奥！他真是个狠心的父亲！可是你没有听说他正在留心为她访寻一个好教师吗？

特拉尼奥　是的，少爷，我正在这上面想法子呢。

路森修　我有了计策了，特拉尼奥。

特拉尼奥　妙极了，也许我们不谋而合。

路森修　你先说吧。

特拉尼奥　我知道您想去做她的教书先生。

路森修　是啊，你看这件事可做得到？

特拉尼奥　做不到。您去做了教书先生，有谁替您在这儿帕度亚充当文森修的公子？有谁可以替您主持家务，研究学问，招待朋友，访问邻里，宴请宾客？

路森修　不要紧，我已经仔细想过了。我们初到此地，还不曾到什么人家里去过，人家也不认识我们两人谁是主人谁是仆人，所以我想这样：你就顶替我的名字，代我主持家务，指挥仆人；我自己改名换姓，扮做一个从弗罗棱萨、那不勒斯或是比萨来的穷苦书生。就这么办吧。特拉尼奥，你快快脱下衣服，戴上我的华贵的帽子，披上我的外套。等比昂台罗来了，就叫他侍候你；可是我还要先嘱咐他说话小心些。（二人交换服装。）

特拉尼奥　那是很必要的。少爷，既然这是您的意思，我也只好从命，因为在我们临走的时候，老爷曾经吩咐过我，“你要听少爷的话，用心做事，”虽然我想他未必想到会有今天的情形；可是因为我敬爱路森修，所以我愿意自己变成路森修。

路森修　很好，特拉尼奥，因为路森修正在恋爱着一个人。她那惊鸿似的一面，已经摄去了我的魂魄；为了博取她的芳心，我甘心做一个奴隶。这狗才来了。

比昂台罗上。

路森修　喂，你到什么地方去了？

比昂台罗　我到什么地方去了！咦，怎么，您在什么地方？少爷，是特拉尼奥把您的衣服偷了呢，还是您把他的衣服偷了？还是两个人你偷我的我偷你的？究竟是怎么一回事呀？

路森修　你过来，我对你说，现在不是说笑话的时候，你好好听我的话。我上岸以后，因为跟人家吵架，杀死了一个人，恐怕被人看见，所以叫特拉尼奥穿上我的衣服，假扮做我的样子，我自己穿了他的衣服逃走。为了保全性命，我只好离开你们，你要好好侍候他，就像侍候我自己一样，你懂了吗？

比昂台罗　少爷，我一点都不懂！

路森修　你嘴里不许说出一声特拉尼奥来，特拉尼奥已经变成路森修了。

比昂台罗　算他运气，我也这样变一变就好了！

特拉尼奥　我更希望路森修能够得到巴普提斯塔的小女儿。可是我要劝你无论在什么人面前，都要规规矩矩，在私下我是特拉尼奥，当着人我就是你的主人路森修；这并不是我要在你面前摆什么架子，我只是为少爷的好处着想。

路森修　特拉尼奥，我们去吧。我还要你做一件事，你也必须去做一个求婚的人，你不必问为什么，总之我自有道理。（同下）

舞台上方观剧者的谈话。

仆　甲　老爷，您在瞌睡了，您没有听戏吗？

斯　赖　不，我在听着。好戏好戏，下面还有吗？

小　童　还刚开始呢，夫君。

斯　赖　是一本非常的杰作，夫人；我希望它快些完结！（继续看戏）

## 第二场　同前霍坦西奥家门前

彼特鲁乔及葛鲁米奥上。

彼特鲁乔　我暂时离开了维洛那，到帕度亚来访问朋友，尤其要看看我的好朋友霍坦西奥；他的家大概就在这里，葛鲁米奥……上去，打。

葛鲁米奥　打，老爷！叫我打谁？有谁冒犯您了吗？

彼特鲁乔　浑蛋，我说向这儿打，好好地给我打。

葛鲁米奥　好好地给您打，老爷！哎哟，老爷，小人哪里有这胆量，敢向您这儿打？

彼特鲁乔　浑蛋，我说给我打门，给我使劲儿打，不然我就要打你几个耳光。

葛鲁米奥　主人又闹脾气了。您叫我先打您，就为的是让我事后领略谁尝的苦处更多。

彼特鲁乔　你还不听吗？你要不肯打，我就敲敲看，我倒要敲敲你这面锣，看到底有多响。（揪葛鲁米奥耳朵。）

葛鲁米奥　救人，列位乡亲们，救人！我主人疯了。

彼特鲁乔　我叫你打你就打，混账东西。

霍坦西奥上。

霍坦西奥　啊，我道是谁，原来是我的老朋友葛鲁米奥！还有我的好朋友彼特鲁乔！你们在维洛那都好？

彼特鲁乔　霍坦西奥先生，你是求劝架的吗？真是得瞻尊颜，三生有幸。

霍坦西奥　光临敝舍，蓬荜生辉，可敬的彼特鲁乔先生，起来吧，葛鲁米奥，起来吧，我叫你们两人言归于好。

葛鲁米奥　哼，他咬文嚼字地说些什么都没关系，老爷。就是按法律，我这回也有理由辞掉不干了。您知道吗，老爷？他叫我打他，使劲地打他，老爷。可是，仆人哪里有这样欺侮主人的呢，虽然他稀里糊涂，也总是二十来岁的大个子了。我倒恨不得当初真老实打他几下，这会儿就不会吃这个苦头了。

彼特鲁乔　没脑筋的浑蛋。霍坦西奥，我叫他上去打门，可是死说活说他也不肯。

葛鲁米奥　打门？我的老天爷呀！您刚才明明说："狗才，向这儿打，向这儿敲，好好地给我打，使劲地给我打"？这会儿又说起"打门"来了吗？

彼特鲁乔　狗才，听我告诉你，滚蛋，要不然趁早住口。

霍坦西奥　彼特鲁乔，别生气。我可以给葛鲁米奥担保，你这个葛鲁米奥是一个服侍你多年的仆人，忠实可靠，很有风趣。刚才的事完全是出于误会。可是，告诉我，好朋友，是哪一阵好风把你们从维洛那吹到帕度亚来了？

彼特鲁乔　因为年轻人倘不在外面走走，老是待在家里，孤陋寡闻，终非长策，所以风才把我吹到这儿来了。不瞒你说，霍坦西奥，家父安东尼奥已经不幸去世，所以我才到这异乡客地，想要物色一位妻房，成家立业；我袋里有的是钱，家里有的是财产，闲着没事，出来见见世面也好。

霍坦西奥　彼特鲁乔，你既然想娶一个妻子，我倒想起一个人来了；可惜她脾气太坏，又长得难看，我想你一定不会中意；不过我可以向你保证她很有钱；可是因为你是我的好朋友，我还是不要把她介绍给你的好。

彼特鲁乔　霍坦西奥，咱们是知己朋友，用不着多说废话。如果你真认识什么女人，财富多到足以做彼特鲁乔的妻子，那么既然我的求婚主要是为了钱，无论她怎样淫贱老丑，泼辣凶悍，我都一样欢迎；尽管她的性子暴躁得像起着风浪的怒海，也不能影响我对她的好感，只要她的嫁奁丰盛，我就心满意足了。

葛鲁米奥　霍坦西奥大爷，你听，他说的都是老老实实的真心话，只要有钱，就是把一个木人泥偶给他做妻子他也要；倘然她是一个满嘴牙齿落得一个不剩的老太婆，浑身病痛有五十二匹马合起来那么多，他也满不在乎，可就是得有钱。

霍坦西奥　彼特鲁乔，我们既然已经谈起了这件事，那么我要老实告诉你，我刚才说的话，一半是笑话。彼特鲁乔，我可以帮助你娶到一位妻子，又有钱，又年轻，又美貌，而且还受过良好的教育；她就是有一个很大的缺点，脾气非常之坏，撒起泼来，谁也吃她不消，即使我是个身无立锥之地的穷光蛋，她愿意倒贴一座金矿嫁给我，我也要敬谢不敏的。

彼特鲁乔　算了吧，霍坦西奥，你可不知道金钱的好处哩。我只要你告诉我她父亲的名字就够了。尽管她骂起人来像秋天的雷鸣一样震耳欲聋，我也要把她娶了回去。

霍坦西奥　她的父亲是巴普提斯塔·米诺拉，是一位彬彬有礼的绅士；她的名字叫作凯瑟丽娜·米诺拉，在帕度亚以善于骂人出名。

彼特鲁乔　我虽然不认识她，可是我认识她的父亲，他和先父也是老朋友。霍坦西奥，我要是不见她一面，我会睡不着觉的，所以我要请你恕我无礼，匆匆相会，又要向你告别了。要是你愿意陪着我去，那可再好没有了。

葛鲁米奥　霍坦西奥大爷，您让他趁着这股兴致就去吧。说句老实话，她要是也像我一样了解他，她就会明白对于像他这样的人，骂死也是白骂。她也许会骂他一二十声死人杀千刀，可是那算得了什么，他要是开口骂起人来，说不定就会亮家伙。我告诉您吧，她要是顶撞了他，他会随手给她一下子，把她眼睛堵死，什么都看不见。您还不知道他呢。

霍坦西奥　等一等，彼特鲁乔，我要跟你同去。因为在巴普提斯塔手里还有一颗无价的明珠，他的美丽的小女儿比恩卡，她是我生命中最珍贵的东西，可是巴普提斯塔却把她保管得非常严密，不让向她求婚的人们有亲近她的机会。他恐怕凯瑟丽娜有了我刚才说过的那种缺点，没有人愿意向她求婚，所以一定要让凯瑟丽娜这泼妇嫁了人以后，方才允许人家向比恩卡提起亲事。

葛鲁米奥　凯瑟丽娜这泼妇！一个姑娘家，什么头衔不好，一定要加上这么一个头衔！

霍坦西奥　彼特鲁乔，我的好朋友，现在我要请求你一件事。我想换上一身朴素的服装，扮成一个教书先生的样子，请你把我举荐给巴普提斯塔，就说我精通音律，可以做比恩卡的教师。我用了这个计策，就可以有机会向她当面求爱，不致于引起人家的疑心了。

葛鲁米奥　奸狡猾的计策！瞧，现在这班年轻人瞒着老年人干的好事！

葛柴米奥、路森修化装挟书上。

葛鲁米奥　大爷，大爷，您瞧谁来啦？

霍坦西奥　别闹，葛鲁米奥！这是我的情敌。彼特鲁乔，我们站到旁边去。

葛鲁米奥　好一个卖弄风流的哥们儿！

葛莱米奥　啊，很好，我已经看过那张书单了。听着，先生。我就去叫人把它们精工装订起来；必须注意每一本都是讲恋爱的，其他什么书籍都不要教她念。你懂得我的意思吗？巴普提斯塔先生给你的待遇当然不会错的，就是我也还要给你一份谢礼哩。把这张纸也带去。我还要叫人把这些书熏得香喷喷的，因为她自己比任何香料都要芬芳。你预备读些什么东西给她听？

路森修　我无论向她读些什么，都是代您申诉您的心曲，就像您自己在她面前一样；而且也许我所用的字句，比您自己所用的更为适当，也未可知，除非您也是一个读书人，先生。

葛莱米奥　啊，学问真是好东西！

葛鲁米奥　啊，这家伙真是傻瓜！

彼特鲁乔　闭嘴，狗才！

霍坦西奥　葛鲁米奥，不要多话。葛莱米奥先生，您好！

葛莱米奥　咱们遇见得巧极了，霍坦西奥先生。您知道我现在到什么地方去吗？我是到巴普提斯塔他家里去的。我答应他替比恩卡留心访寻一位教师，算我运气，找到了这位年轻人，他的学问品行，都可以说得过去，他读过不少诗书，而且都是很好的诗书哩。

霍坦西奥　那好极了。我也碰到一位朋友，他答应替我找一位很好的音乐家来教她音乐，我对于我那心爱的比恩卡总算也尽了责任了。

葛莱米奥　我可以用我的行为证明，比恩卡是我心爱的人。

葛鲁米奥　他也可以用他的钱袋证明。

霍坦西奥　葛莱米奥，现在不是我们争风吃醋的时候，你要是对我客客气气，我可以告诉你一个好消息，对于我们两人都是一样有好处的。这位朋友我刚才偶然遇到，他已经答应愿意去向那泼妇凯瑟丽娜求婚，而且只要她的嫁奁丰盛，他就可以和她结婚。

葛莱米奥　这当然很好，可是霍坦西奥，你有没有把她的缺点告诉他？

彼特鲁乔　我知道她是一个喜欢吵吵闹闹的长舌妇，倘然她只有这一点毛病，那我以为没有什么要紧。

葛莱米奥　你说没有什么要紧吗，朋友？请教贵乡？

彼特鲁乔　舍间是维洛那，已故的安东尼奥就是家父。我因为遗产颇堪温饱，所以很想尽情玩玩，过些痛痛快快的日子。

葛莱米奥　啊，你要过痛快的日子，却去找这样一位妻子，真是奇怪！可是你要是真有那样的胃口，那么我是非常赞成你去试一试的，但凡有可以效劳之处，请老兄尽管吩咐好了。可是你真的要向这头野猫求婚吗？

彼特鲁乔　那还用得着问吗？

葛鲁米奥　他要不向她求婚，我就把她绞死。

彼特鲁乔　我倘不是为了这一件事情，何必到这儿来？你们以为一点点的吵闹，就可以使我掩耳退却吗？难道我不会听见过狮子的怒吼？难道我不曾听见过海上的狂风暴浪，像一头疯狂的巨熊一样咆哮？难道我不曾听见过战场上的炮轰，天空中的霹雳？难道我不曾在白刃相交的激战中，听见过震天的杀声，万马的嘶奔，金鼓的雷鸣？你们现在却向我诉说女人的口舌如何可怕；就是把一枚栗子丢在火里，那爆声也要比它响得多哩。嘿，你们想捉了个跳蚤来吓小孩子吗？

葛鲁米奥　反正他是不害怕的。

葛莱米奥　霍坦西奥，这位朋友既然不以为意，那就再好也没有了，他自己既然人财两得，而且也帮了我们很大的忙。

霍坦西奥　他所需要的一切求婚费用，就归我们两个人共同担负吧。

葛莱米奥　很好，只要他能够要她回去。

葛鲁米奥　只要我能够吃饱肚皮。

特拉尼奥盛装偕比昂台罗上。

特拉尼奥　列位先生请了！我要大胆借问一声，到巴普提斯塔·米诺拉先生家里去打哪一条路走最近？

比昂台罗　您说的就是有两位漂亮小姐的那位老先生吗？

特拉尼奥　就是他，比昂台罗。

葛莱米奥　先生，您说的不就是她？

特拉尼奥　也许是他，也许是她，这和你有什么相干？

彼特鲁乔　大概不是爱骂人的那个她吧？

特拉尼奥　先生，我不爱骂人的人。比昂台罗，我们走吧。

路森修　（旁白）特拉尼奥，你装扮得很好。

霍坦西奥　先生，请您慢走一步。请问您也是要去向您刚才说起的那位小姐求婚的吗？

特拉尼奥　假如我是去求婚的，那不会有什么罪吧？

葛莱米奥　只要你乖乖地给我回去，那就什么事都没有。

特拉尼奥 咦，我倒要请问，官塘大路，你走得我就走不得？

葛莱米奥 她可不用你多费心。

特拉尼奥 这是什么理由？

葛莱米奥 告诉你吧，因为她是葛莱米奥大爷的爱人。

霍坦西奥 因为她是霍坦西奥大爷的意中人。

特拉尼奥 两位先生少安毋躁，你们倘若都是通达事理的君子，请听我说句话。巴普提斯塔是一位有名望的绅士，我的父亲和他也是旧识，他的女儿就是再美十倍，也应该有比现在更多十倍的男子向她求婚，为什么我就不能在其中参加一份呢？勒达的美貌的女儿有一千个求婚者，那么美貌的比恩卡为什么不能在她原有的求婚者之外，再加上一个呢？虽然帕里斯希望鳌头独占，路森修却也要参加这一场竞赛。

葛莱米奥 啊，这个人的口才会把我们全都压倒哩。

路森修 让他试试身手吧，我知道他会临阵怯退的。

彼特鲁乔 霍坦西奥，你们这样尽说废话，有什么意思？

霍坦西奥 请问尊驾有没有见过巴普提斯塔的女儿？

特拉尼奥 没有，可是我听说他有两个女儿，大的那个是出名的泼辣，小的那个是出名的美貌温文。

彼特鲁乔 诸位，那个大的已经被我定下了，你们不用提她。

葛莱米奥 对了，这一份艰巨的工作，还是让我们伟大的英雄去独力进行吧。

彼特鲁乔 新来的朋友，让我告诉你，你听人家说起的那个小女儿，被她的父亲看管得非常严紧，在他的大女儿没有嫁人以前，他拒绝任何人向他的小女儿求婚，也不愿意把她许嫁给任何人。

特拉尼奥 这样说来，那么我们都要仰仗尊驾的大力，就是小弟也要沾您老兄的光了。您要是能够娶到他的大女儿，给我们开辟出一条路来，好让我们有机会争取他的小女儿，无论这一场幸运落在哪一个人身上，对您老兄总是一样终生感激的。

霍坦西奥 您说得有理，既然您说您自己也是一个求婚者，那么您对于这位朋友也该给他一些酬报才是，因为我们大家都是一样仰赖着他。

特拉尼奥 这没有问题，为了表示我的诚意，我想就在今天下午，请在场各位，大家在一块儿欢宴一次，恭祝我们共同的爱人的健康。我们应该像法庭上打官司的律师，在竞争的时候是冤家对头，在吃吃喝喝的时候还是像好朋友一样。

葛鲁米奥

比昂台罗　妙极妙极！咱们大家走吧。

霍坦西奥　这建议果然很好，就这样决定吧。彼特鲁乔，让我来给你洗尘，款待款待你。（同下）

# 第 二 幕

## 第一场 帕度亚巴普提斯塔家中一室

凯瑟丽娜及比恩卡上。

比恩卡 好姊姊，我是你的亲妹妹，不要把我当作侍婢奴才一样看待。你要是不喜欢我身上穿戴的东西，那么请你松开我手上的捆缚，我会自己把它们拿下来的；只要你吩咐我，我把裙子脱下来都可以；你要我怎么做，我就怎么做，因为你是姐妹，我是应该服从你的。

凯瑟丽娜 那么我要问你，在那些向你求婚的男人中间，你最爱哪一个？你可不许说谎。

比恩卡 相信我，姐妹，在一切男子中间，我到现在还没有遇到一个特别中我心意的人。

凯瑟丽娜 丫头，你说谎！是不是霍坦西奥？

比恩卡 姐妹，你要是喜欢他，我可以发誓我一定竭力帮助你得到他。

凯瑟丽娜 噢，那么你大概希望嫁到一个比霍坦西奥更有钱的人；你要葛莱米奥把你终生供养吗？

比恩卡 你是为了他才这样恨我吗？不，你是说着玩的；我现在知道了，你刚才的话原来都是说着玩的。凯德好姊姊，请你松开我的手吧。

凯瑟丽娜 你说我说着玩，我就打着你玩。（打比恩卡）

巴普提斯塔上。

巴普提斯塔 怎么，怎么，这丫头！又在撒泼吗？比恩卡，你站开些。可怜的孩子！你看，她给你欺侮得哭起来了。你去做你的针线活儿吧，别理她。你这恶鬼一样的贱人！她从来不曾惹过你，你怎么又欺侮她了？她什么时候顶撞过你一句？

凯瑟丽娜 她嘴里一声不响，心里却瞧不起我；我气不过，非叫她知道些厉害不可。（追比恩卡）

巴普提斯塔 怎么，当着我的面你也敢这样放肆吗？比恩卡，你快进去。（比恩卡下）

凯瑟丽娜　啊！你不让我打她吗？好，我知道了，她是你的宝贝，她一定要嫁个好丈夫；我就只好在她结婚的那一天光着脚跳舞，因为你偏爱她的缘故，我一辈子也嫁不出去，死了在地狱里也只能陪猴子玩。不要跟我说话，我要去找个地方坐下来痛哭一场。你看着吧，我总有一天要报仇的。（下）

巴普提斯塔　世上有比我更倒霉的父亲吗？可是谁来了？

葛莱米奥率路森修作寒士装束、彼特鲁乔率霍坦西奥化装乐师、特拉尼奥率比昂台罗携七弦琴及书籍各上。

葛莱米奥　早安，巴普提斯塔先生！

巴普提斯塔　早安，葛莱米奥先生！各位先生，你们都好？

彼特鲁乔　您好，老先生。请问，您不是有一位美貌贤德的令嫒名叫凯瑟丽娜吗？

巴普提斯塔　先生，我有一个小女名叫凯瑟丽娜。

葛莱米奥　你说话太莽撞了，要慢慢地说到题目上去。

彼特鲁乔　葛莱米奥先生，请你不用管我。巴普提斯塔先生，我是从维洛那来的一个绅士，因为久闻令嫒美貌多才，端庄贤淑，品格出众，举止温柔，所以不揣冒昧，到府上来做一个不速之客，瞻仰瞻仰这位心仪已久的绝世佳人。为了表示我的寸心起见，我特地介绍这位朋友给您，（介绍霍坦西奥）他熟谙音律，精通数理，可以担任令嫒的教师，我知道她对于这两门功课一定颇有研究。您要是不嫌弃我，就请把他收留下来；他的名字叫里西奥，是曼多亚人。

巴普提斯塔　你们两位我都一样欢迎。可是说起小女凯瑟丽娜，我实在非常抱歉，她是仰攀不上您这样的一位人物的。

彼特鲁乔　看来您是疼惜令嫒，不愿把她遣嫁，否则就是您对我这个人不大满意。

巴普提斯塔　哪里的话，我说的是实在情形。请问贵乡何处，尊姓大名？

彼特鲁乔　贱名是彼特鲁乔，安东尼奥是我的先父，他在意大利是很有一点名望的。

巴普提斯塔　我跟他是很熟的，您原来就是他的贤郎，欢迎欢迎！

葛莱米奥　彼特鲁乔，不要尽管一个人说话，让我们也说几句吧；退后一步，你真太自鸣得意啦。

彼特鲁乔　啊，对不起，葛莱米奥先生，我也巴不得把事情早点讲妥呢。

葛莱米奥　我相信你一定会成功，可是以后你要是后悔今天不该来此求婚，可不要抱怨别人。巴普提斯塔先生，我相信您一定很乐意接受他这份礼物；我因为平常多蒙您另眼相看，十分厚待，所以也要同样地为您效劳，现在特地把这位青年学士介绍给您。（介绍路森修）他曾经在里姆留学多年，对于希腊文、拉丁文以及其各国语言，都非常精通，不低于那位先生对音乐和数学的造诣。他的名字叫堪比奥，请您准许他在您这儿服务吧。

巴普提斯塔　我非常感谢您的好意，葛莱米奥先生；堪比奥，我很欢迎你。（向特拉尼奥）可是这位先生好像是从外省来的，恕我冒昧，请问尊驾来此有何贵干？

特拉尼奥　巴普提斯塔先生，我才要请您多多原谅呢，因为我初到贵地，居然敢大胆前来，向您美貌贤德的令嫒比恩卡小姐求婚，实在是冒昧万分。我也知道您的意思是要先给您那位大令嫒许配了婚姻，然后再谈其他，所以我现在唯一的请求，是希望您在知道我的家世以后，能够给我一个和其他各位求婚者同等的机会。这一件不值钱的乐器，和这一包希腊文和拉丁文的书籍，是奉献给两位女公子的一点小小礼物，您要是不嫌菲薄，受纳下来，那就是我莫大的荣幸了。

巴普提斯塔　台甫是路森修，请问府上在什么地方？

特拉尼奥　敝乡是比萨，文森修就是家严。

巴普提斯塔　啊，他是比萨地方数一数二的人物，我闻名已久，您就是他的令郎，欢迎欢迎！（向霍坦西奥）你把这琴拿了，（向路森修）你把这几本书拿了，我就叫人领你们去见你们的学生。喂，来人！

一仆人上。

巴普提斯塔　你把这两位先生领去见大小姐二小姐，对她们说这两位就是来教她们的先生，叫她们千万不可怠慢。（仆人领霍坦西奥、路森修下）诸位，我们现在先到花园里散一会儿步，然后吃饭。你们都是难得的嘉宾，请你们相信我是诚心欢迎你们的。

彼特鲁乔　巴普提斯塔先生，我事情很忙，不能每天到府上来求婚。您知道我父亲的为人，您也可以根据我父亲的为人，推测到我这个人是不是靠得住！他去世以后，全部田地产业都已归我继承下来，我自己亲手也挣下了一些家产。现在我要请您告诉我，要是我得到了令嫒的垂青，您愿意拨给她怎样一份妆奁？

巴普提斯塔　我死了以后，我的田地的一半都给她，另外再给她二万克朗。

彼特鲁乔　很好，您既然答应了我这样一份嫁奁，我也可以向她保证要是我比她先死，我的一切田地产业都归她所有。我们现在就把契约订好，双方各执一份为凭吧。

巴普提斯塔　好的，可是最要紧的，还是先去把她的爱求到了再说。

彼特鲁乔　啊，那算得了什么难事！告诉您吧，老伯，她固然脾气高傲，我也是天性刚强；两股烈火遇在一起，就把怒气在燃料上消磨殆尽了。一星星的火花，虽然会被微风吹成烈焰，可是一阵拔山倒海的飓风，却可以把大火吹熄；我对她就是这样，她见了我一定会屈服的，因为我是个性格暴躁的人，我不会像小孩子一样谈情说爱。

巴普提斯塔　那么很好，愿你马到成功！可是你要准备着听几句刺耳的话呢。

彼特鲁乔　那我也有恃无恐，尽管狂风吹个不停，山岳是始终屹立不动的。

霍坦西奥头破血流上。

巴普提斯塔　怎么，我的朋友！你怎么这样面无人色？

霍坦西奥　我是吓成这个样子的。

巴普提斯塔　怎么，我的女儿是不是一个可造之才？

霍坦西奥　我看令嫒很可以当兵打仗去；只有铁链可以锁住她，我这琴是经不起她一敲的。

巴普提斯塔　难道她不能学会用琴吗？

霍坦西奥　不然，她用琴打人的手段十分高明。我不过告诉她她把音柱弄错了，按着她的手教她怎样弹奏，她就冒起火来，喊道："你管这些玩意儿叫琴柱吗？好，我就筑你几下。"说着就砰地给我迎头一下子，琴给她敲通了，我的头颈也给琴套住了；我像一个戴枷的犯人一样站着发怔，一面她还骂我是弹琴的无赖，沿街卖唱的叫花子，以及诸如此类的难听的话，好像她是有意要寻我的晦气。

彼特鲁乔　哎呀，好一个勇敢的姑娘！我现在更加十倍地爱她了。啊，我真想跟她谈谈天！

巴普提斯塔　（向霍坦西奥）好，你跟我去，请不要懊恼；你可以去教我的小女儿，她很愿意虚心学习，很懂得好歹。彼特鲁乔先生，您愿意陪我们一块儿走走呢，还是让我叫我的女儿凯德出来见您？

彼特鲁乔　有劳您去叫她出来吧，我就在这儿等着她。（巴普提斯塔、葛莱米奥、特拉尼奥、霍坦西奥等同下）等她来了，我要提起精神来向她求婚，要是她开口骂人，我就对她说她唱的歌像夜莺一样曼妙；要是她向我皱眉头，我就说她看上去像浴着朝露的玫瑰一样清丽；要是她默不作声，我就恭维她的能言善辩；要是她叫我滚蛋，我就向她道谢，好像她留我多住一个星期一样；要是她不愿意嫁给我，我就向她请问吉期。她已经来啦，彼特鲁乔，现在要看看你的本领了。

凯瑟丽娜上。

彼特鲁乔　早安，凯德，我听说这是你的小名。

凯瑟丽娜　算你生着耳朵会听，可是我这名字是会刺痛你的耳朵的。人家提起我的时候，都叫我凯瑟丽娜。

彼特鲁乔　你骗我，你的名字就叫凯德，你是可爱的凯德，人家有时也叫你泼妇凯德；可是你是世上最美最美的凯德，凯德大厦的凯德，我最娇美的凯德，因为娇美的东西都该叫凯德。所以，凯德，我的心上的凯德，请你听我诉说，我因为到处听见人家称赞你的温柔贤德，传扬你的美貌娇姿，虽然他们嘴里说的话，还抵不过你实在的好处的一半，可是我的心却给他们打动了，所以特地前来向你求婚，请你答应嫁给我做妻子。

凯瑟丽娜　打动了你的心！哼！叫那打动你到这儿来的那家伙再打动你回去吧，我早知道你是个给人搬来搬去的东西。

彼特鲁乔　什么东西是给人搬来搬去的？

凯瑟丽娜　就像一张凳子一样。

彼特鲁乔　对了，来，坐在我的身上吧。

凯瑟丽娜　驴子是给人骑坐的，你也就是一头驴子。

彼特鲁乔　女人也是一样，你就是一个女人。

凯瑟丽娜　要想骑我，像尊驾那副模样可不行。

彼特鲁乔　好凯德，我不会叫你承担过多的重量，因为我知道你年纪轻轻——

凯瑟丽娜　要说轻，像你这样的家伙的确抓不住；要说重，我的分量也够瞧的。

彼特鲁乔　够瞧的！够刁的。

凯瑟丽娜　叫你说着了，你就是个大笨雕。

彼特鲁乔　啊，我的小鸽子，让大雕捉住你好不好？

凯瑟丽娜　你拿我当驯良的鸽子吗？鸽子也会叼虫子哩。

彼特鲁乔　你火性这么大，就像一只黄蜂。

凯瑟丽娜　我倘若是黄蜂，那么留心我的刺吧。

彼特鲁乔　我就把你的刺拔下。

凯瑟丽娜　你知道它的刺在什么地方吗？

彼特鲁乔　谁不知道黄蜂的刺是在什么地方？在尾巴上。

凯瑟丽娜　在舌头上。

彼特鲁乔　在谁的舌头上？

凯瑟丽娜　你的，因为你话里带刺。好吧，再会。

彼特鲁乔　怎么，把我的舌头带在你尾巴上吗？别走，好凯德，我是个冠冕堂皇的绅士。

凯瑟丽娜　我倒要试试看。（打彼特鲁乔。）

彼特鲁乔　你再打我，我也要打你了。

凯瑟丽娜　绅士只动口，不动手。你要打我，你就算不了绅士，算不了绅士也就别冠冕堂皇了。

彼特鲁乔　你也懂得绅士的冠冕和章服吗，凯德？欣赏欣赏我吧！

凯瑟丽娜　你的冠冕是什么？鸡冠子？

彼特鲁乔　要是凯德肯做我的母鸡，我也宁愿做老实的公鸡。

凯瑟丽娜　我不要你这个公鸡；你叫得太像鹌鹑了。

彼特鲁乔　好了好了，凯德，请不要这样横眉立目的。

凯瑟丽娜　我看见了丑东西，总是这样的。

彼特鲁乔　这里没有丑东西，你应当和颜悦色才是。

凯瑟丽娜　谁说没有？

彼特鲁乔　请你指给我看。

凯瑟丽娜　我要是有镜子，就可以指给你看。

彼特鲁乔　啊，你是说我的脸吗？

凯瑟丽娜　年轻轻的，见识倒很老成。

彼特鲁乔　凭圣乔治起誓，你会发现我是个年轻力壮的汉子。

凯瑟丽娜　哪里？你一脸皱纹。

彼特鲁乔　那是思虑过多的缘故。

凯瑟丽娜　你就思虑去吧。

彼特鲁乔　请听我说，凯德；你想这样走了可不行。

凯瑟丽娜　倘若我留在这儿，我会叫你讨一场大大的没趣的，还是放我走吧。

彼特鲁乔　不，一点也不，我觉得你是无比的温柔。人家说你很暴躁，很骄傲，性情十分乖僻，现在我才知道别人的话完全是假的，因为你是潇洒娇憨，和蔼谦恭，说起话来腼腼腆腆的，就像春天的花朵一样可爱。你不会颦眉蹙额，也不会斜着眼睛看人，更不会像那些性情嚣张的女人们一样咬着嘴唇；你不喜欢在谈话中间和别人顶撞，你款待求婚的男子，都是那么温和柔婉。为什么人家要说凯德走起路来有些跷呢？这些爱造谣言的家伙！凯德是像榛树的枝一样娉婷纤直的。啊，让我瞧瞧你走路的姿势吧，你那轻盈的步伐是多么醉人！

凯瑟丽娜　傻子，少说些疯话吧！去对你家里的下人们发号施令去。

彼特鲁乔　在树林里漫步的狄安娜女神，能够比得上在这间屋子里姗姗徐步的凯德吗？啊，让你做狄安娜女神，让她做凯德吧，你应当分给她几分贞洁，她应当分给你几分风流！

凯瑟丽娜　你这些好听的话是向谁学来的？

彼特鲁乔　我这些话都是不假思索，随口而出。

凯瑟丽娜　准是你妈妈口里的，你不过是个愚蠢学舌的儿子。

彼特鲁乔　我的话难道不是火热的吗？

凯瑟丽娜　勉强还算暖和。

彼特鲁乔　是啊，可爱的凯瑟丽娜，我正打算到你的床上去暖和暖和呢。闲话少说，让我老实告诉你，你的父亲已经答应把你嫁给我做妻子，你的嫁奁也已经议定了，你愿意也好，不愿意也好，我一定要和你结婚。凯德，我们两人是天造地设的一双佳偶，我真喜欢你，你是这样的美丽，你除了我之外，不能嫁给别人，因为我是天生下来要把你降伏的，我要把你从一个野性的凯德变成一个柔顺听话的贤妻良母。你的父亲来了，你不能不答应，我已经下了决心，一定要娶凯瑟丽娜做妻子。

巴普提斯塔、葛莱米奥及特拉尼奥重上。

巴普提斯塔　彼特鲁乔先生，您跟我的女儿谈得怎么样啦？

彼特鲁乔　难道还会不圆满吗？我知道我一定不会失败。

巴普提斯塔　啊，怎么，凯瑟丽娜我的女儿！你怎么不大高兴？

凯瑟丽娜　你还叫我女儿吗？你真是一个好父亲，要我嫁给一个疯疯癫癫的汉子，一个轻薄的恶少，一个胡说八道的家伙，他以为凭着几句疯话，就可以把事情硬干成功。

彼特鲁乔　老伯，事情是这样的，人家所讲的关于她的种种的话，都是错的，就是您自己也有些不大知道令嫒的为人；她那些泼辣的样子，都是故意装出来的，其实她一点不倔强，却像鸽子一样地柔和；她一点不暴躁，却像黎明一样地安静；她的忍耐、她的贞洁，可以和古代的贤媛媲美；总而言之，我们彼此的意见十分融洽，我们已经决定在星期日举行婚礼了。

凯瑟丽娜　我要看你在星期日上吊！

葛莱米奥　彼特鲁乔，你听，她说她要看你在星期日上吊。

特拉尼奥　这就是你所夸耀的成功吗？看来我们的希望也都完了！

彼特鲁乔　两位不用着急，我自己选中了她，只要她满意，我也满意，不就行了吗？我们两人刚才已经约好，当着人的时候，她还是装做很泼辣的样子。我告诉你们吧，她那么爱我，简直不能叫人相信；啊，最多情的凯德！她挽住我的头颈，把我吻了又吻，一遍遍地发着盟誓，我在一眨眼间，就完全被她征服了。啊，你们都是不曾经历过恋爱妙谛的人，你们不知道男人女人私下在一起的时候，一个最不中用的懦夫也会使世间最凶悍的女人驯如绵羊。凯德，让我吻一吻你的手。我就要到威尼斯去购买结婚礼服去了。岳父，您可以预备酒席，宴请宾客了。我可以断定凯瑟丽娜在那天一定打扮得非常美丽。

巴普提斯塔　我不知道应当怎么说，可是把你们两人的手给我，彼特鲁乔，愿上帝赐您快乐！这门亲事算是定妥了。

特拉尼奥　阿门！我们愿意在场作证。

彼特鲁乔　岳父，贤妻，各位，再见了。我要到威尼斯去，星期日就在眼前了。我们要有很多的戒指，很多的东西，很好的陈设。凯德，吻我吧，我们星期日就要结婚了。（彼特鲁乔、凯瑟丽娜各下）

葛莱米奥　有这样速成的婚姻吗？

巴普提斯塔　老实对两位说吧，我现在就像一个商人，因为货物急于出手，这注买卖究竟做得做不得，也在所不顾了。

特拉尼奥　这是一笔使你摇头的滞货，现在有人买了去，也许有利可得，也许人财两空。

巴普提斯塔　我也不希望什么好处，但愿他们婚后平安无事就是了。

葛莱米奥　他娶了这样一位夫人去，一定会家宅安宁的。可是巴普提斯塔先生，现在要谈到您的第二位令嫒了，我们好容易才盼到这一天。你我是邻居素识，而且我是第一个来求婚的人。

特拉尼奥　可是我对于比恩卡的爱，是不能用语言来形容，也不是您所能想象得到的。

葛莱米奥　你是个后生小子，哪里会像我一样真心爱人。

特拉尼奥　瞧你胡须都斑白了，你的爱情是冰冻的。

葛莱米奥　你的爱情会把人烧坏。无知的小儿，退后去，你不懂得应该让长者居先的规矩吗？

特拉尼奥　可是在娘儿们的眼睛里，年轻人是格外讨人喜欢的。

巴普提斯塔　两位不必争执，让我给你们公平调处；我们必须根据实际的条件判定谁是锦标的得主。你们两人中谁能够答应给我的女儿更重的聘礼，谁就可以得到我的比恩卡的爱。葛莱米奥先生，您能够给她什么保证？

葛莱米奥　第一，您知道我在城里有一所房子，陈设着许多金银器皿，金盆玉壶给她洗织纤的嫩手，室内的帷幕都用古代的锦绣制成，象牙的箱子里满藏着金币，杉木的橱里堆垒着锦毡锈帐、绸缎绫罗、美衣华服、珍珠镶嵌的绒垫、金线织成的流苏以及铜锡用具，一切应用的东西。在我的田庄里，我还有一百头乳牛，一百二十头公牛，此外的一切可以依此类推。我必须承认我自己已经上了几岁年纪，要是我明天死了，这一切都是她的，只要当我活着的时候，她愿意做我一个人的妻子。

特拉尼奥　这“一个人”三个字加得很妙！巴普提斯塔先生，请您听我说：我父亲只有我一个儿子，我是他唯一的后嗣，令嫒倘若嫁给了我，我可以把我在比萨城内三四所像这位葛莱米奥老先生所有的一样好的房子归在她的名下，此外还有田地上每年二千元金元的收入，都给她作为我死后的她的终身的产业。葛莱米奥先生，您听了我的话很不舒服吗？

葛莱米奥　田地上每年两千块金币的收入！我的田地都加起来也不值那么多，可是我除了把我所有的田地给她之外，还可以给她一艘大商船，现在它就在马赛的码头边停泊着。啊，你听我说起了一艘大商船，吓得说不出话来了吗？

特拉尼奥　葛莱米奥，你去打听打听，我的父亲有三艘大商船，还有两艘大划船，十二艘小划船，我可以把这些都划给她；你要是还有什么家私给她的话，我都可以加倍给她。

葛莱米奥　不，我的家私尽在于此，她可以得到我所有的一切。您要是认为满意的话，那么我和我的财产都是她的。

特拉尼奥　您已经有言在先，令嫒当然是属于我的。葛莱米奥已经给我压倒了。

巴普提斯塔　我必须承认您所答应的条件比他强，只要令尊能够亲自给她保证，她就可以嫁给您；否则恕我说句不客气的话，要是您比令尊先死，那么她的财产岂不是落了空？

特拉尼奥　那您可太多心了，他年纪已经老了，我还年轻得很哩。

葛莱米奥　难道年轻的人就不会死？

巴普提斯塔　好，两位先生，我已经这样决定了。你们知道下一个星期日是我的大女儿凯瑟丽娜的婚期；再下一个星期，就是比恩卡的婚期，您要是能够给她确实的保证，她就嫁给您，否则就嫁给葛莱米奥。多谢两位光临，现在我要失陪了。

葛莱米奥　再见，巴普提斯塔先生。（巴普提斯塔下）我可不把你放在心上，你这败家的浪子！你父亲除非是一个傻子，才肯把全部财产让你来挥霍，活到这一把年纪来受你的摆布。哼！一只意大利的老狐狸是不会这样慷慨的，我的孩子！（下）

特拉尼奥　这该死的坏老头子！可是我刚才吹了那么大的牛，无非是想要成全我主人的好事，现在我这个冒牌的路森修，却必须去找一个冒牌的文森修来认做父亲。笑话年年有，今年分外多，人家都是先有父亲后有儿子，这回的婚事却是先有儿子后有父亲。（下）

# 第 三 幕

## 第一场 帕度亚。巴普提斯塔家中一室

路森修、霍坦西奥及比恩卡上。

路森修 喂，弹琴的，你也太猴急了；难道你忘记了她的姐姐凯瑟丽娜是怎样欢迎你的吗？

霍坦西奥 谁要你这酸学究多嘴！音乐是使宇宙和谐的守护神，所以还是让我先去教她音乐吧；等我教完了一点钟，你也可以给她讲一点钟的书。

路森修 荒唐的驴子，你因为没有学问，所以不知道音乐的用处！它不是在一个人读书或是工作疲倦了以后，可以舒散舒散他的精神吗？所以你应当让我先去跟她讲解哲学，等我讲完了，你再奏你的音乐好了。

霍坦西奥 嘿，我可不能受你的气！

比恩卡 两位先生，先教音乐还是先念书，那要看我自己的高兴，你们这样争先恐后，未免太不像话了。我不是在学校里给先生打手心的小学生，我念书没有规定的钟点，自己喜欢学什么便学什么，你们何必这样子呢？大家不要吵，请坐下来；您把乐器预备好，您一面调整弦音，他一面给我讲书；等您调好了音，他的书也一定讲完了。

霍坦西奥 好，等我把音调好以后，您可不要听他讲书了。（退坐一旁）

路森修 你去调你的乐器吧，我看你永远是个不入调的。

比恩卡 我们上次讲到什么地方？

路森修 这儿，小姐：Hac ibat Simois；hic est Sigeia tellus；Hic steterat Priami regia celsa senis。

比恩卡 请您解释给我听。

路森修 Hac ibat，我已经对你说过了，Simols，我是路森修，hic est，比萨地方文森修的儿子，Sigeia tellus，因为希望得到你的爱，所以化装来此；Hic steterat，冒充路森修来求婚的，Priami，是我的仆人特拉尼奥，regia，他假扮成我的样子，celsa senis，是为了哄骗那个老头子。

霍坦西奥 （回原处）小姐，我的乐器已经调好了。

比恩卡　您弹给我听吧。(霍坦西奥弹琴) 哎呀，那高音部分怎么这样难听！

路森修　朋友，你吐一口唾沫在那琴眼里，再给我去重新调一下吧。

比恩卡　现在让我来解释解释看：Hac ibat Simois，我不认识你；hic est Sigeia tellus，我不相信你；Hic steterat Priami，当心被他听见；regia，不要太自信；celsa senis，不必灰心。

霍坦西奥　小姐，现在调好了。

路森修　只除了下面那个音。

霍坦西奥　说得很对；因为有个下流的浑蛋在捣乱。我们的学究先生倒是满神气活现的！(旁白) 这家伙一定在向我的爱人调情，我倒要格外注意他才好。

比恩卡　慢慢地我也许会相信你，可是现在我却不敢相信你。

路森修　请你不必疑心，埃阿西得斯就是埃阿斯，他是照他的祖父取名的。

比恩卡　你是我的先生，我必须相信你，否则我还要跟你辩论下去呢。里西奥，现在要轮到你啦。两位好先生，我跟你们随便说着玩的话，请不要见怪。

霍坦西奥　(向路森修) 你可以到外面去走走，不要打搅我们，我这门音乐课用不着三部合奏。

路森修　你还有这样的讲究吗？(旁白) 好，我就等着，我要留心观察他的行动，因为我相信我们这位大音乐家有点儿色迷迷起来了。

霍坦西奥　小姐，在您没有接触这乐器、开始学习手法以前，我必须先从基础教起，简简单单地把全部音阶向您讲述一个大概，您会知道我这教法要比人家的教法更有趣，更简捷。我已经把它们写在这里。

比恩卡　音阶我早已学过了。

霍坦西奥　可是我还要请您读一读霍坦西奥的音阶。

比恩卡　(读) G 是"度"，你是一切和谐的基础，A 是"累"，霍坦西奥对你十分爱慕；B 是"迷"，比恩卡，他要娶你为妻，C 是"发"，他拿整个心儿爱着你；D 是"索"，也是"累"，一个调门两个音，E 是"拉"，也是"迷"，可怜我一片痴心。

这算是什么音阶？哼，我可不喜欢那个。还是老法子好，这种希奇古怪的玩意儿我不懂。

一仆人上。

仆　人　小姐，老爷请您不要读书了，叫您去帮助他们把大小姐的房间装饰装饰，因为明天就是大喜的日子了。

比恩卡 两位先生，我现在要少陪了。（比恩卡及仆人下）

路森修 她已经去了，我还待在这儿干么？（下）

霍坦西奥 可是我却要仔细调查这个穷酸，我看他好像在害着相思。比恩卡，比恩卡，你要是甘心降尊纡贵，垂青到这样一个呆鸟身上，那么谁爱要你，谁就要你吧；如果你这样水性杨花，霍坦西奥也要和你一刀两断，另觅新欢了。（下）

## 第二场 同前巴普提斯塔家门前

巴普提斯塔、葛莱米奥、特拉尼奥、凯瑟丽娜、比恩卡、路森修及从仆等上。

巴普提斯塔 （向特拉尼奥）路森修先生，今天是定好彼特鲁乔和凯瑟丽娜结婚的日子，可是我那位贤婿到现在还没有消息。这成什么话呢？牧师等着为新夫妇证婚，新郎却不知去向，这不是笑话吗！路森修，您说这不是一桩丢脸的事吗？

凯瑟丽娜 谁也不丢脸，就是我一个人丢脸。你们不管我愿意不愿意，硬要我嫁给一个疯头疯脑的家伙，他求婚的时候那么性急，一到结婚的时候，却又这样慢腾腾了。我对你们说吧，他是一个疯子，他故意装出这一副穷形极相来开人家的玩笑；他为了要人家称赞他是一个爱寻开心的角色，会去向一千个女人求婚，和她们约定婚期，请好宾朋，宣布订婚，可是却永远不和她们结婚。人家现在将要指点着苦命的凯瑟丽娜说，“瞧！这是那个疯汉彼特鲁乔的妻子，要是他愿意来和她结婚。”

特拉尼奥 不要懊恼，好凯瑟丽娜；巴普提斯塔先生，您也不要生气。我可以保证彼特鲁乔没有恶意，他今天失约，一定有什么缘故。他虽然有些莽撞，可是我知道他是个很有见识的人；虽然爱开玩笑，然而人倒是很诚实的。

凯瑟丽娜 算我倒霉碰到了他！（哭泣下，比恩卡及余众随下）

巴普提斯塔 去吧，孩子，我现在可不怪你伤心；受到这样的欺侮，就是圣人也会发怒，何况是你这样一个脾气暴躁的泼妇。

比昂台罗上。

比昂台罗 少爷，少爷！新闻！旧新闻！您从来没有听见过这样奇怪的新闻！

巴普提斯塔 什么，新闻，又是旧新闻？这是怎么回事？

比昂台罗　彼特鲁乔来了，这不是新闻吗？

巴普提斯塔　他已经来了吗？

比昂台罗　没有。

巴普提斯塔　这话怎么讲？

比昂台罗　他就要来了。

巴普提斯塔　他什么时候可以到这里？

比昂台罗　等他站在这地方和你们见面的时候。

特拉尼奥　可是你说你有什么旧新闻？

比昂台罗　彼特鲁乔就要来了；他戴着一顶新帽子，穿着一件旧马甲，他那条破旧的裤子脚管高高卷起；一双靴子千疮百孔，可以用来插蜡烛，一只用扣子扣住，一只用带子缚牢；他还佩带着一柄武器库里拿出来的锈剑，柄也断了，鞘子也坏了，剑锋也钝了；他骑的那匹马，鞍鞯已经蛀破，镫子不知像个什么东西；那马儿鼻孔里流着涎，上腭发着炎肿，浑身都是疮疖，腿上也肿，脚上也肿，再加害上黄疸病、耳下腺炎、脑脊髓炎、寄生虫病，弄得脊梁歪转，肩膀脱骱；它的前腿是向内弯曲的，嘴里衔着只有半面拉紧的马衔，头上套着羊皮做成的缰勒，因为防那马颠踬，不知拉断了多少次，断了再把它结拢，现在已经打了无数结子，那肚带曾经补缀过六次，还有一副天鹅绒的女人用的马鞦，上面用小钉嵌着她名字的两个字母，好几块地方是用粗麻线补缀过的。

巴普提斯塔　谁跟他一起来的？

比昂台罗　啊，老爷！他带着一个跟班，装束得就跟那匹马差不多，一只脚上穿着麻线袜，一只脚上穿着罗纱的连靴袜，用红蓝两色的布条做着袜带，破帽子上插着一卷烂纸充当羽毛，那样子就像一个妖怪，哪里像个规规矩矩的仆人或者绅士的跟班！

特拉尼奥　他大概一时高兴，所以打扮成这个样子；他平常出来的时候，往往装束得很俭朴。

巴普提斯塔　不管他怎么来法，既然来了，我也就放了心了。

比昂台罗　老爷，他可不会来。

巴普提斯塔　你刚才不是说他来了吗？

比昂台罗　谁来了？彼特鲁乔吗？

巴普提斯塔　是啊，你说彼特鲁乔来了。

比昂台罗　没有，老爷。我说他的马来了，他骑在马背上。

巴普提斯塔 那还不是一样吗？

比昂台罗 圣杰美为我做主！我敢跟你打个赌，一匹马，一个人，此一个，多几分，此两个，又不足。

彼特鲁乔及葛鲁米奥上。

被特鲁乔 喂，这一班公子哥儿呢？谁在家里？

巴普提斯塔 您来了吗？欢迎欢迎！

彼特鲁乔 我来得很莽撞。

巴普提斯塔 你倒是不吞吞吐吐。

特拉尼奥 可是我希望你能打扮得更体面一些。

彼特鲁乔 打扮有什么要紧？反正我得尽快赶来。但是凯德呢？我的可爱的新娘呢？老丈人，您好？各位先生，你们怎么都皱着眉头？为什么大家出神呆看，好像瞧见了什么奇迹，什么彗星，什么稀奇古怪的东西一样？

巴普提斯塔 您知道今天是您举行婚礼的日子，我们刚才很觉得扫兴，因为担心您也许不会来了；现在您来了，却这样一点没有预备，更使我们扫兴万分。快把这身衣服换一换，它太不合您的身份，而且在这样郑重的婚礼中间，也会让人瞧着笑话的。

特拉尼奥 请你告诉我们什么要紧的事情绊住了你，害你的尊夫人等得这样久？难道你这样忙，来不及换一身像样一些的衣服吗？

彼特鲁乔 说来话长，你们一定不愿意听；总而言之，我现在已经守约前来，就是有些不周之处，也是没有办法；等我有了空，再向你们解释，一定使你们满意就是了。可是凯德在哪里？我应该快去找她，时间不早了，该到教堂里去了。

特拉尼奥 你穿得这样不成体统，怎么好见你的新娘？快到我的房间里去，把我的衣服拣一件穿上吧。

彼特鲁乔 谁要穿你的衣服？我就这样见她又有何妨？

巴普提斯塔 可是我希望您不是打算就这样和她结婚吧。

彼特鲁乔 当然，就是这样；别啰里啰唆了。她嫁给我，又不是嫁给我的衣服；假使我把这身破烂的装束换掉，就能够补偿我为她所花的心血，那么对凯德和我说来都是莫大的好事。可是我这样跟你们说些废话，真是个傻子，我现在应该向我的新娘请安去，还要和她亲一个正名定分的嘴哩。（彼特鲁乔、葛鲁米奥、比昂台罗同下）

特拉尼奥 他打扮得这样疯疯癫癫，一定另有用意。我们还是劝他穿得整齐一点，再到教堂里去吧。

巴普提斯塔 我要跟去，看这事到底怎样结局。（巴普提斯塔、葛莱米奥及从仆等下）

特拉尼奥 少爷，我们不但要得到她的欢心，还必须得到她父亲的好感，所以我也早就对您说过，我要去找一个人来扮做比萨的文森修，不管他是什么人，我们都可以利用他达到我们的目的。我已经夸下海口，说是我可以给比恩卡多重的一份聘礼，现在再找了个冒牌的父亲来，叫他许下更大的数目，这样您就可以如愿以偿，坐享其成，得到一位如花似玉的夫人了。

路森修 倘不是那个教音乐的家伙一眼不放松地监视着比恩卡的行动，我倒希望和她秘密举行婚礼，等到木已成舟，别人就是不愿意也无可如何了。

特拉尼奥 那我们可以慢慢地等机会。我们要把那个花白胡子的葛莱米奥、那个精明的父亲米诺拉、那个可笑的音乐家、自作多情的里西奥，全都哄骗过去，让我的路森修少爷得到最后胜利。

葛莱米奥重上。

特拉尼奥 葛莱米奥先生，您是从教堂里来的吗？

葛莱米奥 正像孩子们放学归来一样，我走出了教堂的门，也觉得如释重负。

特拉尼奥 新娘新郎都回来了吗？

葛莱米奥 你说他是个新郎吗？他是个卖破烂的货郎，口出不逊的郎中，那姑娘早晚会明白的。

特拉尼奥 难道他比她更凶？哪有这样的事？

葛莱米奥 哼，他是个魔鬼，是个魔鬼，简直是个魔鬼！

特拉尼奥 她才是个魔鬼母夜叉呢。

葛莱米奥 嘿！她比起他来，简直是头羔羊，是只鸽子，是个傻瓜呢。我告诉你，路森修先生，当那牧师正要问他愿不愿意娶凯瑟丽娜为妻的时候，他就说，“是啊，他妈的！”他还高声赌咒，把那牧师吓得连手里的《圣经》都掉下来了；牧师正要弯下身子去把它拾起来，这个疯狂的新郎又一举把他连人带书、连书带人地打在地上，嘴里还说；“谁要是高兴，让他去把他搀起来吧。”

特拉尼奥 牧师站起来以后，那女人怎么说呢？

葛莱米奥 她吓得浑身发抖，因为他顿足大骂，就像那牧师敲诈了他似的。可是后来仪式完毕了，他又叫人拿酒来，好像他是在一艘船上，在一场风波平静以后，和同船的人们开怀畅饮一样；他喝干了酒，把浸在酒里的面包丢到敬堂司事的脸上，他的理由只是因为那司事的胡须稀疏干枯，好像要向他讨些东西吃似的。然后他就搂着新娘的头颈，亲她的嘴，那咂嘴的声音响得那样厉害，弄得四壁都发出了回声。我看见这个样子，倒觉得非常不好意思，所以就出来了。闹得乱哄哄的这一班人，大概也要来了。这种疯狂的婚礼真是难得看见。听！听！那边不是乐声吗？（音乐。）

彼特鲁乔、凯瑟丽娜、比恩卡、巴普提斯塔、霍坦西奥、葛鲁米奥及扈从等重上。

彼特鲁乔　各位来宾，各位朋友，我谢谢你们的好意。我知道你们今天想要参加我的婚宴，已经为我备下了丰盛的酒席，可惜我因为事情很忙，不能久留，所以我想就此告别了。

巴普提斯塔　难道你今晚就要去吗？

彼特鲁乔　我必须在天色未暗以前赶回去。你们不要奇怪，要是你们知道我还有些什么事情必须办好，你们就要催我快去，不会留我了。我谢谢你们各位，你们已经看见我把自己奉献给这个最和顺、最可爱、最贤惠的妻子了。大家不要客气，陪我的岳父多喝几杯，我一定要走了，再见。

特拉尼奥　让我们请您吃过了饭再走吧。

彼特鲁乔　那不成。

葛莱米奥　请您赏我一个面子，吃了饭去。

彼特鲁乔　不能。

凯瑟丽娜　让我请求你多留一会儿。

彼特鲁乔　我很高兴。

凯瑟丽娜　你高兴留着吗？

彼特鲁乔　因为你留我，所以我很高兴；可是我不能留下来，你怎么请求我都没用。

凯瑟丽娜　你要是爱我，就不要去。

彼特鲁乔　葛鲁米奥，备马！

葛鲁米奥　大爷，马已经备好了；燕麦已经被马都吃光了。

凯瑟丽娜　好，那么随你的便吧，我今天可不去，明天也不去，要是一辈子不高兴去，我就一辈子不去。大门开着，没人拦住你，你的靴子还管事，就趿拉着走吧。可是我却要等自己高兴的时候再去；你刚一结婚就摆出这种威风来，将来我岂不要整天看你的脸色吗？

彼特鲁乔　啊，凯德！请你不要生气。

凯瑟丽娜　我生气你便怎样？爸爸，别理他，我说不去就不去。

葛莱米奥　你看，先生，已经热闹起来了。

凯瑟丽娜　诸位先生，大家请入席吧。我知道一个女人倘然一点不知道反抗，她会终生被人愚弄的。

彼特鲁乔　凯德，你叫他们入席，他们必须服从你的命令。大家听新娘的话，快去喝酒吧，痛痛快快地高兴一下，否则你们就给我上吊去。可是我那娇滴滴的凯德必须陪我一起去。哎哟，你们不要睁大了眼睛，不要顿足，不要发怒，我自己的东西难道自己做不得主？她是我的家私，我的财产；她是我的房屋，我的家具，我的田地，我的谷仓，我的马，我的牛，我的驴子，我的一切；她现在站在这地方，看谁敢碰她一碰。谁要是挡住我的去路，不管他是个什么了不得的人物，我都要对他不起。葛鲁米奥，拿出你的武器来，我们现在给一群强盗围住了，快去把你的主妇救出来，才是个好小子。别怕，好娘儿们，他们不会碰你的，凯德，就算他们是百万大军，我也会保护你的。（彼特鲁乔、凯瑟丽娜、葛鲁米奥同下）

巴普提斯塔　让他们去吧，去了倒清静些。

葛莱米奥　倘不是他们这么快就去了，我笑也要笑死了。

特拉尼奥　这样疯狂的婚姻今天真是第一次看到。

路森修　小姐，您对于令姐有什么意见？

比恩卡　我说，她自己就是个疯子，现在配到一个疯汉了。

葛莱米奥　我看彼特鲁乔这回讨了个制伏他的人去了。

巴普提斯塔　各位高邻朋友，新娘新郎虽然缺席，桌上有的是美酒佳肴。路森修，您就坐在新郎的位子上，让比恩卡代替她的姐妹吧。

特拉尼奥　比恩卡现在就要学做新娘了吗？

巴普提斯塔　是的，路森修。来，各位，我们进去吧。（同下）

# 第 四 幕

## 第一场 彼特鲁乔乡间住宅中的厅堂

葛鲁米奥上。

葛鲁米奥 他妈的，马这样疲乏，主人这样疯狂，路这样泥泞难走！谁给人这样打过？谁给人这样骂过？谁像我这样辛苦？他们叫我先回来生火，好让他们回来取暖。倘不是我小小壶儿容易热，等不到走到火炉旁边，我的嘴唇早已冻结在牙齿上，舌头冻结在上颚上，我那颗心也冻结在肚子里了。现在让我一面扇火，一面自己也烘烘暖吧，像这样的天气，比我再高大一点的人也要受寒的。喂！寇提斯！

寇提斯上。

寇提斯 谁在那儿冷冰冰地叫着我？

葛鲁米奥 是一块冰。你要是不相信，可以从我的肩膀上一直滑到我的脚跟。好寇提斯，快给我生起火来。

寇提斯 大爷和他的新夫人就要来了吗，葛鲁米奥？

葛鲁米奥 啊，是的，寇提斯，是的，所以快些生火呀，可别往上浇水。

寇提斯 她真是像人家所说的那样一个火性很大的泼妇吗？

葛鲁米奥 在冬天没有到来以前，她是个火性很大的泼妇；可是像这样冷的天气，无论男人、女人、畜生，火性再大些也是抵抗不住的。连我的旧主人，我的新主妇，带我自己全让这股冷气制伏了，寇提斯大哥。

寇提斯 去你的，你这三寸钉！你自己是畜生，别和我称兄道弟的。

葛鲁米奥 我才有三寸吗？你脑袋上的绿头巾有一尺长，我也足有那么长。你要再不去生火，我可要告诉我们这位新奶奶，谁都知道她很有两手，一手下去，你就吃不消。谁叫你干这种热活却是那么冷冰冰的！

寇提斯 好葛鲁米奥，请你告诉我，外面有什么消息？

葛鲁米奥 外面是一个寒冷的世界，寇提斯，只有你的工作是热的；所以快生起火来吧，鞠躬尽瘁，自有厚赏。大爷和奶奶都快要冻死了。

寇提斯 火已经生好，你可以讲新闻给我听了。

葛鲁米奥 好吧，“来一杯，喝一杯！”你爱听多少新闻都有。

寇提斯 得了，别这么急人了。

葛鲁米奥 那你就快生火呀；我这是冷得发急。厨子呢？晚饭烧好了没有？屋子收拾了没有？芦草铺上了没有？蛛网扫净了没有？用人们穿上了新衣服白袜子没有？管家披上了婚礼制服没有？公的酒壶、母的酒瓶，里外全擦干净了没有？桌布铺上了没有？一切都布置好了吗？

寇提斯 都预备好了，那么请你讲新闻吧。

葛鲁米奥 第一，你要知道我的马已经走得十分累了，大爷和奶奶也闹翻了。

寇提斯 怎么？

葛鲁米奥 从马背上翻到烂泥里，因此就有了下文。

寇提斯 讲给我听吧，好葛鲁米奥。

葛鲁米奥 把你的耳朵伸过来。

寇提斯 好。

葛鲁米奥 （打寇提斯）喏。

寇提斯 我要你讲给我听，谁叫你打我？

葛鲁米奥 这一个耳光是要把你的耳朵打清爽。现在我要开始讲了。首先，我们走下了一个崎岖的山坡，奶奶骑着马在前面，大爷骑着马在后面

寇提斯 是一匹马还是两匹马？

葛鲁米奥 这跟你有什么关系？

寇提斯 咳，就是人马的关系。

葛鲁米奥 你要是知道得比我还仔细，那么请你讲吧。都是你打断了我的话，否则你可以听到她的马怎样跌了一跤，把她压在底下；那地方是怎样的泥泞，她浑身脏成怎么一个样子；他怎么让那马把她压住，怎么因为她的马跌了一跤而把我痛打；她怎么在烂泥里爬起来把他扯开；他怎么骂人；她怎么向他求告，她是从来不曾向别人求告过的；我怎么哭；马怎么逃走；她的马缰怎么断了；我的马鞦怎么丢了；还有许许多多新鲜的事情，现在只有让它们永远埋没，你到死也不能长这一分见识了。

寇提斯 这样说来，他比她还要厉害了。

葛鲁米奥 是啊，你们等他回来瞧着吧。可是我何必跟你讲这些话？去叫纳森聂尔、约瑟夫、尼古拉斯、腓力普、华特、休格索普他们这一批人出来吧，叫他们把头发梳光，衣服刷干净，袜带要大力而不扎眼，行起礼来不要忘记屈左膝，在吻手以前，连大爷的马尾巴也不要摸一摸。他们

都预备好了吗？

寇提斯　都预备好了。

葛鲁米奥　叫他们出来。

寇提斯　你们听见吗？喂！大爷就要来了，快出来迎接去，还要服侍新奶奶哩。

葛鲁米奥　她自己会走路。

寇提斯　这个谁不知道？

葛鲁米奥　你就好像不知道，不然你干吗要叫人来扶着她？

寇提斯　我是叫他们来给她帮帮忙。

葛鲁米奥　用不着，她不是来向他们告帮的。

众仆人上。

纳森聂尔　欢迎你回来，葛鲁米奥！

腓力普　你好，葛鲁米奥！

约瑟夫　啊，葛鲁米奥！

尼古拉斯　葛鲁米奥，好小子！

纳森聂尔　怎么样，小伙子？

葛鲁米奥　欢迎你；你好，你；啊，你；好小子，你；现在我们打过招呼了，我的漂亮的朋友们，一切都预备好，收拾清楚了吗？

纳森聂尔　一切都预备好了。大爷什么时候可以到来？

葛鲁米奥　就要来了，现在大概已经下马了；所以你们必须，哎哟，静些！我听见他的声音了。（彼特鲁乔及凯瑟丽娜上）

彼特鲁乔　这些混账东西都在哪里？怎么门口没有一个人来扶我的马镫，接我的马？纳森聂尔！葛雷古利！腓力普！

众仆人　有，大爷；有，大爷。

彼特鲁乔　有，大爷！有，大爷！有，大爷！有，大爷！你们这些木头人一样的不懂规矩的奴才！你们可以不用替主人做事，什么名分都不讲了吗？我先打发他回来的那个蠢才在哪里？

葛鲁米奥　在这里，大爷，还是和先前一样蠢。

彼特鲁乔　这婊子生下的贱东西！我不是叫你召齐了这批狗头们，到大门口来接我的吗？

葛鲁米奥　大爷，纳森聂尔的外衣还没有做好，盖勃里尔的鞋子后跟上全是洞，彼得的帽子没有刷过黑烟，华特的剑在鞘子里锈住了拔不出来，只有亚当、拉尔夫和葛雷古利的衣服还算整齐，其余的都破旧不堪，像一群叫花子似的。可是他们现在都来迎接您了。

彼特鲁乔　去，浑蛋们，把晚饭拿来。（若干仆人下）（唱）“想当年，我也曾……那些家伙全坐下吧，凯德，你到家了，嗯，嗯，嗯，嗯。

数仆持餐具重上。

彼特鲁乔　怎么，到这时候才来？——可爱的好凯德，你应当快乐一点。混账东西，给我把靴子脱下来！死东西，有耳朵没有？（唱）“有个灰衣的行脚僧，在路上奔波不停。”该死的狗才！你把我的脚都拉痛了；我非得揍你，好叫你脱那只的时候当心一点。（打仆人）凯德，你高兴起来呀。喂！给我拿水来！我的猎狗特洛伊罗斯呢？嗨，小子，你去把我的表弟腓迪南找来。（仆人下）凯德，你应该跟他见个面，认识认识。我的拖鞋在什么地方？怎么，没有水吗？凯德，你来洗手吧。（仆人失手将水壶跌落地上，彼特鲁乔打仆人）这狗娘养的！你故意让它跌在地下吗？

凯瑟丽娜　请您别生气，这是他无心的过失。

彼特鲁乔　这狗娘养的笨蛋！来，凯德，坐下来，我知道你肚子饿了。是由你来做祈祷呢，好凯德，还是我来做？这是什么？羊肉吗？

仆　甲　是的。

彼特鲁乔　谁拿来的？

仆　甲　是我。

彼特鲁乔　它焦了；所有的肉都焦了。这批狗东西！那个混账厨子呢？你们好大胆子，知道我不爱吃这种东西，敢把它拿了出来！（将肉等向众仆人掷去）盆子杯子盘子一起还给你们吧，你们这些没有头脑不懂规矩的奴才！怎么，你在咕噜些什么？等着，我就来跟你算账。

凯瑟丽娜　夫君，请您不要那么生气，这肉烧得还不错哩。

彼特鲁乔　我对你说，凯德，它已经烧焦了；再说，医生也曾经特别告诉我不要碰羊肉；因为吃了下去有伤脾胃，会使人脾气暴躁的。我们两人的脾气本来就暴躁，所以还是挨些饿，不要吃这种烧焦的肉吧。请你忍耐些，明天我叫他们烧得好一点，今夜我们两个人大家饿一夜。来，我领你到你的新房里去。（彼特鲁乔、凯瑟丽娜、寇提斯同下）

纳森聂尔　彼得，你看见过这样的事情吗？

彼　得　这叫作以其人之道，还治其人之身。

寇提斯重上。

葛鲁米奥　他在哪里？

寇提斯　在她的房间里，向她大讲节制的道理，嘴里不断骂人，弄得她坐立不安，眼睛也不敢看，话也不敢说，只好呆呆坐着，像一个刚从梦里醒来的人一般，看样子怪可怜的。快去，快去！他来了。（四人同下）

彼特鲁乔重上。

彼特鲁乔　我已经开始巧妙地把她驾驭起来，希望能够得到美满的成功。我这只悍鹰现在非常饥饿，在她没有俯首听命以前，不能让她吃饱，不然她就不肯再练习打猎了。我还有一个制伏这鸷鸟的办法，使她能呼之则来，挥之则去；那就是总叫她睁着眼，不得休息，拿她当一只乱扑翅膀的倔强鹞子一样对待。今天她没有吃过肉，明天我也不给她吃；昨夜她不曾睡觉，今夜我也不让她睡觉，我要故意嫌被褥铺得不好，把枕头、枕垫、被单、线毯向满房乱丢，还说都是为了爱惜她才这样做；总之她将要整夜不能合眼，倘若她昏昏思睡，我就骂人吵闹，吵得她睡不着。这是用体贴为名惩治妻子的法子，我就这样克制她的狂暴倔强的脾气；要是有谁知道还有比这更好的驯悍妙法，那么我倒要请教请教。（下）

## 第二场　帕度亚。巴普提斯塔家门前

特拉尼奥及霍坦西奥上。

特拉尼奥　里西奥朋友，难道比恩卡小姐除了路森修以外，还会爱上别人吗？我告诉你吧，她对我很有好感呢。

霍坦西奥　先生，为了证明我刚才所说的话，你且站在一旁，看看他是怎样教法。（二人站立一旁）

比恩卡及路森修上。

路森修　小姐，您的功课念得怎么样啦？

比恩卡　先生，您在念什么？先回答我。

路森修　我念的正是我的本行：《恋爱的艺术》。

比恩卡　我希望您在这方面成为一个专家。

路森修　亲爱的，我希望您做我实验的对象。（二人退后）

霍坦西奥　哼，他们的进步倒是很快！现在你还敢发誓说你的爱人比恩卡只爱着路森修吗？

特拉尼奥　啊，可恼的爱情！朝三暮四的女人！里西奥，我真想不到有这种事情。

霍坦西奥 老实告诉你吧，我不是里西奥，也不是一个音乐家。我为了她不惜降低身价，乔扮成这个样子；谁知道她不爱绅士，却去爱上一个穷酸小子。先生，我的名字是霍坦西奥。

特拉尼奥 原来足下便是霍坦西奥先生，失敬失敬！久闻足下对比恩卡十分倾心，现在你我已经亲眼看见她这种轻狂的样子，我看我们大家把这一段痴情割断了吧。

霍坦西奥 瞧，他们又在接吻亲热了！路森修先生，让我握你的手，我郑重宣誓，今后决不再向比恩卡求婚，像她这样的女人，是不值得我像过去那样对她盲目恋慕的。

特拉尼奥 我也愿意一秉至诚，作同样的宣誓，即使她向我苦苦哀求，我也决不娶她。不害臊的！瞧她那副浪相！

霍坦西奥 但愿除了他以外，所有的人都发誓把比恩卡舍弃。至于我自己，我一定坚守誓言；三天之内，我就要和一个富孀结婚，她已经爱我很久，可是我却迷上了这个鬼丫头。再会吧，路森修先生，讨老婆不在乎姿色，有良心的女人才值得我去爱她。好吧，我走了。主意已拿定，决不更改。

（霍坦西奥下，路森修、比恩卡上前）

特拉尼奥 比恩卡小姐，祝您爱情美满！我刚才已经窥见你们的秘密，而且我已经和霍坦西奥一同发誓把您舍弃了。

比恩卡 特拉尼奥，你又在说笑话了。可是你们两人真的都已经发誓把我舍弃了吗？

特拉尼奥 是的，小姐。

路森修 那么，里西奥不会再来打搅我们了。

特拉尼奥 不骗你们，他现在决心要娶一个风流寡妇，打算求婚结婚都在一天之内完成呢。

比恩卡 愿上帝赐他快乐！

特拉尼奥 他还要把她管束得十分驯服呢。

比恩卡 他不过说说罢了，特拉尼奥。

特拉尼奥 真的，他已经进了御妻学校了。

比恩卡 御妻学校！有这样一个所在吗？

特拉尼奥 是的，小姐，彼特鲁乔就是那个学校的校长，他教授着层出不穷的许多驯伏悍妇的妙计和对付长舌妇的秘诀。

比昂台罗奔上。

比昂台罗 啊，少爷，少爷！我守了半天，守得腿酸脚软，好容易给我发现了一位老人家，他从山坡上下来，看他的样子倒还适合我们的条件。

特拉尼奥 比昂台罗，他是个什么人？

比昂台罗 少爷，他也许是个商店里的掌柜，也许是个三家村的学究，我也弄不清楚，可是他的装束十分规矩，他的神气和相貌都像个老太爷的样子。

路森修 特拉尼奥，我们找他来干吗呢？

特拉尼奥 他要是能够听信我随口编造的谣言，我可以叫他心甘情愿地冒充文森修，向巴普提斯塔一口答应一份丰厚的聘礼。把您的爱人带进去，让我在这儿安排一切。（路森修、比恩卡同下）

老学究上。

学　究 上帝保佑您先生！

特拉尼奥 上帝保佑您，老人家！您是路过此地，还是有事到此？

学　究 先生，我想在这儿耽搁一两个星期，然后动身到罗马去；要是上帝让我多活几年，我还希望到特里坡利斯去一次。

特拉尼奥 请问府上是什么地方？

学　究 敝乡是曼多亚。

特拉尼奥 曼多亚吗，老先生！哎哟，糟了！您敢到帕度亚来，难道不想活命了吗？

学　究 怎么，先生！我不懂您的话。

特拉尼奥 曼多亚人到帕度亚来，都是要处死的。您还不知道吗？你们的船只只能停靠在威尼斯，我们的公爵和你们的公爵因为发生争执，已经宣布不准敌邦人民入境的禁令。大概您是新近到此，否则应该早就知道的。

学　究 唉，先生！这可怎么办呢？我还有从弗罗棱萨汇来的钱，要在这儿取出来呢！

特拉尼奥 好，老先生，我愿意帮您一下忙。第一要请您告诉我，您有没有到过比萨？

学　究 啊，先生，比萨是我常去的地方，那里是以正人君子多而出名的。

特拉尼奥 在那些正人君子中间，有一位文森修您认识不认识？

学　究 我不认识他，可是听到过他的名字；他是一个非常豪富的商人。

特拉尼奥 老先生，他就是家父；不骗您，他的相貌可有点儿像您呢。

比昂台罗 （旁白）就像苹果跟牡蛎差不多一样。

特拉尼奥 您现在既然有生命的危险，那么我看您不妨暂时权充家父，您生得像他，这总算是您的运气。您可以住在我的家里，受我的竭诚款待，可是您必须注意您的说话行动，别让人瞧出破绽来！您懂得我的意思吧，老先生；您可以这样住下来，等到办好了事情再走。如果不嫌怠慢，那么就请您接受我的好意吧。

学 究 啊，先生，这样您真是我的救命恩人了，我一定永远不忘您的大德。

特拉尼奥 那么跟我去装扮起来。不错，我还要告诉您一件事，我跟这儿一位巴普提斯塔的女儿正在议订婚约，只等我的父亲来通过一注聘礼，关于这件事情我可以仔细告诉您一切应付的方法。现在我们就去找一身合适一点的衣服给您穿吧。（同下）

## 第三场 彼特鲁乔家中一室

凯瑟丽娜及葛鲁米奥上。

葛鲁米奥 不，不，我不敢。

凯瑟丽娜 我越是心里委屈，他越是把我折磨得厉害。难道他娶了我来，是要饿死我吗？到我父亲门前求乞的叫花子，也总可以讨到一点布施；这一家讨不到，那一家总会给他一些冷饭残羹。可是从来不知道怎样恳求人家、也从来不需要向人恳求什么的我，现在却吃不到一点东西，得不到一刻钟的安眠；他用高声的詈骂使我不能合眼，让我饱听他的喧哗的吵闹；尤其可恼的，他这一切都借着爱惜我的名义，好像我一睡着就会死去，吃了东西就会害重病一样。求求你去给我找些食物来吧，不管什么东西，只要可以吃的就行。

葛鲁米奥 您要不要吃红烧猪蹄？

凯瑟丽娜 那好极了，请你拿来给我吧。

葛鲁米奥 恐怕您吃了会上火。清炖大肠好不好？

凯瑟丽娜 很好，好葛鲁米奥，给我拿来。

葛鲁米奥 我不大放心，恐怕它也是上火的。胡椒牛肉好不好？

凯瑟丽娜 那正是我爱吃的一道菜。

葛鲁米奥 嗯，可是那胡椒太辣了。

凯瑟丽娜 那么就是牛肉，别放胡椒了吧。

葛鲁米奥　那可不成，您要吃牛肉，一定得放胡椒。

凯瑟丽娜　放也好，不放也好，牛肉也好，别的什么也好，随你的便给我拿些来吧。

葛鲁米奥　那么好，只有胡椒，没有牛肉。

凯瑟丽娜　给我滚开，你这欺人的奴才！（打葛鲁米奥）你不拿东西给我吃，却向我报出一道道的菜名来逗我；你们瞧着我倒霉得意，看你们得意到几时！去，快给我滚！

彼特鲁乔持肉一盆，与霍坦西奥同上。

彼特鲁乔　我的凯德今天好吗？怎么，好人儿，不高兴吗？

霍坦西奥　嫂子，您好？

凯瑟丽娜　哼，我浑身发冷。

彼特鲁乔　不要这样垂头丧气的，向我笑一笑吧。亲爱的，你瞧我多么至诚，我自己给你煮了肉来了。（将肉盆置桌上）亲爱的凯德，我相信你一定会感谢我这一片好心的。怎么！一句话也不说吗？那么你不喜欢它；我的辛苦都白费了。来，把这盆子拿去。

凯瑟丽娜　请您让它放着吧。

彼特鲁乔　最微小的服务，也应该得到一声道谢。你在没有吃这肉之前，应该谢谢我才是。

凯瑟丽娜　谢谢您，夫君。

霍坦西奥　哎哟，彼特鲁乔先生，你何必这样！嫂子，让我奉陪您吧。

彼特鲁乔　（旁白）霍坦西奥，你倘然是个好朋友，请你尽情吃。凯德，这回你可高兴了吧；吃得快一点。现在，我的好心肝，我们要回到你爸爸家里去了；我们要打扮得非常体面，我们要穿绸衣、戴绢帽、金戒指；高高的衣领，飘逸的袖口，圆圆的裙子，肩巾，折扇，什么都要备着两套替换；还有琥珀的镯子，珍珠的项圈，以及诸如此类的玩意儿。啊，你还没有吃好吗？裁缝在等着替你穿新衣服呢。

裁缝上。

彼特鲁乔　来，裁缝，让我们瞧瞧你做的衣服；先把那件袍子展开来。

帽匠上。

彼特鲁乔　你有什么事？

帽　匠　这是您叫我做的那顶帽子。

彼特鲁乔　啊，样子倒很像一只汤碗。一个绒制的碟子！呸，呸！死了，简直像个蚌壳或是胡桃壳，一块饼干，一个胡闹的玩意儿，只能给洋娃娃戴。拿去！换一顶大一点的来。

凯瑟丽娜　大一点的我不要；这一项式样很新，贤媛淑女们都是戴这种帽子的。

彼特鲁乔　等你成为一个贤媛淑女以后，你也可以有一顶；现在还是不要戴它吧。

霍坦西奥　（旁白）那倒还要经过相当的时间哩。

凯瑟丽娜　哼，我相信我也有说话的权利；我不是三岁小孩，比你尊长的人，也不能禁止我自由发言，你要是不愿意听，还是请你把耳朵塞住吧。我这一肚子的气恼，要是再不让我的嘴把它发泄出来，我的肚子也要气破了。

彼特鲁乔　是啊，你说得一点不错，这帽子真不好，活像块牛奶蛋糕，丝织的烧饼，值不了几个子儿。你不喜欢它，所以我才格外爱你。

凯瑟丽娜　爱我也好，不爱我也好，我喜欢这项帽子，我只要这一顶，不要别的。（帽匠下。）

彼特鲁乔　你的袍子吗？啊，不错；来，裁缝，让我们瞧瞧看。哎哟，天哪！这算是什么古怪的衣服？这是什么？袖子吗？那简直像一尊小炮。怎么回事，上上下下都是褶儿，和包子一样。这儿也是缝，那儿也开口，东一道，西一条，活像剃头铺子里的香炉。他妈的！裁缝，你把这叫作什么东西？

霍坦西奥　（旁白）看来她帽子袍子都穿戴不成了。

裁　缝　这是您叫我照着流行的式样用心裁制的。

彼特鲁乔　是呀，可是我没有叫你做得这样乱七八糟。去，给我滚回你的狗窠里去吧，我以后决不再来请教你了。我不要这东西，拿去给你自己穿吧。

凯瑟丽娜　我从来没有见过一件比这更漂亮、更好看的袍子了。你大概想把我当作一个木头人一样随你摆布吧。

彼特鲁乔　对了，他想把你当作木头人一样随意摆布。

裁　缝　她说您想把她当作木头人一样随意摆布。

彼特鲁乔　啊，大胆的狗才！你胡说，你这拈针弄线的傻瓜，你这个长码尺、中码尺、短码尺、钉子一样长的浑蛋！你这跳蚤，你这虫卵，你这冬天的蟋蟀！你拿着一绞线，竟敢在我家里放肆吗？滚！你这破布头，你这不是东西的东西！我非得好生拿尺揍你一顿，看你这辈子还敢不敢胡言乱语。好好的一件袍子，给你剪成这个样子。

裁　缝　您弄错了，这袍子是我们东家照您吩咐的样子做起来的，葛鲁米奥一五一十地给我们讲了尺寸和式样。

葛鲁米奥　我什么都没讲，我就把料子给他了。

裁　缝　你没说怎么做吗？

葛鲁米奥　那我倒是说了，老兄，用针线做。

裁　缝　你没叫我们裁吗？

葛鲁米奥　这些地方是你放出来的。

裁　缝　不错。

葛鲁米奥　少跟我放肆；这些玩意儿是你装上的，少跟我装腔。你要是放肆装腔，我是不买账的。我老实告诉你，我叫你们东家裁一件袍子，可是没有叫他裁成碎片。所以，你完全是信口胡说。

裁　缝　这儿有式样的记录，可以作证。

彼特鲁乔　你念念。

葛鲁米奥　反正要说是我说的，那记录也是撒谎。

裁　缝　“一：肥腰身女袍一件。”

葛鲁米奥　老爷，我要是说过肥腰身，你就把我缝在袍子的下摆里，拿一轴黑线把我打死。我明明就说女袍一件。

被特鲁乔　往下念。

裁　缝　“外带小披肩。”

葛鲁米奥　披肩我倒是说过。

裁　缝　“灯笼袖。”

葛鲁米奥　我要的是两只袖子。

裁　缝　“袖子要裁得花样新奇。”

彼特鲁乔　嘿，毛病就出在这儿。

葛鲁米奥　那是写错了，老爷，那是写错了。我不过叫他裁出袖子来，再给缝上。你这家伙要是敢否认我说的半个字，就是你小拇指上套着顶针，我也敢揍你。

裁　缝　我念得完全没有错。你要敢跟我到外面去，我就给你点颜色看。

葛鲁米奥　算数，你拿着账单，我拿着码尺，看咱们谁先求饶。

霍坦西奥　老天在上，葛鲁米奥！你拿着他的码尺，他可就没的要了。

彼特鲁乔　总而言之，这袍子我不要。

葛鲁米奥　那是自然，老爷，本来也是给奶奶做的。

彼特鲁乔　卷起来，让你的东家拿去玩吧。

葛鲁米奥　浑蛋，你敢卷？卷起我奶奶的袍子，让你东家玩去？

彼特鲁乔　怎么了，你这话是什么意思？

葛鲁米奥　哎呀，老爷，这意思可是你万万想不到的。卷起我奶奶的袍子，让他东家玩去！嘿，这太不像话了！

彼特鲁乔　（向霍坦西奥旁白）霍坦西奥，你说工钱由你来付。（向裁缝）快拿去，走吧走吧，别多说了。

霍坦西奥　（向裁缝旁白）裁缝，那袍子的工钱我明天拿来给你。他一时使性子说的话，你不必跟他计较；快去吧，替我问你们东家好。（裁缝下）

彼特鲁乔　好吧，来，我的凯德，我们就老老实实穿着这身家常便服，到你爸爸家里去吧。只要我们袋里有钱，身上穿得寒酸一点，又有什么关系？因为使身体阔气，还要靠心灵。正像太阳会从乌云中探出头来一样，布衣粗服，可以格外显出一个人的正直。鸟并不因为羽毛的美丽，而比云雀更为珍贵；蝮蛇并不因为皮肉的光泽，而比鳗鲡更有用处。所以，好凯德，你穿着这一身敝旧的衣服，也并不因此而降低了你的身价。你要是怕人笑话，那么让人家笑话我吧。你还是要高高兴兴的，我们马上就到你爸爸家里去喝酒作乐。去，叫他们准备好，我们就要出发了。我们的马在小路那边等着，我们走到那里上马。让我看，现在大概是七点钟，我们可以在吃中饭以前赶到那里。

凯瑟丽娜　我相信现在快两点钟了，到那里去也许赶不上吃晚饭呢。

彼特鲁乔　不是七点钟，我就不上马。我说的话，做的事，想着的念头，你总是要跟我闹别扭。好，大家不用忙了，我今天不去了。你倘若要我去，那么我说是什么钟点，就得是什么钟点。

霍坦西奥　唷，这家伙简直想要太阳也归他节制哩。（同下）

## 第四场　帕度亚巴普提斯塔家门前

特拉尼奥及老学究扮文森修上。

特拉尼奥　这儿已是巴普提斯塔的家了，我们要不要进去看望他？

学　究　那还用说吗？我倘然没有弄错，那么巴普提斯塔先生也许还记得我，二十年以前，我们曾经在热那亚做过邻居哩。

特拉尼奥　这样很好，请你随时保持着做一个父亲的庄严风度吧。

学　究　您放心好了。瞧，您那跟班来了。我们应该把他教导一番才是。

比昂台罗上。

特拉尼奥　你不用担心他。比昂台罗，你要好好侍候这位老先生，就像他是真的文森修老爷一样。

比昂台罗　嘿！你们放心吧。

特拉尼奥　可是你看见巴普提斯塔没有？

比昂台罗　看见了，我对他说，您的老太爷已经到了威尼斯，您正在等着他今天到帕度亚来。

特拉尼奥　你事情办得很好，这几个钱拿去买杯酒喝吧。巴普提斯塔来啦，赶快装起一副严肃的面孔来。

巴普提斯塔及路森修上。

特拉尼奥　巴普提斯塔先生，我们正要来拜访您。（向学究）父亲，这就是我对您说起过的那位老伯。请您成全您儿子的好事，答应我娶比恩卡为妻吧。

学　究　吾儿且慢！巴普提斯塔先生，久仰久仰。我这次因为追索几笔借款，到帕度亚来，听见小儿向我说起，他跟令嫒十分相爱。像先生这样的家声，能够仰攀，已属万幸，我当然没有不赞成之理；而且我看他们两人情如胶漆，也很愿意让他早早成婚，了此一桩心事。要是先生不嫌弃的话，那么关于问名纳聘这一方面的种种条件，但有所命，无不乐从；先生的盛名我久已耳闻，　自然不会斤斤计较。

巴普提斯塔　文森修先生，恕我不会客套，您刚才那样开诚布公地说话，我听了很是高兴。令郎和小女的确十分相爱，如果是伪装，万不能如此逼真；您要是不忍拂令郎之意，愿意给小女一份适当的聘礼，那么我是毫无问题的，我们就此一言为定吧。

特拉尼奥　谢谢您，老伯。那么您看我们最好在什么地方把双方的条件互相谈妥？

巴普提斯塔　舍间恐怕不大方便，因为属垣有耳，我有许多仆人，也许会被他们听了泄露出去；而且葛莱米奥那老头子痴心不死，也许会来打扰我们。

特拉尼奥　那么还是到敝寓去吧，家父就在那里耽搁，我们今夜可以在那边悄悄地把事情谈妥。请您就叫这位尊驾去请令嫒出来；我就叫我这奴才去找个书记来。但恐事出仓促，一切招待未能尽如尊意，要请您多多原谅。

巴普提斯塔　不必客气，这样很好。堪比奥，你到家里去叫比恩卡梳洗梳洗，我们就要到一处地方去；你也不妨告诉她路森修先生的尊翁已经到了帕度亚，她的亲事大概就可定夺下来了。

比昂台罗　但愿神明祝福她嫁得一位如意郎君！

特拉尼奥　不要惊动神明了，快快去吧。巴普提斯塔先生，请了。我们只有些薄酒粗肴，谈不上什么款待；等您到比萨来的时候，才要好好地请您一下哩。

巴普提斯塔　请了。（特拉尼奥、巴普提斯塔及老学究下）

比昂台罗　堪比奥！

路森修　有什么事，比昂台罗？

比昂台罗　您看见我的少爷向您眨着眼睛笑吗？

路森修　他向我眨着眼睛笑又怎么样？

比昂台罗　没有什么，可是他要我慢走一步，向您解释他的暗号。

路森修　那么你就解释给我听吧。

比昂台罗　他叫您不要担心巴普提斯塔，他正在和一个冒牌的父亲讨论关于他的冒牌的儿子的婚事。

路森修　那便怎样？

比昂台罗　他叫您带着他的女儿一同到他们那里吃晚饭。

路森修　带着她去又怎样？

比昂台罗　您可以随时去找圣路加教堂里的老牧师。

路森修　这到底是什么意思？

比昂台罗　我也不知道是什么意思，我只知道趁着他们都在那里假装谈条件的时候，您就赶快同着她到教堂里去，找到了牧师执事，再找几个靠得住的证人，取得"只此一家，不准翻印"的权利。这倘不是您盼望已久的好机会，那么您也从此不必再在比恩卡身上转念头了。（欲去）

路森修　听我说，比昂台罗。

比昂台罗　我不能待下去了。我知道有一个女人，一天下午在园里拔菜喂兔子，就这样莫名其妙地跟人家结了婚了；也许您也会这样。再见，先生。我的少爷还要叫我到圣路加教堂去，叫那牧师在那边等着你和你的附录，也就是随从。（下）

路森修 只要她肯，事情就好办；她一定愿意的，那么我还疑惑什么？不要管它，让我直截了当地对地说；堪比奥要是不能把她弄到手，那才是怪事哩。（下）

## 第五场 公 路

彼特鲁乔、凯瑟丽娜、霍坦西奥及从仆等上。

彼特鲁乔 走，走，到我们老丈人家里去。主啊，月亮照得多么光明！

凯瑟丽娜 什么月亮！这是太阳，现在哪里来的月亮？

彼特鲁乔 我说这是月亮的光。

凯瑟丽娜 这明明是太阳光。

彼特鲁乔 我指着我母亲的儿子——那就是我自己——起誓，我要说它是月亮，它就是月亮，我要说它是星，它就是星，我要说它是什么，它就是什么，你要是说我说错了，我就不到你父亲家里去。来，掉转马头，我们回去了。老是跟我闹别扭，闹别扭！

霍坦西奥 随他怎么说吧，否则我们永远去不成了。

凯瑟丽娜 我们已经走了这么远，请您不要再回去了吧。您高兴说它是月亮，它就是月亮；您高兴说它是太阳，它就是太阳；您要是说它是蜡烛，我也就当它是蜡烛。

彼特鲁乔 我说它是月亮。

凯瑟丽娜 我知道它是月亮。

彼特鲁乔 不，你胡说，它是太阳。

凯瑟丽娜 那么它就是太阳。可是您要是说它不是太阳，它就不是太阳；月亮的盈亏圆缺，就像您心性的捉摸不定一样。随您叫它是什么名字吧，您叫它什么，凯瑟丽娜也叫它什么就是了。

霍坦西奥 彼特鲁乔，恭喜恭喜，你已经得到胜利了。

彼特鲁乔 好，往前走！正是顺水行舟快，逆风打桨迟。且慢，那边有谁来啦？

文森修作旅行装束上。

彼特鲁乔 （向文森修）早安，好姑娘，你到哪里去？亲爱的凯德，老老实实告诉我，你可曾看见过一个比她更娇好的淑女？她颊上又红润，又白嫩，相映得多么美丽！点缀在天空中的繁星，怎么及得上她那天仙般美的脸上那一双眼睛的清秀？可爱的美貌姑娘，早安！亲爱的凯德，因为她这样美，你应该和她亲热亲热。

霍坦西奥　把这人当作女人，他一定要发怒的。

凯瑟丽娜　年轻娇美的姑娘，你到哪里去？你家住在什么地方？你的父亲母亲生下你这样美丽的孩子，真是几生修得；不知哪个幸运的男人，有福消受你这如花美眷！

彼特鲁乔　啊，怎么，凯德，你疯了吗？这是一个满脸皱纹的白发衰翁，你怎么说他是一个姑娘？

凯瑟丽娜　老丈，请您原谅我一时眼花，因为太阳光太炫耀了，所以看什么都是迷迷糊糊的。现在我才知道您是一位年尊的老丈，请您千万宽恕我刚才的唐突吧。

彼特鲁乔　老伯伯，请你原谅她；还要请问你现在到哪儿去，要是咱们是同路的话，那么请你跟我们一块儿走吧。

文森修　好先生，还有你这位淘气的娘子，萍水相逢，你们把我这样打趣，倒把我弄得莫名其妙。我的名字叫文森修，舍间就在比萨，我现在要到帕度亚去，瞧瞧我的久别的儿子。

彼特鲁乔　令郎叫什么名字？

文森修　他叫路森修。

彼特鲁乔　原来尊驾就是路森修的尊翁，那巧极了，算来你还是我的姻伯呢。这就是拙荆，她有一个妹妹，现在多半已经和令郎成了婚了。你不用吃惊，也不必忧虑，她是一个名门淑女，嫁奁也很丰富，她的品貌才德，当得起"君子好逑"四字。文森修老先生，刚才多多失敬，现在我们一块儿看你令郎去吧，他见了你一定是异常高兴的。

文森修　您说的是真话，还是像有些爱寻开心的旅行人一样，路上见了什么人就随便开开玩笑？

霍坦西奥　老丈，我可以担保他的话都是真的。

彼特鲁乔　来，我们去吧，看看我的话究竟是真是假；你大概因为我先前和你开过玩笑，所以有点不相信我了。（除霍坦西奥外皆下）

霍坦西奥　彼特鲁乔，你已经鼓起了我的勇气。我也要照样去对付我那寡妇！她要是倔强抗命，我就记着你的教训，也要对她不客气了。（下）

# 第 五 幕

## 第一场 帕度亚。路森修家门前

比昂台罗、路森修及比恩卡自一方上，葛莱米奥在另一方行走。

比昂台罗 少爷，放轻脚步快快走，牧师已经在等着了。

路森修 我会飞了过去的，比昂台罗。可是他们在家里也许要叫你做事，你还是回去吧。

比昂台罗 不，我要把您送到教堂门口，然后再奔回去。（路森修、比恩卡、比昂台罗同下。）

葛莱米奥 真奇怪，堪比奥怎么到现在还不来。

彼特鲁乔、凯瑟丽删、文森修及从仆等上。

彼特鲁乔 老伯，这就是路森修家的门前；我的岳父就住在靠近市场的地方，我现在要到他家里去，暂时失陪了。

文森修 不，我一定要请您进去喝杯酒再走。我想我在这里是可以略尽地主之谊的。嘿，听起来里面已经相当闹了。（叩门）

葛莱米奥 他们在里面忙得很，你还是敲得响一点。

老学究自上方上，凭窗下望。

学 究 谁在那里把门都要敲破了？

文森修 请问路森修先生在家吗？

学 究 他人是住家里，可是你不能见他。

文森修 要是有人带了一二百镑钱来，送给他吃吃玩玩呢？

学 究 把你那一百镑钱留着自用吧，我一天活在世上，他就一天不愁没有钱用。

彼特鲁乔 我不是告诉过您吗？令郎在帕度亚是人缘极好的。废话少讲，请你通知一声路森修先生，说他的父亲已经从比萨来了，现在在门口等着和他说话。

学 究 胡说，他的父亲就在帕度业，正在窗口说话呢。

文森修 你是他的父亲吗？

学　究　是啊，你要是不信，不妨去问问他的母亲。

彼特鲁乔　（向文森修）啊，怎么，朋友！你原来假冒别人的名字，这真是岂有此理了。

学　究　把这混账东西抓住！我看他是想要假冒我的名字，在这城里向人讹诈。

比昂台罗重上。

比昂台罗　我看见他们两人一块儿在教堂里，上帝保佑他们一帆风顺！可是谁在这儿？我的老太爷文森修！这可糟了，我们的计策都要败露了。

文森修　（见比昂台罗）过来，死鬼！

比昂台罗　借光，请让我过去。

文森修　过来，狗才！你难道忘记我了吗？

比昂台罗　忘记你！我怎么会忘记你？我见也没有见过你哩。

文森修　怎么，你这该死的东西！你难道没有见过你家主人的父亲文森修吗？

比昂台罗　啊，你问起我们的老太爷吗？瞧那站在窗口的就是他。

文森修　真的吗？（打比昂台罗）

比昂台罗　救命！救命！救命！这疯子要谋害我啦！（下）

学　究　吾儿，巴普提斯塔先生，快来救人！（自窗口下）

彼特鲁乔　凯德，我们站在一旁，瞧这场纠纷怎样解决。（二人退后）

老学究自下方重上，巴普提斯塔、特拉尼奥及众仆上。

特拉尼奥　老头儿，你是个什么人，敢动手打我的仆人？

文森修　我是个什么人！嘿，你是个什么人？哎呀，天哪！你这家伙！你居然穿起绸缎的衫子、天鹅绒的袜子、大红的袍子，戴起高高的帽子来了！啊呀，完了！完了！我在家里舍不得花一个钱，我的儿子和仆人却在大学里挥霍到这个样子！

特拉尼奥　啊，是怎么一回事？

巴普提斯塔　这家伙疯了吗？

特拉尼奥　瞧你这一身打扮，倒像一位明白道理的老先生，可是你说的却是一派疯话。我就是佩戴些金银珠玉，那又跟你什么相干？多谢上帝给我一位好父亲，他会供给我的花费。

文森修　你的父亲！哼！他是在贝格摩做船帆的。

巴普提斯塔　你弄错了，你弄错了。请问你知道他叫什么名字？

文森修　他叫什么名字？你以为我不知道他的名字吗？我把他从三岁起抚养

长大，他的名字叫作特拉尼奥。

学　究　去吧，去吧，你这疯子！他的名字是路森修，我叫文森修，他是我的独生子。

文森修　路森修！啊！他已经把他的主人谋害了。我用公爵的名义请你们赶快把他抓住。啊，我的孩子，我的孩子！狗才，快对我说，我的儿子路森修在哪里？

特拉尼奥　去叫一个官差来。

一仆人偕差役上。

特拉尼奥　把这疯子抓进监牢里去。岳父大人，叫他们把他好好看管起来。

文森修　把我抓进监牢里去！

葛莱米奥　且慢，官差，你不能把他送进监牢。

巴普提斯塔　您不用管，葛莱米奥先生，我说非把他抓进监牢里不可。

葛莱米奥　宁可小心一点，巴普提斯塔先生，也许您会上人家的圈套。我敢发誓这个人才是真的文森修。

学　究　你有胆量就发个誓看看。

葛莱米奥　不，我不敢发誓。

特拉尼奥　那么你还是说我不是路森修吧。

葛莱米奥　不，我知道你是路森修。

巴普提斯塔　把那呆老头儿抓去！把他关起来！

文森修　你们这里是这样对待外方人的吗？好混账的东西！

比昂台罗偕路森修及比恩卡重上。

比昂台罗　啊，我们的计策要完全败露了！他就在那里。不要去认他，假装不认识他，否则我们就完了！

路森修　（跪下）亲爱的爸爸，请您原谅我！

文森修　我的最亲爱的孩子还在人世吗？（比昂台罗、特拉尼奥及老学究逃走）

比恩卡　（跪下）亲爱的爸爸，请您原谅我！

巴普提斯塔　你做错了什么事要我原谅？路森修呢？

路森修　路森修就在这里，我是这位真文森修的真正的儿子，已经正式娶您的女儿为妻，您却受了骗了。

葛莱米奥　他们都是一党，现在又拉了个证人来欺骗我们了！

文森修　那个该死的狗头特拉尼奥竟敢对我这样放肆，现在到哪儿去了？

巴普提斯塔　咦，这个人不是我们家里的堪比奥吗？

比恩卡 堪比奥已经变成路森修了。

路森修 爱情造成了这些奇迹。我因为爱比恩卡，所以和特拉尼奥交换地位，让他在城里顶替着我的名字；现在我已经美满地达到了我的心愿。特拉尼奥的所作所为，都是我强迫他做的；亲爱的爸爸，请您看在我的面上原谅他吧。

文森修 这狗才要把我送进监牢里去，我一定要割破他的鼻子。

巴普提斯塔 （向路森修）我倒要请问你，你没有得到我的允许，怎么就可以和我的女儿结婚？

文森修 您放心好了，巴普提斯塔先生，我们一定会使您满意的。可是他们这样作弄我，我一定要去找着他们出出这一口闷气。（下）

巴普提斯塔 我也要去把这场诡计调查一个仔细。（下）

路森修 不要害怕，比恩卡，你爸爸不会生气的。（路森修、比恩卡下）

葛莱米奥 我的希望已成画饼，可是我也要跟他们一起进去，分一杯酒喝喝。（下）

彼特鲁乔及凯瑟丽娜上前。

凯瑟丽娜 夫君，我们也跟着去瞧瞧热闹吧。

彼特鲁乔 凯德，先给我一个吻，我们就去。

凯瑟丽娜 怎么！就在大街上吗？

彼特鲁乔 啊！你觉得嫁了我这种丈夫辱没了你吗？

凯瑟丽娜 不，那我怎么敢，我只是觉得这样接吻，太难为情了。

彼特鲁乔 好，那么我们还是回家去吧。来，我们走。

凯瑟丽娜 不，我就给你一个吻。现在，我的爱，请你不要回去了吧。

彼特鲁乔 这样不很好吗？来，我的亲爱的凯德，知过则改永远是不嫌迟的。（同下）

## 第二场 路森修家中一室

室中张设筵席。巴普提斯塔、文森修、葛莱米奥、老学究、路森修、比恩卡、彼特鲁乔、凯瑟丽娜、霍坦西奥及寡妇同上；特拉尼奥，比昂台罗、葛鲁米奥及其他仆人等随侍。

路森修 虽然经过了长久的争论，我们的意见终于一致了；现在偃旗息鼓，正是我们杯酒交欢的时候。我的好比恩卡，请你向我的父亲表示欢迎；我也要用同样诚恳的心情，欢迎你的父亲。彼特鲁乔姻兄，凯瑟丽娜大姐，还有你，霍坦西奥，和你那位亲爱的寡妇，大家不要客气，在婚礼酒筵之后再来个尽情醉饱，都请坐下来吧，让我们一面吃，一面谈话。（各人就坐。）

彼特鲁乔　这真是饱食终日，无所用心了！

巴普提斯塔　彼特鲁乔贤婿，帕度亚的风气是这么好客的。

彼特鲁乔　帕度亚人都是那么和和气气的。

霍坦西奥　对于你我两人，我希望这句话是真的。

彼特鲁乔　我敢说霍坦西奥一定叫他的寡妇唬着了。

寡　妇　我会唬着了？那才是没有的事。

彼特鲁乔　您太多心了，可是您还是没猜透我的意思，我是说霍坦西奥一定怕您。

寡　妇　头晕的人以为世界在旋转。

彼特鲁乔　您这话可是一点也不转弯抹角。

凯瑟丽娜　嫂子，请教这句话是什么意思？

寡　妇　我知道他的心事。

彼特鲁乔　知道我的心事？霍坦西奥不吃醋吗？

霍坦西奥　我的寡妇意思是说她明白你的处境。

彼鲁鲁乔　你倒会圆场。好寡妇，为了这个，您就该吻他一下。

凯瑟丽娜　“头晕的人以为世界在旋转。”请您解释解释这句话是什么意思。

寡　妇　尊夫因为家有悍妇，所以以己度人，猜想我的丈夫也有同样不可告人的隐痛。现在您懂得我的意思了吧？

凯瑟丽娜　您的意思真坏！

寡　妇　既然是指您，自然好不了。

凯瑟丽娜　我和您比起来总还算不错哩。

彼特鲁乔　对，给她点厉害看，凯德！

霍坦西奥　给她点厉害看，寡妇！

彼特鲁乔　我敢赌一百马克，我的凯德能把她压倒。

霍坦西奥　压倒她的活儿应该由我来干。

彼特鲁乔　果然不愧是男子汉。我敬你一杯，老兄。（向霍坦西奥敬酒）

巴普提斯塔　葛莱米奥先生，您看这些傻子们唇枪舌剑多有意思。

葛莱米奥　是啊，真是说得头头是道。

比恩卡　头头是道！要是赶上个嘴快的人，准得说您的头头是道其实是头头是角。

文森修　哎哟，媳妇，你听见这话就醒了吗？

比恩卡　醒了，可不是吓醒的。我又要睡了。

彼特鲁乔　那可不行。既然你开始挑衅，我也得让你尝我一两箭！

比恩卡　你拿我当鸟吗？我要另择新枝了，你就拈弓搭箭地跟在后面追吧。列位，少陪了。（比恩卡、凯瑟丽娜及寡妇下）

彼特鲁乔　特拉尼奥先生，她也是你瞄准的鸟儿，可惜给她飞走了；让我们为那些射而不中的人干一杯吧。

特拉尼奥　啊，彼特鲁乔先生，我给路森修占了便宜去；我就像他的猎狗，为他辛苦奔走，得来的猎物都被主人拿去了。

彼特鲁乔　应答虽然快，比方却有点狗臭气。

特拉尼奥　还是您好，先生，自己猎来，自己享用，可是人家都说您那头鹿儿把您逼得走投无路呢。

巴普提斯塔　哈哈，彼特鲁乔！现在你给特拉尼奥说中要害了。

路森修　特拉尼奥，你把他挖苦得很好，我要谢谢你。

霍坦西奥　快快招认吧，他是不是说着了你的心病？

彼特鲁乔　他挖苦的虽然是我，可是他的讥讽仅仅打我身边擦过，我怕受伤的十分之九倒是你们两位。

巴普提斯塔　不说笑话，彼特鲁乔贤婿，我想你是娶着了一个最悍泼的女人了。

彼特鲁乔　不，我否认。让我们赌一个东西，个人去叫他自己的妻子出来，谁的妻子最听话，出来得最快的，就算谁得胜。

霍坦西奥　很好。赌什么东西？

路森修　二十克朗。

彼特鲁乔　二十克朗！这样的数目只好让我拿我的鹰犬打赌；要是拿我的妻子打赌，应当加二十倍。

路森修　那么一百克朗吧。

霍坦西奥　好。

彼特鲁乔　就是一百克朗，一言为定。

霍坦西奥　谁先去叫？

路森修　让我来。比昂台罗，你去对你奶奶说，我叫她来见我。

比昂台罗　我就去。（下）

巴普提斯塔 贤婿，我愿意代你拿出一半赌注，比恩卡一定会来的。

路森修 我不要和别人对分，我要独自下注。

比昂台罗重上。

路森修 啊，她怎么说？

比昂台罗 少爷，奶奶叫我对您说，她有事不能来。

彼特鲁乔 怎么！她有事不能来！这算是什么答复？

葛莱米奥 这样的答复也算很有礼貌的了，希望尊夫人不给你一个更不客气的答复。

彼特鲁乔 我希望她会给我一个更满意的答复。

霍坦西奥 比昂台罗，你去请我的太太立刻出来见我。（比昂台罗下）

彼特鲁乔 哈哈！请她出来！那么她总应该出来的了。

霍坦西奥 老兄，我怕尊夫人随你怎样请也请不出来。

比昂台罗重上。

霍坦西奥 我的太太呢？

比昂台罗 她说您在开玩笑，不愿意出来；她叫您进去见她。

彼特鲁乔 更糟了，更糟了！她不愿意出来！嘿，是可忍，孰不可忍！葛鲁米奥，到你奶奶那儿去，说，我命令她出来见我。（葛鲁米奥下）

霍坦西奥 我知道她的回答。

彼特鲁乔 什么回答？

霍坦西奥 她不高兴出来。

彼特鲁乔 她要是不出来，就算是我晦气。

凯瑟丽娜重上。

巴普提斯塔 呀，我的天，凯瑟丽娜果然来了！

凯瑟丽娜 夫君，您叫我出来有什么事？

彼特鲁乔 你的妹妹和霍坦西奥的妻子呢？

凯瑟丽娜 她们都在火炉旁边谈天。

彼特鲁乔 你去叫她们出来；她们要是不肯出来，就把她们打出来见她们的丈夫。快去。（凯瑟丽娜下）

路森修 真是怪事！

霍坦西奥 怪了怪了；这预兆着什么呢？

彼特鲁乔 它预兆着和睦，亲爱和恬静的生活，尊严的统治和合法的主权，总而言之，一切的美满和幸福。

巴普提斯塔　恭喜恭喜，彼特鲁乔贤婿！你已经赢了东西；而且在他们输给你的现款之外，我还要额外给你二万克朗，算是我另外一个女儿的嫁妆，因为她已经完全变了一个人了。

彼特鲁乔　为了让你们知道我这东西不是侥幸赢得，我还要向你们证明她是多么听话。瞧，她已经用她的妇道，把你们那两个桀骜不驯的妻子俘虏来了。

凯瑟丽娜率比恩卡及寡妇重上。

彼特鲁乔　凯瑟琳，你那顶帽子不好看，把那玩意儿脱下，丢在地上吧。（凯瑟丽娜脱帽掷在地上）

寡　妇　谢谢上帝！我还没有像她这样傻法！

比恩卡　呸！你把这算做什么愚蠢的妇道？

路森修　比恩卡，我希望你的妇道也像她一样愚蠢就好了；为了你的聪明，我已经在一顿晚饭的工夫里损失了一百个克朗。

比恩卡　你自己不好，反来怪我。

彼特鲁乔　凯瑟琳，你去告诉这些倔强的女人，做妻子的应该向她们的夫主尽些什么本分。

寡　妇　好了，好了，别开玩笑了，我们不要听这些个。

彼特鲁乔　说吧，先讲给她听。

寡　妇　用不着她讲。

彼特鲁乔　我偏要她讲；先讲给她听。

凯瑟丽娜　哎呀！展开你那颦蹙的眉头，收起你那轻蔑的瞥视，不要让它伤害你的主人，你的君王，你的支配者。它会使你的美貌减色，就像严霜啮噬着草原，它会使你的名誉受损，就像旋风摧残着蓓蕾，它绝对没有可取之处，也丝毫引不起别人的好感。一个使性的女人，就像一池受到激动的泉水，混浊可憎，失去一切的美丽，无论怎样喉干口渴的人，也不愿把它啜饮一口。你的丈夫就是你的主人、你的生命、你的所有者、你的头脑、你的君王；他照顾着你，扶养着你，在海洋里陆地上辛苦操作，夜里冒着风波，白天忍受寒冷，你却穿地暖暖的住在家里，享受着安全与舒适。他希望你贡献给他的只是你的爱情，你的温柔的辞色，你的真心的服从；你欠他的好处这么多，他所要求于你的报酬却是这么微薄！一个女人对待她的丈夫，应当像臣子对待君王一样忠心恭顺，倘使她倔强使性，乖张暴戾，不服从他正当的愿望，那么她岂不是一个大逆不道、忘恩负义的叛徒？应当长跪乞和的时候，她却向他挑战；应当尽心竭力服侍他、敬爱他、顺从他的时候，她却企图篡夺主权，发号施令：这一种愚蠢的行为，真是女人的耻辱。我们的身体为什么这样柔软无力，耐不了苦，熬不起忧患？那不是因为我们的性情必须和我们的外表互相一致，同样的温柔吗？听我的话吧，你们这些倔强而无力的可怜虫！我的心从前也跟你们一样高傲，也许我有比你们更多的理由，不甘心向人俯首认输，可是现在我知道我们的枪矛只是些稻草，我们的力量是软弱的，我们的软弱是无比的，我们所有的只是一个空虚的外表。所以你们还是挫抑你们无益的傲气，跪下来向你们的丈夫请求怜爱吧。为了表示我的顺从，只要我的丈夫吩咐我，我就可以向他下跪，让他因此而心中快慰。

彼特鲁乔　啊，那才是个好妻子！来，吻我，凯德。

路森修　老兄，真有你的！

文森修　对顺从的孩子们说，这一番话大有好处。

路森修　对暴戾的女人说，这一番话可毫无是处。

彼特鲁乔　来，凯德，我们好去睡了。我们三个人结婚，可是你们两人都输了。（向路森修）你虽然采到了明珠，我却赢了东西；现在我就用得胜者的身份，祝你们晚安！（彼特鲁乔、凯瑟丽娜下）

霍坦西奥　你已经降伏了一个悍妇，可以踌躇满志了。

路森修　她会这样被他降伏，倒是一桩想不到的事。（同下）

# 无是生非

## 剧中人物

唐·彼德罗　阿拉贡亲王
唐·约翰　唐·彼德罗的庶弟
克劳狄奥　佛罗棱萨的少年贵族
培尼狄克　帕度亚的少年贵族
里奥那托　梅西那总督
米兰公爵　里奥那托之弟
鲍尔萨泽　唐·彼德罗的仆人
波拉契奥、康雷特　唐·约翰的侍从
道格培里　警吏
弗吉斯　警佐
法兰西斯神父
教堂司事
小童

希罗　里奥那托的女儿
贝特丽丝　里奥那托的侄女
玛格莱特、欧苏拉　希罗的侍女
使者、巡丁、侍从等

## 地　点

梅西那

# 第 一 幕

## 第一场 里奥那托住宅门前

里奥那托，希罗、贝特丽丝及一使者上。

里奥那托 这封信里说，阿拉贡的唐·彼德罗今晚就要到梅西那来了。

使 者 他现在快要到了；我跟他分手的时候，他离开这儿不过八九英里路。

里奥那托 你们在这次战事里损失了多少将士？

使 者 没有多少，有点名气的一个也没有。

里奥那托 得胜者全师而归，那是双重的胜利了。信上还说起唐·彼德罗十分看重一位叫作克劳狄奥的年轻的佛罗伦萨人。

使 者 他果然是一位很有才能的人，唐·彼德罗赏识得不错。他年纪虽然很轻，做的事情十分了不得，看上去像一头羔羊，上起战场来却像一头狮子；他的确能够超过一般人对他的期望，我这一张嘴也说不尽他的好处。

里奥那托 他有一个伯父在这儿梅西那，知道了一定会非常高兴。

使 者 我已经送信给他了，看他的样子十分快乐，甚至于快乐得忍不住心酸起来。

里奥那托 他流起眼泪来了吗？

使 者 流了很多的泪。

里奥那托 这是天性中温情的自然流露；泪洗过的脸，是最真诚不过的了。因为快乐而哭泣，比之看见别人哭泣而快乐，总要好得多啦！

贝特丽丝 请问你，那位剑客先生是不是也从战场上回来了？

使 者 小姐，这个名字我没有听见过；在军队里没有这样一个人。

里奥那托 侄女，你问的是什么人？

希 罗 姐姝说的是帕度亚的培尼狄克先生。

使 者 啊，他也回来了，仍旧是那么爱打趣的。

贝特丽丝 从前他在这儿的时候，曾经公开扬言要跟爱神较量；我叔父的傻子听后，还拿着钝头箭以爱神的名义要跟他较量个高低。请问你，他在这次战事中间杀了多少人？吃了多少人？可是你先告诉我他杀了多少人，因为我曾经答应他，无论他杀死多少人，我都可以把他们吃下去。

里奥那托 真的，侄女，你把培尼狄克先生取笑得太过分了；我相信他一定会向你报复的。

使　者 小姐，他在这次战事里立下很大的功劳呢。

贝特丽丝 你们那些发霉的军粮，都是他一个人吃下去的；他是个著名的大饭桶，他的胃口好得很哩。

使　者 而且他也是个很好的军人，小姐。

贝特丽丝 他在小姐太太们面前是个很好的军人；可是在老爷们面前呢？

使　者 在老爷们面前，就是一个正人君子，一个堂堂的男儿，充满了各种美德。

贝特丽丝 究竟他肚子里充满了些什么，我们还是别说了吧；我们谁也不是圣人。

里奥那托 请你不要误会舍侄女的意思。培尼狄克先生跟她是说笑惯了的；他们一见面，总是唇枪舌剑，各不相让。

贝特丽丝 可惜他总是占不到便宜！在我们上次交锋的时候，他的五分才气倒有四分给我杀得狼狈逃走，现在他全身只剩一分了；要是他还有些才气留着，那么就让他保存起来，叫他跟他的马有个分别吧，因为这是使他可以被称为有理性动物的唯一的财产了。现在谁是他的同伴？听说他每个月都要换一位把兄弟。

使　者 有这等事吗？

贝特丽丝 很可能。他的心就像他帽子的式样一般，时时刻刻会发生变化的。

使　者 小姐，看来这位先生的名字不曾注在您的册子上。

贝特丽丝 没有，否则我要把我的书斋都一起烧了呢。可是请问你，谁是他的同伴？

使　者 他跟那位尊贵的克劳狄奥来往得顶亲密。

贝特丽丝 天哪，他要像一场瘟疫一样缠住人家呢；他比瘟疫还容易传染，谁要是跟他发生接触，立刻就会变成疯子。上帝保佑尊贵的克劳狄奥！要是他给那个培尼狄克缠住了，一定要花上一千镑钱才可以把他赶走哩。

使　者 小姐，我愿意跟您交个朋友。

贝特丽丝　很好，好朋友。

里奥那托　侄女，你是永远不会发疯的。

贝特丽丝　不到大热的冬天，我是不会发疯的。

使　者　唐·彼德罗来啦。

唐·彼德罗、唐·约翰、克劳狄奥、培尼狄克、鲍尔萨泽等同上。

彼德罗　里奥那托大人，您是来迎接麻烦来了；一般人都只想避免耗费；您却偏偏自己愿意多事。

里奥那托　多蒙殿下枉驾，已是莫大的荣幸，怎么说是麻烦呢？麻烦去了，可以使人如释重负；可是当您离开我的时候，我只觉得怅然若有所失。

彼德罗　您真是太喜欢自找麻烦啦。这位便是令嫒吧？

里奥那托　她的母亲好几次对我说她是我的女儿。

培尼狄克　大人，您在问她的时候，是不是心里有点疑惑？

里奥那托　不，培尼狄克先生，因为那时候您还是个孩子哩。

彼德罗　培尼狄克，你也被人家挖苦了；我们可以猜想到你现在长大了，是个怎么样的人。真的，这位小姐很像她的父亲，小姐，您真幸福。因为您有这样一位高贵的父亲。

培尼狄克　要是里奥那托大人果然是她的父亲，就是把梅西那全城的财富给她，她也不愿意生得像他那样一副容貌的。

贝特丽丝　培尼狄克先生，您怎么还在那儿讲话呀？没有人听着您哩。

培尼狄克　哎哟，我的傲慢的小姐！您还活着吗？

贝特丽丝　世上有培尼狄克先生那样的人，傲慢是不会死去的；顶有礼貌的人，只要一看见您，也就会傲慢起来。

培尼狄克　那么礼貌也是一个反复无常的小人了。可是除了您以外，无论哪个女人都爱我，这一点是毫无疑问的；我希望我的心肠不是那么硬，因为说句老实话，我实在一个也不爱她们。

贝特丽丝　那真是女人们好大的运气，要不然她们准要给一个讨厌的求婚者麻烦死了。我感谢上帝和我自己冷酷的心，我在这一点上完全跟您一致；与其叫我听一个男人发誓说他爱我，我宁愿听我的狗向着一只乌鸦叫。

培尼狄克　上帝保佑您小姐永远抱着这样的心理吧！这样某一位先生就可以逃过他命中注定的抓破脸皮的厄运了。

贝特丽丝　要是像您这样一副尊容，抓破了也不会使它变得比原来更难看的。

培尼狄克　好，您真是一位好鹦鹉教师。

贝特丽丝　像我一样会说话的鸟儿，比起像尊驾一样的畜生来，总要好得多啦。

培尼狄克　我希望我的马儿能够跑得像您说起话来一样快，也像您的舌头一样不知道疲倦。请您尽管说下去吧，我可要恕不奉陪啦。

贝特丽丝　您在说不过人家的时候，总是像一匹不听话的马儿一样，往岔路里溜了过去；我知道您的老脾气。

彼德罗　那么就这样吧，里奥那托。克劳狄奥，培尼狄克，我的好朋友里奥那托请你们一起住下来。我对他说我们至少要在这儿耽搁一个月；他却诚心希望会有什么事情留住我们多住一些时候。我敢发誓他不是一个假情假义的人，他的话都是从心里发出来的。

里奥那托　殿下，您要是发了誓，您一定不会背誓。（向唐·约翰）欢迎，大人；您现在已经跟令兄言归于好，我应该向您竭诚致敬。

约　翰　谢谢；我是一个不会说话的人，可是我谢谢你。

里奥那托　殿下请了。

彼德罗　让我搀着您的手，里奥那托，咱们一块儿走吧。（除培尼狄克、克劳狄奥外皆下）

克劳狄奥　培尼狄克，你有没有注意到里奥那托的女儿？

培尼狄克　看是看见的，可是我没有对她注意。

克劳狄奥　她不是一位贞静的少女吗？

培尼狄克　您是规规矩矩地要我把老实话告诉您呢？还是要我照平常的习惯，摆出一副统治女性的暴君面孔来发表我的意见？

克劳狄奥　不，我要你根据冷静的判断老实回答我。

培尼狄克　好，那么我说，她是太矮了点儿，不能给她太高的恭维；太黑了点儿，不能给她太美的恭维；又太小了点儿，不能给她太大的恭维。我所能给她的唯一的称赞，就是她倘不是像现在这样子，一定很不漂亮；可是她既然不能再好看一点，所以我一点不喜欢她。

克劳狄奥　你以为我是在说着玩玩儿。请你老老实实告诉我，你觉得她怎样。

培尼狄克　您这样问起她，是不是要把她买下来呢？

克劳狄奥　全世界所有的财富，可以买得到这样一块美玉吗？

培尼狄克　是的，而且还可以附送一只匣子把它藏起来。可是您说这样的话，是一本正经的呢，还是随口胡说，就像说盲目的丘匹德是个猎兔的好手、打铁的乌尔冈是个出色的木匠一样？告诉我，您唱的歌儿究竟是什么调子？

克劳狄奥　在我的眼睛里，她是我平生所见的最可爱的姑娘。

培尼狄克　我现在还可以不戴眼镜瞧东西，可是我却瞧不出来她有什么可爱。她那个族姐就是脾气太坏了点儿，要是讲起美貌来，那就正像一个是五月的春朝，一个是十二月的岁暮，比她好看得多啦。可是我希望您不是要想做起丈夫来了吧？

克劳狄奥　虽然我曾经立誓终身不娶，可是要是希罗肯做我的妻子，我一定会信不过我自己。

培尼狄克　事情已经到了这个地步了吗？难道世界上的男子各个都愿意戴上绿头巾吗？难道我永远看不见一个六十岁的童男子吗？好，要是你愿意把你的头颈伸进轭里去，那么你就把它套起来，到星期日休息的日子自己怨命吧。瞧，唐·彼德罗回来找您了。

唐·彼德罗重上。

彼德罗　你们不跟我到里奥那托家里去，在这儿讲些什么秘密话儿？

培尼狄克　我希望殿下命令我说出来。

彼德罗　好，我命令你说出来。

培尼狄克　听着，克劳狄奥伯爵。我能够像哑巴一样保守秘密，我也希望您相信我不是一个搬嘴弄舌的人；可是殿下这样命令我，有什么办法呢？他是在恋爱了。跟谁呢？这就应该殿下自己去问他了。听好，他的回答是多么短：他爱的是希罗，里奥那托的女儿。

克劳狄奥　要是真有这么一回事，那么他已经替我说出来了。

培尼狄克　正像老古话说的，殿下，“既不是这么一回事，也不是那么一回事，可是真的，上帝保佑不会有这么一回事”。

克劳狄奥　我的感情倘不是一下子就会起变化，我倒并不希望上帝改变这事实。

彼德罗　阿门，要是你真的爱她；这位小姐是很值得你眷恋的。

克劳狄奥　殿下，您这样说是有意诱我吐露真情吗？

彼德罗　真的，我不过说我心里想到的话。

克劳狄奥　殿下，我说的也是我自己心里的话。

培尼狄克　凭着我的三心两意起誓，殿下，我说的也是我自己心里的话。

克劳狄奥　我觉得我真的爱她。

彼德罗　我知道她是位很好的姑娘。

培尼狄克　我既然不觉得为什么要爱她，也不知道她有什么好处；你们就是用火刑烧死我，也不能使我改变这个意见。

彼德罗　你永远是一个排斥美貌的顽固的异教徒。

克劳狄奥　他这种不近人情的态度，都是违背了良心故意做作出来的。

培尼狄克　一个女人生下了我，我应该感谢她；她把我养育长大，我也要向她表示至诚的感谢；可是要我为了女人的缘故而戴起一顶不雅的头巾来，或者无形之中，胸口挂了一个号筒，那么我只好敬谢了。因为我不愿意对任何一个女人猜疑而使她受到委屈，所以宁愿对哪个女人都不信任，免得委屈了自己。总而言之，为了让我自己穿得漂亮一点起见，我愿意一生一世做个光棍。

彼德罗　我在未死之前，总有一天会看见你为了爱情而憔悴的。

培尼狄克　殿下，我可以因为发怒，因为害病，因为挨饿而脸色惨白，可是决不会因为爱情而憔悴；您要是能够证明有一天我因为爱情而消耗的血液在喝了酒后不能把它恢复过来，就请您用编造歌谣的人的那支笔挖去我的眼睛，把我当作一个瞎眼的丘匹德，挂在妓院门口做招牌。

彼德罗　好，要是有一天你的决心动摇起来，可别怪人家笑话你。

培尼狄克　要是有那么一天，我就让你们把我像一头猫似的放在口袋里吊起来，叫大家用箭射我；谁把我射中了，就可以拍拍他的肩膀，夸奖他是个好汉子。

彼德罗　好，咱们等着瞧吧；有一天野牛也会俯首就轭的。

培尼狄克　野牛也许会俯首就轭，可是有理性的培尼狄克要是也会钻上圈套，那么请您把牛角拔下来，插在我的额角上吧；我可以让你们把我涂上油彩，像人家写着“好马出租”一样，替我用大字写好一块招牌，招牌上这么说：“请看结了婚的培尼狄克。”

克劳狄奥　要是真的把你这样，你一定要气得把你的一股牛劲儿都使出来了。

彼德罗　嘿，要是丘匹德没有把他的箭在威尼斯一起放完，他会叫你知道他的厉害的。

培尼狄克　那时候一定要天翻地覆啦。

彼德罗　好，咱们等着瞧吧。现在，好培尼狄克，请你到里奥那托那儿去，替我向他致意，对他说晚餐的时候我一定准时出席，因为他已经费了不少手脚在那儿预备呢。

培尼狄克　我现在忙得很，实在无法分身，所以我想敬请——

克劳狄奥　大安，自家中发——

彼德罗　七月六日，培尼狄克谨上。

培尼狄克　哎，别开玩笑啦。你们讲起话来，老是这么支离破碎，不成片段，要是你们还要把这种滥调搬弄下去，请你们问问自己的良心吧，我可要失陪了。（下）

克劳狄奥　殿下，您现在可以帮我一下忙。

彼德罗　咱们是好朋友，你有什么事尽管吩咐我；无论它是多么为难的事，我都愿意竭力帮助你。

克劳狄奥　殿下，里奥那托有没有儿子？

彼德罗　没有，希罗是他唯一的后嗣。你喜欢她吗，克劳狄奥？

克劳狄奥　啊，殿下，当我们向战场出发的时候，我用一个军人的眼睛望着她，虽然心中羡慕，可是因为有更艰巨的工作在我的面前，来不及顾到儿女私情；现在我回来了，战争的思想已经离开我的脑中，代替它的是一缕缕柔情，它们指点我年轻的希罗是多么美丽，对我说，我在出征以前就已经爱上她了。

彼德罗　你就要像一个恋人似的，动不动长篇大论的，叫人家听着厌倦了。要是你果然爱希罗，你就爱下去吧，我可以替你向她和她的父亲说去，一定叫你如愿以偿。你向我转弯抹角地说了这一大堆，不就是为了这个目的吗？

克劳狄奥　您这样鉴貌辨色，真是医治相思的妙手！可是人家也许以为我一见钟情，未免太过冲动，所以我想还是慢慢儿再说吧。

彼德罗　造桥只要量着河身的宽度就行了；何必过分铺张呢？做事情也只要按照事实上的需要。凡是能够帮助你达到目的的，就是你所应该采取的手段，你现在既然害着相思，我可以给你治相思的药饵。我知道今晚我们将要有一个假面跳舞会；我可以化装一下冒充你，对希罗说我是克劳狄奥，当着她的面前倾吐我的心曲，用动人的情话迷惑她的耳朵；然后，我再替你向她的父亲传达你的意思，结果她一定会属于你所有。让我们立刻着手进行吧。（同下）

## 第二场　里奥那托家中一室

里奥那托及安东尼奥自相对方向上。

里奥那托　啊，贤弟！我的侄儿，你的儿子呢？他有没有把音乐预备好？

米兰公爵　他正在那儿忙着呢。可是，大哥，我可以告诉你一些新鲜的消息，你做梦也想不到的。

里奥那托　是好消息吗？

米兰公爵　那要看事情的发展而定；可是从外表上看起来，那是个很好的消息。亲王跟克劳狄奥伯爵刚才在我的花园里一条浓密的树荫下的小路上散步，他们讲的话给我的一个用人听见了许多；亲王告诉克劳狄奥，说他爱上了我的侄女，你的女儿，想要在今晚跳舞的时候向她倾吐衷情；要是她表示首肯，他就要抓住眼前的时机，立刻向你提起这件事情。

里奥那托　告诉你这个消息的家伙，是不是个有头脑的人？

米兰公爵　他是一个很机灵的家伙；我可以去叫他来，你自己问问他。

里奥那托　不，不，在事情没有实现以前，我们只能把它当作一场幻梦；可是我要先去通知我的女儿一声，万一真有那么一回事，她好预先准备准备怎样回答。你去告诉她吧。（若干人穿过舞台）各位侄儿，记好你们分内的事。啊，对不起，朋友，跟我一块儿去，我还要仰仗您的大力哩。贤侄，在大家手忙脚乱的时候，请你留心照看。（同下）

## 第三场　里奥那托家中的另一室

唐·约翰及康雷特上。

康雷特　哎哟，我的爷！您为什么这样闷闷不乐？

约　翰　我的烦闷是茫无涯际的，因为不顺眼的事情太多啦。

康雷特　您应该听从理智的劝告呀。

约　翰　听从了理智的劝告，又有什么好处才是？

康雷特　即使不能立刻医好您的烦闷，至少也可以教您怎样安心忍耐。

约　翰　我真不懂像你这样一个自己说是土星照命的人，居然也会用道德的箴言来医治人家致命的沉疴。我不能掩饰我自己的为人：心里不快活的时候，我不会听了人家的嘲谑而赔着笑脸；肚子饿了我就吃，谁愿意管人家方不方便；精神疲倦了我就睡，谁去理会人家的闲事；心里高兴我就笑，谁去窥探人家的颜色。

康雷特 话是说得不错，可是您现在在别人的约束之下，总不能完全照着您自己的心意行事。最近您跟王爷闹过别扭，你们兄弟俩言归于好还是不久的事，您要是不格外赔些小心，那么他现在对您的种种恩宠，也是靠不住的；您必须自己造成一个机会，然后才可以达到您的目的。

约 翰 我宁愿做一朵篱下的野花，不愿做一朵受他恩惠的蔷薇；与其逢迎献媚，偷取别人的欢心，宁愿被众人所鄙弃；我固然不是一个善于阿谀的正人君子，可是谁也不能否认我是一个正大光明的小人，人家用口罩套着我的嘴，表示对我信任，用木桩系住我的脚，表示给我自由；关在笼子里的我，还能够唱歌吗？要是我有嘴，我就要咬人；要是我有自由，我就要做我喜欢做的事。现在你还是让我保持我的本来面目，不要设法改变它吧。

康雷特 您不能利用您的不平之气来干一些事情吗？

约 翰 我把它尽量利用着呢，因为它是我的唯一的武器。谁来啦？

波拉契奥上。

约 翰 有什么消息，波拉契奥？

波拉契奥 我刚从那边盛大的晚餐席上出来，王爷被里奥那托招待得十分隆重；我还可以告诉您一件正在计划中的婚事的消息哩。

约 翰 我们可以在这上面出个主意跟他们捣乱捣乱吗？那个愿意自讨麻烦的傻瓜是谁？

波拉契奥 他就是王爷的右手。

约 翰 谁？那个最了不得的克劳狄奥吗？

波拉契奥 正是他。

约 翰 好家伙！那个女的呢？他看中了哪一个？

波拉契奥 里奥那托的女儿希罗。

约 翰 一只早熟的小母鸡！你怎么知道的？

波拉契奥 他们叫我去用香料把屋子熏一熏，我正在那儿熏一间发霉的房间，亲王跟克劳狄奥两个人手挽手走了进来，郑重其事地在商量着什么事情；我就把身子闪到屏风后面，听见他们约定由亲王出面去向希罗求婚，等她答应以后，就把她让给克劳狄奥。

约　翰　来，来，咱们到那边去；也许我可以借此出出我的怨气。自从我失势以后，那个年轻的新贵享足了风光；要是我能够叫他受些挫折，也好让我拍手称快。你们两个都愿意帮助我，不会变心吗？

康雷特、波拉契奥　我们愿意誓死为爵爷尽忠。

约　翰　让我们也去参加那盛大的晚餐吧；他们看见我的屈辱，一定格外高兴。要是厨子也跟我抱着同样的心理就好了！我们要不要先计划一下怎样着手进行？

波拉契奥　我们愿意侍候您的旨意。（同下）

# 第 二 幕

## 第一场 里奥那托家中的厅堂

里奥那托、安东尼奥、希罗、贝特丽丝及余人等同上。

里奥那托 约翰伯爵有没有在这儿吃晚饭？

米兰公爵 我没有看见他。

贝特丽丝 那位先生的面孔多么阴沉！我每一次看见他，总要有一个时辰心里不好过。

希 罗 他有一种很忧郁的脾气。

贝特丽丝 要是把他跟培尼狄克折中一下，那就是个顶好的人啦：一个太像泥塑木雕似的，老是一言不发；一个却像骄纵惯了的小少爷，叽里呱啦地吵个不停。

里奥那托 那么把培尼狄克先生的半条舌头放在约翰伯爵的嘴里，把约翰伯爵的半副心事面孔装在培尼狄克先生脸上

贝特丽丝 叔叔，再加上一双好腿，一对好脚，袋里有几个钱，这样一个男人，世上无论那个女人都愿意嫁给他的，要是他能够得到她的欢心的话。

里奥那托 真的，侄女，你要是说话这样刻薄，我看你一辈子也嫁不出去的。

米兰公爵 可不是，她这张嘴尖利得过分。

贝特丽丝 尖利过分就算不得尖利，那么“尖嘴姑娘嫁一个矮脚郎”这句话可落不到我头上来啦。

里奥那托 那是说，上帝干脆连一个“矮脚郎”都不送给你啦。

贝特丽丝 谢天谢地！我每天早晚都在跪求上帝，我说主啊！叫我嫁给一个脸上长出胡子的丈夫，我是怎么也受不了的，还是让我睡在毛毯里吧！

里奥那托 你可以拣一个没有胡子的丈夫。

贝特丽丝 我要他来做什么呢？叫他穿起我的衣服来，让他做我的侍女吗？有胡子的人年纪一定不小了，没有胡子的人，算不得须眉男子；我不要一个老头子做我的丈夫，也不愿意嫁给一个没有男子气的男人。人家说，老处女死了要在地狱里牵猴子；所以还是让我把六便士的保证金交给动

物园里的看守，把他的猴子牵下地狱去吧。

里奥那托　好，那么你决心下地狱吗？

贝特丽丝　不，我刚走到门口，头上出角的魔鬼就像个老王八似的，出来迎接我，说："您到天上去吧，贝特丽丝，您到天上去吧；这儿不是你们姑娘家住的地方。"所以我就把猴子交他，到天上去见圣彼得了；他指点我单身汉在什么地方，我们就在那儿快快乐乐地过日子。

米兰公爵　（向希罗）好，侄女，我相信你一定听你父亲的话。

贝特丽丝　是的，我的妹妹是最懂得规矩的，她会行个礼，说："父亲，您看怎么办，就怎么办吧。"可是虽然这么说，妹妹，他一定要是个漂亮的家伙才好，否则你还是再行个礼，说："父亲，这可要让我自己做主了。"

里奥那托　好，侄女，我希望看见你有一天嫁到一个丈夫。

贝特丽丝　男人都是泥做的，我不要。一个女人要把她的终身付托给一块顽固的泥土，还要在他面前低头伏小，岂不倒霉！不，叔叔，亚当的儿子都是我的兄弟，跟自己的亲族结婚是一件罪恶哩。

里奥那托　女儿，记好我对你说的话；要是亲王真的向你提出那样的请求，你知道你应该怎样回答她。

贝特丽丝　妹妹，要是那亲王太冒失，你就对他说，什么事情都应该有个节拍；你就拿跳舞作为回答。听我说，希罗，求婚、结婚和后悔，就像是苏格兰急舞、慢步舞和五步舞一样，开始求婚的时候，正像苏格兰急舞一样狂热，迅速而充满幻想；到了结婚的时候，循规蹈矩的，正像慢步舞一样，拘泥着仪式和斯文；于是接着来了后悔，拖着疲乏的脚腿，开始跳起五步舞来，越跳越快，一直跳到筋疲力尽，倒在坟墓里为止。

里奥那托　侄女，你的观察倒是十分深刻。

贝特丽丝　叔叔，我的眼光很不错哩，我能够在大白天看清一座教堂呢。

里奥那托　贤弟，跳舞的人进来了，咱们让开吧。

唐·彼德罗、克劳狄奥、培尼狄克、鲍尔萨泽、唐·约翰、波拉契奥、玛格莱特、欧苏拉及余人等各戴假面具上。

彼德罗　姑娘，您愿意陪着您的朋友走走吗？

希　罗　您要是轻轻走，态度文静点儿，也不说什么话，我就愿意奉陪，尤其是当我要走出去的时候。

彼德罗　您要不要我陪着您一块儿出去呢？

希　罗　我要是心里高兴，我可以这样说。

彼德罗　您什么时候才高兴这样说呢？

希　罗　当我看见您的相貌并不讨厌的时候；但愿上帝保佑琴不像琴囊一样难看！

彼德罗　我的脸罩就像菲利蒙的草屋，屋里住着天神乔武。

希　罗　那么您的脸罩上应该盖起茅草来才是。

彼德罗　讲情话要低声点儿。（拉希罗至一旁）

鲍尔萨泽　好，我希望您喜欢我。

玛格莱特　为了您的缘故，我倒不敢这样希望，因为我有许多缺点哩。

鲍尔萨泽　可以让我略知一二吗？

玛格莱特　我念起祷告来，总是提高了嗓门。

鲍尔萨泽　那我更加爱您了；高声念祷告，人家听见了就可以喊阿门。

玛格莱特　求上帝赐给我一个好舞伴！

鲍尔萨泽　阿门！

玛格莱特　等到跳舞完毕，让我再也不要看见他！您怎么不说话了呀，执事先生？

鲍尔萨泽　别多讲啦，执事先生已经得到他的答复了。

欧苏拉　我认识您，您是安东尼奥老爷。

米兰公爵　干脆一句话，我不是。

欧苏拉　我瞧您摇头摆脑的样子，就知道是您啦。

米兰公爵　老实告诉你吧，我是学着他的样子的。

欧苏拉　您倘不是他，决不会把他那种怪样子学得这么惟妙惟肖。这一只挥上挥下的手，正是他的干瘪的手；您一定是他，您一定是他。

米兰公爵　干脆一句话，我不是。

欧苏拉　算啦算啦，像您这样能言善辩，您以为我不能一下就听出来，除了您还有别的人吗？一个人有了好处，难道遮掩得了吗？算了吧，别多话了，您正是他，不用再抵赖了。

贝特丽丝　您不肯告诉我谁对您说这样的话吗？

培尼狄克　不，请您原谅我。

贝特丽丝　您也不肯告诉我您是谁吗？

培尼狄克　现在不能告诉您。

贝特丽丝　说我目中无人，说我的俏皮话儿都是从笑话书里偷下来的；哼，这一定是培尼狄克说的话。

培尼狄克 他是什么人？

贝特丽丝 我相信您一定很熟悉他的。

培尼狄克 相信我，我不认识他。

贝特丽丝 他没有叫您笑过吗？

培尼狄克 请您告诉我，他是什么人？

贝特丽丝 他呀，他是亲王手下的弄人，一个语言无味的傻瓜；他的唯一的本领，就是捏造一些无稽的谣言，只有那些胡闹的家伙才会喜欢他，可是他们并不赏识他的机智，只是赏识他的奸刁；他一方面会讨好人家，一方面又会惹人家生气，所以他们一面笑他，一面打他。我想他一定在人丛里；我希望他会碰到我！

培尼狄克 等我认识了那位先生以后，我可以把您说的话告诉他。

贝特丽丝 很好，请您一定告诉他。他听见了顶多不过把我侮辱两句；要是人家没有注意到他的话，或者听了笑也不笑，他就要闷闷不乐，这样就可以有一块鹧鸪的翅膀省下来啦，因为这傻瓜会气得不吃晚饭的。（内乐声）我们应该跟随领队的人。

跳舞。除唐·约翰、波拉契奥及克劳狄奥外皆下。

约　翰 我的哥哥真的给希罗迷住啦，他已经拉着她的父亲，去把他的意思告诉他了。女人们都跟着她去了，只有一个戴假面具的人留着。

波拉契奥 那是克劳狄奥，我从他的神气上认得出来。

约　翰 您不是培尼狄克先生吗？

克劳狄奥 您猜得不错，我正是他。

约　翰 先生，您是我的哥哥亲信的人，他现迷恋着希罗，请您劝劝他打断这一段痴情，她是配不上他这样的家世门第的；您要是肯这样去劝他，才是尽一个朋友的正道。

克劳狄奥 您怎么知道他爱着她？

约　翰 我听见他发过誓申诉他的爱情了。

波拉契奥 我也听见了，他刚才发誓说要跟她结婚。

约　翰 来，咱们喝酒去吧。（约翰、波拉契奥同下）

克劳狄奥 我这样冒认着培尼狄克的名字，却用克劳狄奥的耳朵听见了这些坏消息。事情一定是这样；亲王为了他自己才去求婚。友谊在别的事情上都是可靠的，在恋爱的事情上却不能信托；所以恋人们都是用他们自己的唇舌。谁生着眼睛，让他自己去传达情愫吧，总不要请别人代劳；因为美貌是一个女巫，在她的魔力之下，忠诚是会在热情里融解的。这是一个每一个时辰里都可以找到证明的例子，毫无怀疑的余地。那么永别了，希罗！

培尼狄克重上。

培尼狄克　是克劳狄奥伯爵吗？

克劳狄奥　正是。

培尼狄克　您跟着我来吧。

克劳狄奥　到什么地方去？

培尼狄克　到最近的一棵杨柳树底下去，伯爵，为了您自己的事。您欢喜把花圈怎样戴法？是把它套在您的头颈上，像盘剥重利的人套着的锁链似的呢，还是把它串在您的臂上，像一个军官的臂章似的？您一定要把它戴起来，因为您的希罗已经给亲王夺去啦。

克劳狄奥　我希望他姻缘美满！

培尼狄克　哎哟，听您说话的神气，简直好像一个牛贩子卖掉了一头牛似的。可是您想亲王会这样对待您吗？

克劳狄奥　请你让我一个人待在这儿吧。

培尼狄克　哈！现在您又变成一个不问是非的瞎子了；小孩子偷了您的肉去，您却去打一根柱子。

克劳狄奥　你要是不肯走开，那么我走了。（下）

培尼狄克　唉，可怜的受伤的鸟儿！现在他要爬到芦苇里去了。可是想不到咱们那位贝特丽丝小姐居然会见了我认不出来！亲王的弄人！嘿？也许因为人家瞧我喜欢说笑，所以背地里这样叫我；可是我要是这样想，那就是自己看轻自己了；不，人家不会这样叫我，这都是贝特丽丝凭着她那下流刻薄的脾气，把自己的意见代表着众人，随口编造出来毁谤我的。好，我一定要向她报复此仇。

唐·彼德罗重上。

彼德罗　培尼狄克，伯爵呢？你看见他了吗？

培尼狄克　不瞒殿下说，我已经做过一个搬弄是非的长舌妇了。我看见他像猎囿里的一座小屋似的，一个人孤零零地在这儿发呆，我就对他说，您已经得到这位姑娘的芳心了。我说我愿意陪着他到一株杨柳树底下去；或者给他编一个花圈，表示被弃的哀思；或者给他扎起一条藤鞭来，因为他有该打的理由。

彼德罗 该打！他做错了什么事？

培尼狄克 他犯了一个小学生的过失，因为发现了一窠小鸟非常高兴，指点给他的同伴看见，让他的同伴把它偷去了。

彼德罗 你把信任当作一种过失吗？偷的人才是有罪的。

培尼狄克 可是他把藤鞭和花圈扎好，总是有用的；花圈可以给他自己戴，藤鞭可以赏给您。照我看来，您就是把他那窠小鸟偷去的人。

彼德罗 我不过要教它们唱歌，教会了就把它们归还原主的。

培尼狄克 那么且等它们唱的歌儿来证明您的一片好心吧。

彼德罗 贝特丽丝小姐在生你的气；陪她跳舞的那位先生告诉她你说了她许多坏话。

培尼狄克 啊，她才把我侮辱得连一块顽石都要气得直跳起来呢！一株秃得只剩一片青叶子的橡树，也会忍不住跟她拌嘴；就是我的脸罩也差不多给她骂活了，要跟她对骂一场哩。她不知道在她面前的就是我自己，对我说，我是亲王的弄人，我比融雪的天气还要无聊；她用一连串恶毒的讥讽，像乱箭似的向我射了过来，我简直变成了一个箭垛啦。她的每一句话都是一把钢刀，每一个字都刺到人心里；要是她嘴里的气息跟她的说话一样恶毒，那一定无论什么人走近她身边都不能活命的；她的毒气会把北极星都熏坏呢。即使亚当把他没有犯罪以前的全部家产传给她，我也不愿意娶她做妻子；她会叫剌克勒斯给她烤肉，把他的棍子劈碎了当柴烧的。好了，别讲她了。她就是母夜叉的变相。但愿上帝差一个有法力的人来把她一道咒赶回地狱里去，因为她一天留在这世上，人家就会觉得地狱里简直清静得像一座洞天福地，大家为了希望下地狱，都会故意犯起罪来，所以一切的混乱、恐怖、纷扰，都跟她一起来了。

彼德罗 瞧，她来啦。

克劳狄奥、贝特丽丝、希罗及里奥那托重上。

培尼狄克 殿下有没有什么事情要派我到世界的尽头去？我现在愿意到地球的那一边去，给您干无论哪一件您所能想得到的最琐细的差事，我愿意给您从亚洲最远的边界上拿一根牙签回来；我愿意给您到埃塞俄比亚去量一量护法王约翰的脚有多长；我愿意给您去从蒙古大可汗的脸上拔下一根胡须，或者到侏儒国里去办些无论什么事情；可是我不愿意跟这妖精谈三句话。您没有什么事可以给我做吗？

彼德罗　没有，我要请你陪着我。

培尼狄克　啊，殿下，这是强人所难了；我可受不住咱们这位尖嘴的小姐。（下）

彼德罗　来，小姐，来，培尼狄克先生在生您的气呢。您欺侮了他。

贝特丽丝　是吗，殿下？开头儿，他为了开心，把心里话全都“开诚布公”；承蒙他好意，我就不好意思不加上旧账，算上利息，回算他一片心，叫他“开心”之后加倍“双”心；所以您说他“伤”心，可也有道理。

彼德罗　你把他按下去了，小姐，你算把他按下去了。

贝特丽丝　殿下，我可不让他欺侮我。您叫我去找克劳狄奥伯爵来，我已经把他找来了。

彼德罗　啊，怎么，伯爵！你为什么这样不高兴？

克劳狄奥　没有什么不高兴，殿下。

彼德罗　那么害病了吗？

克劳狄奥　也不是，殿下。

贝特丽丝　这位伯爵无所谓高兴不高兴，也无所谓害病不害病；您瞧他皱着眉头，也许他吃了一个酸橘子，心里头有一股酸溜溜的味道。

彼德罗　真的，小姐，我想您把他形容得很对；可是我可以发誓，要是他果然有这样的心思，那就错了。来，克劳狄奥，我已经替你向希罗求过婚，她已经答应了；我也已经向她的父亲说起，他也表示同意了；现在你只要选定一个结婚的日子，愿上帝给你快乐！

里奥那托　伯爵，从我手里接受我的女儿，我的财产也随着她一起给您了。这门婚事多仗殿下鼎力，一定能够得到上天的嘉许！

贝特丽丝　说呀，伯爵，现在要轮到您开口了。

克劳狄奥　静默是表示快乐的最好的方法；要是我能够说出我的心里多么快乐，那么我的快乐只是有限度的。小姐，您现在既然已经属于我，我也就是属于您的了；我把我自己跟您交换，我要把您当作瑰宝一样珍爱。

贝特丽丝　说呀，妹妹；要是你不知道说些什么话好，你就用一个吻堵住他的嘴，让他也不要说话。

彼德罗　真的，小姐，您真会说笑。

贝特丽丝　是的，殿下；也幸亏是这样，我这可怜的傻子才从来不知道有什么心事。我那妹妹附着他的耳朵，在那儿告诉他她的心里有着他呢。

克劳狄奥　她正是这么说，姐妹。

贝特丽丝　天哪，真好亲热！人家一个个嫁了出去，只剩下我一个人人老珠黄；我还是躲在壁角里，哭哭自己的没有丈夫吧！

彼德罗　贝特丽丝小姐，我来给你找一个吧。

贝特丽丝　要是我来给自己挑一个，我愿意做您的老太爷的儿子的媳妇儿。难道殿下没有个兄弟长得就跟您一个模样的？他老人家的儿子才是理想的丈夫可惜女孩儿不容易接近他们。

彼德罗　您愿意嫁给我吗，小姐？

贝特丽丝　不，殿下，除非我可以再有一个家常用的丈夫；因为您太高贵啦，只好留着在星期日装装场面。可是我要请殿下原谅，我这一张嘴是向来胡说惯的，没有一句正经。

彼德罗　您要是不声不响，我才要恼哪；这样说说笑笑，正是您的风趣的本色。我想您一定是在一个快乐的时辰里出世的。

贝特丽丝　不，殿下，我的妈哭得才苦呢；可是那时候刚巧有一颗星在跳舞，我就在那颗星底下生下来了。妹妹，妹夫，愿上帝给你们快乐！

里奥那托　侄女，你肯不肯去把我对你说起过的事情办一办？

贝特丽丝　对不起，叔叔。殿下，恕我失陪了。（下）

彼德罗　真是一个快乐的小姐。

里奥那托　殿下，她身上找不出一丝丝的忧愁；除了睡觉的时候，她从来不曾板起过脸孔；就是在睡觉的时候，她也还是嘻嘻哈哈的，因为我曾经听见小女说起，她往往梦见什么有趣的事情，会把自己笑醒来。

彼德罗　她顶不喜欢听见人家向她谈起丈夫。

里奥那托　啊，她听都不要听；向她求婚的人，一个个给她嘲笑得退缩回去啦。

彼德罗　要是把她配给培尼狄克，倒是很好的一对。

里奥那托　哎哟！殿下，他们两人要是结了婚一个星期，准会吵疯了呢。

彼德罗　克劳狄奥伯爵，你预备什么时候上教堂？

克劳狄奥　就是明天吧，殿下；在爱情没有完成它的一切仪式以前，时间总是走得像一个扶着拐杖的跛子一样慢。

里奥那托　那不成，贤婿，还是等到星期一吧，左右也不过七天工夫；要是把事情办得一切都称我的心，这几天日子还嫌太局促了些。

彼德罗　好了，别这么摇头长叹啦；克劳狄奥，包在我身上，我们要把这段日子过得一点也不沉闷。我想在这几天的时间以内，干一件非常艰辛的工作。换句话说，我要叫培尼狄克先生跟贝特丽丝小姐彼此热恋起来。我很想把他们两人配成一对；要是你们三个人愿意听我的吩咐，帮我把这件事情进行起来，一定可以成功的。

里奥那托 殿下，我愿意全力赞助，即使叫我十个晚上不睡觉都可以。

克劳狄奥 我也愿意出力，殿下。

彼德罗 温柔的希罗，您也愿意帮帮忙吗？

希 罗 殿下，我愿意尽我的微力，帮助我的姐妹得到一位好丈夫。

彼德罗 培尼狄克并不是一个没有出息的丈夫。至少我可以对他说这几句好话：他的家世是高贵的；他的勇敢、他的正直，都是大家所公认的。我可以教您用怎样的话打动令姐的心，叫她对培尼狄克发生爱情；再靠着你们两位的合作，我只要向培尼狄克略施小计，凭他怎样刁钻古怪，不怕他不爱上贝特丽丝。要是我们能够把这件事情做成功，丘匹德也可以不用再射他的箭啦；他的一切的光荣都要属于我们，因为我们才是真正的爱神。跟我一块儿进去，让我把我的计划告诉你们。（同下）

## 第二场 里奥那托家中的另一室

唐·约翰及波拉契奥上。

约 翰 果然是这样，克劳狄奥伯爵要跟里奥那托的女儿结婚了。

波拉契奥 是，爵爷；可是我有法子破坏他们。

约 翰 无论什么破坏、阻挠、捣乱的手段，都可以替我消一消心头的闷气；我把他恨得什么似的，只要能够打破他的恋爱的美梦，什么办法我都愿意采取。你想怎样破坏他们的婚姻呢？

波拉契奥 不是用正当的手段，爵爷；可是我会把事情干得十分周密，让人家看不出破绽来。

约 翰 把你的计策简单一点告诉我。

波拉契奥 我想我在一年以前，就告诉过您我跟希罗的侍女玛格莱特相好了。

约 翰 我记得。

波拉契奥 我可以约她在夜静更深的时候，在她小姐闺房里的窗口等着我。

约 翰 这是什么用意？怎么就可以把他们的婚姻破坏了呢？

波拉契奥 毒药是要您自己配合起来的。您去对王爷说，他不该叫克劳狄奥这样一位赫赫有名的人物，您可以拼命抬高他的身价，去跟希罗那样一个下贱的女人结婚；您尽管对他说，这一次的事情对于他的名誉一定大有影响。

约　翰　我有什么证据可以提出呢？

波拉契奥　有，有，一定可以使亲王受骗，叫克劳狄奥懊恼，毁坏了希罗的名誉，把里奥那托活活气死：这不正是您所希望得到的结果吗？

约　翰　为了发泄我对他们这批人的气愤，什么事情我都愿意试一试。

波拉契奥　那么好，找一个适当的时间，您把亲王跟克劳狄奥拉到一处没有旁人的所在，告诉他们说您知道希罗跟我很要好，您可以假意装出一副对亲王和他的朋友的名誉十分关切的样子，因为这次婚姻是亲王一手促成，现在克劳狄奥将要娶到一个已非完璧的女子，您不忍坐视他们受人之愚，所以不能不把您所知道的告诉他们。他们听了这样的话，当然不会就此相信；您就向他们提出真凭实据，把他们带到希罗的窗下，让他们看见我站在窗口，听我把玛格莱特叫作希罗，听玛格莱特叫我波拉契奥。就在预订的婚期的前一个晚上，您带着他们看一看这幕把戏，我可以预先设法把希罗调开；他们见到这样似乎是千真万确的事实，一定会相信希罗果真是一个不贞的女子，在妒火中烧的情绪下绝不会作冷静地推敲，这样他们的一切准备就可以全部推翻了。

约　翰　不管它会引起怎样不幸的后果，我要把这计策实行起来。你给我用心办理，我赏你一千块钱。

波拉契奥　您只要一口咬定，我的诡计是不会失败的。

约　翰　我就去打听他们的婚期。（同下）

## 第三场　里奥那托的花园

培尼狄克上。

培尼狄克　童儿！

小童上。

小　童　大爷叫我吗？

培尼狄克　我的寝室窗口有一本书，你去给我拿来。

小　童　大爷，你瞧，我不是已经来了吗？

培尼狄克　我知道你来啦，可是我要你先到那边走一遭之后来呀。（小童下）我真不懂一个人明明知道沉迷在恋爱里是一件多么愚蠢的事，可是在讥笑他人的浅薄无聊以后，偏偏会自己打自己的耳光，照样跟人家闹起恋爱来；克劳狄奥就是这种人。从前我认识他的时候，战鼓和军笛是他的唯一的音乐；现在他却宁愿听小鼓和洞箫了。从前他会跑十英里路去看一身好甲胄；现在他却会接连十个晚上不睡觉，为了设计一身新的紧身衣的式样。从前他说起话来，总是直接爽快，像个老实的军人；现在他却变成了个老学究，满嘴都是些稀奇古怪的话。我会不会也变得像他一样呢？我不知道，我想不至于。我不敢说爱情不会叫我变成一头牡蛎，可是我可以发誓，在它没有把我变成牡蛎以前，它一定不能叫我变成这样一个傻瓜。好看的女人、聪明的女人、贤惠的女人，我都碰见过，可是我还是个原来的我；除非在一个女人身上能够集合一切女人的优点，否则没有一个女人会中我的意的。她一定要有钱，这是不用说的；她必须聪明，不然我就不要；她必须贤惠，不然我也不敢领教；她必须美貌，不然我看也不要看她；她必须温柔，否则不要叫她走近我的身；她必须有很好的人品，否则我不愿花十先令把她买下来；她必须会讲话，精通音乐，而且她的头发必须是天然颜色。哈！亲王跟咱们这位多情种来啦！让我到凉亭里去躲他一躲。（退后）

唐·彼德罗、里奥那托、克劳狄奥同上；鲍尔萨泽及众乐工随上。

彼德罗　来，我们要不要听听音乐？

克劳狄奥　好的，殿下。暮色是多么沉寂，好像故意静下来，让乐声格外显得谐和似的！

彼德罗　你们看见培尼狄克躲在什么地方吗？

克劳狄奥　啊，看得很清楚，殿下；等音乐停止了，我们要叫这小狐狸钻进我们的圈套。

彼德罗　来，鲍尔萨泽，我们要把那首歌再听一遍。

鲍尔萨泽　啊，我的好殿下，像我这样坏的嗓子，把好好的音乐糟蹋了一次，也就够了，不要再叫我献丑了吧！

彼德罗　越是本领超人一等，越是不满意他自己的才能。请你唱起来吧，别让我向你再三求告了。

鲍尔萨泽　既蒙殿下如此错爱，我就唱了。有许多求婚的人，在开始求婚的时候，虽然明知道他的恋人没有什么可爱，仍旧会把她恭维得天花乱坠，发誓说他真心爱着她的。

彼德罗　好了好了，请你别说下去了，要是你还想发表什么意见，就放在歌里边唱出来吧。

鲍尔萨泽 在我未唱以前，先要声明一句："我唱的歌儿是一句也不值得你们注意的。"

彼德罗 他在那儿净说些废话。（音乐）

培尼狄克 （旁白）啊，神圣的曲调！现在他的灵魂要飘飘然起来了！几根羊肠绷起来的弦线，会把人的灵魂从身体里抽了出来，真是不可思议！其实说到底，还是吹号子最配我的胃口。

鲍尔萨泽 （唱）

不要叹气，姑娘，不要叹气，
　男人们都是些骗子，
一脚在岸上，一脚在海里，
　他天性里朝三暮四。
不要叹息，让他们去，
　你何必愁眉不展？
收起你的哀思怨绪，
　唱一曲清歌婉转。
莫再悲吟，姑娘，莫再悲吟，
　停住你沉重的哀音；
哪一个夏天不绿叶成荫？
　哪一个男子不负心？
不要叹息，让他们去，
　你何必愁眉不展？
收起你的哀思怨绪，
　唱一曲清歌婉转。

彼德罗 真是一首好歌。

鲍尔萨泽 可是唱歌的人太不行啦，殿下。

彼德罗 哈，不，不，真的，你唱得总算过得去。

培尼狄克 （旁白）倘然他是一只狗叫得这样子，他们一定把他吊死啦；求上帝别让他的坏喉咙预兆着什么灾殃！与其听他唱歌，我宁愿听夜里乌鸦叫，不管有什么祸事会跟着它一起来。

彼德罗 好，你听见了没有，鲍尔萨泽？请你给我们预备些好音乐，因为明天晚上我们要在希罗小姐的窗下弹奏。

鲍尔萨泽　我一定尽力办去，殿下。

彼德罗　很好，再见。（鲍尔萨泽及乐工等下）过来，里奥那托。您今天对我怎么说，说是令侄女贝特丽丝在恋爱着培尼狄克吗？

克劳狄奥　啊！是的。（向彼德罗旁白）小心，小心，鸟儿正在那边歇着呢。我再也想不到那位小姐会爱上什么男人的。

里奥那托　我也是出乎意料之外，尤其想不到的是她竟会对培尼狄克这样一往情深，照外表上看起来，总像她把他当作冤家对头似的。

培尼狄克　（旁白）有这样的事吗？风会吹到那个角落里去吗？

里奥那托　真的，殿下，这件事情简直使我莫名其妙；我只知道她爱他爱得像发狂一般。谁也万万想象不到会有这样的怪事。

彼德罗　也许她是假装着骗人的。

克劳狄奥　嗯，那倒也有几分可能。

里奥那托　上帝啊！假装出来的！我从来没有见过谁会把情感假装得像她这样逼真的。

彼德罗　啊，那么她是怎样表示她的热情的呢？

克劳狄奥　（旁白）好好儿把钓钩放下去，鱼儿就要吞饵了。

里奥那托　怎样表示，殿下？她会一天到晚坐着出神；（向克劳狄奥）你听见过我的女儿怎样告诉你的。

克劳狄奥　她是这样告诉过我的。

彼德罗　怎么？怎么？你们说呀。你们让我奇怪死了；我以为像她那样的性格，是无论如何不会受到爱情袭击的。

里奥那托　殿下，我也可以跟人家赌咒说绝不会有这样的事，尤其是对于培尼狄克。

培尼狄克　（旁白）倘不是这白胡子老头儿说的话，我一定会把它当作一场诡计；可是诡计是不会藏在这样庄严的外表之下的。

克劳狄奥　（旁白）他已经上了钩了，别让他溜走。

彼德罗　她有没有把她的钟情向培尼狄克表示出来？

里奥那托　不，她发誓说一定不让他知道；这是使她痛苦的最大的原因。

克劳狄奥　对了，我听令爱说她说过这样的话："我当着他的面前屡次把他讥笑，难道现在却要写信给他，说我爱他吗？"

里奥那托　她每次提起笔来要想写信给他，便这样自言自语；一个夜里她总要起来二十次，披了一件衬衫，写满了一张纸再睡下去。这都是小女告诉我们的。

克劳狄奥　您说起一张纸，我倒记起令爱告诉我的一个有趣的笑话来了。

里奥那托　啊！是不是说她写好了信，把它读了一遍，发现“培尼狄克”跟“贝特丽丝”两个名字刚巧写在一块儿？

克劳狄奥　正是。

里奥那托　啊！她把那封信撕成了一千片，把她自己痛骂了一顿，说她不应该这样不知羞耻，写信给一个她知道肯定会把她嘲笑的人。她说：“我根据自己的性情推想他；要是他写信给我，即使我心里爱他，我也还是要嘲笑他的。”

克劳狄奥　于是她跪在地上，痛哭流涕，捶着她的心，扯着她的头发，一面祈祷一面诅咒：“啊，亲爱的培尼狄克！上帝呀，给我忍耐吧！”

里奥那托　她真是这样；小女就是这样说的。她这种疯疯癫癫、如醉如痴的神气，有时候简直使小女提心吊胆，恐怕她会对自己闹出什么不顾死活的事情来呢。这都是千真万确的。

彼德罗　要是她自己不肯说，那么叫别人去告诉培尼狄克知道也好。

克劳狄奥　有什么用处呢？他不过把它当作一桩笑话，叫这个可怜的姑娘格外难堪罢了。

彼德罗　他要是真的这样，那么吊死他也是一件好事，她是个很好的可爱的姑娘；她的品行也是无可非议的。

克劳狄奥　而且她是一个绝世聪明的人。

彼德罗　她什么都聪明，就是在爱培尼狄克这件事上不大聪明。

里奥那托　啊，殿下！智慧和感情在这么一个娇嫩的身体里交战，十之八九感情会得到胜利的，我是她的叔父和保护人，瞧着她这样子，心里真是难受。

彼德罗　我倒希望她把这样的痴情用在我身上；我一定会不顾一切，娶她做我的妻子的。依我看来，你们还是去告诉培尼狄克，听他怎么说。

里奥那托　您想这样会有用处吗？

克劳狄奥　希罗相信她迟早活不下去：因为她说要是他不爱她，她一定会死；可是她宁死也不愿让他知道她爱他；即使他来向她求婚，她也宁死不愿把她平日那种倔强的态度改变一丝一毫。

彼德罗　她的意思很对。要是她向他呈献了她的一片深情，多半反而要遭他奚落；因为你们都知道，这个人的脾气是非常骄傲的。

克劳狄奥　他是一个很漂亮的人。

彼德罗　他的确有一副很好的仪表。

克劳狄奥　凭良心说，他也很聪明。

彼德罗　他的确有几分小聪明。

里奥那托　我看他也很勇敢。

彼德罗　他是个大英雄哩；可是在碰到打架的时候，你就可以看到他的聪明所在，因为他总是小心翼翼地躲开，万一脱身不了，也是战战兢兢，像个好基督徒似的。

里奥那托　他要是敬畏上帝，当然应该跟人家和和气气；万一闹翻了，自然要惴惴不安的。

彼德罗　他正是这样。这家伙虽然一张嘴胡说八道，可是他倒的确敬畏上帝。好，我对于令侄女非常同情。我们要不要去找培尼狄克，把她的爱情告诉他？

克劳狄奥　别告诉他，殿下，还是让她好好地想一想，把这段痴心慢慢地淡下去吧。

里奥那托　不，那是不可能的。等到她觉悟过来，她的心早已碎了。

彼德罗　好，我们慢慢再等着听令嫒报告消息吧，现在暂时不用多讲了。我很欢喜培尼狄克；我希望他能够平心静气反省一下，看看他自己多么配不上这么一位好姑娘。

里奥那托　殿下，请吧，晚饭已经预备好了。

克劳狄奥　（旁白）要是他听见了这样的话，还不会爱上她，我以后再不相信我自己的预测。

彼德罗　（旁白）咱们还要给她设下同样的圈套，那可得请令嫒跟她的侍女多多费心了。顶有趣的一点，就是让他们彼此以为对方在恋爱着自己，其实却根本没有这么一回事；这就是我所希望看到的一幕哑剧。让我们叫她来请他进去吃饭吧。（彼德罗、克劳狄奥、里奥那托同下）

培尼狄克　（自凉亭内走出）这不会是诡计；他们谈话的神气是很严肃的；他们从希罗嘴里听到了这一件事情，当然不会有假。他们好像很同情这姑娘；她的热情好像已经涨到最高度。爱我！哎哟，我一定要报答她才是。我已经听见他们怎样批评我，他们说要是我知道了她在爱我，我一定会摆架子；他们又说她宁死也不愿把她的爱情表示出来。结婚这件事我倒从来没有想起过。我一定不要摆架子；一个人知道了自己的短处，能够改过自新，就是有福的。他们说这姑娘长得漂亮，这是真的，我可以为他们证明；说她品行很好，这也是事实，我不能否认；说她除了爱我以外，别的地方都是很聪明的，其实这一件事情固然不足表示她的聪明，可是也不能因此反证她的愚蠢，因为就是我也要从此为她颠倒哩。也许人家会向我冷嘲热讽，因为我一向都是讥笑着结婚的无聊；可是难道一个人的口味是不会改变的吗？年轻的时候喜欢吃肉，也许老来一闻到肉的味道就要受不住。难道这种不关痛痒的舌丸唇弹，就可以把人吓退，叫他放弃他的决心吗？不，人类是不能让它绝种的。最初我说我要一生一世做个单身汉，那是因为我没有想到我会活到结婚的一天。贝特丽丝来了。上帝在上，她是个美貌的姑娘！我可以从她脸上看出她几分爱我的意思来。

贝特丽丝上。

贝特丽丝　他们叫我来请您进去吃饭，可是这是违反我自己的意志的。

培尼狄克　好贝特丽丝，有劳枉驾，辛苦您啦，真是多谢！

贝特丽丝　我并没什么劳神费力值得领受您的谢意，您也不用费神谢我。要是这是一件辛苦的事，我也不会来啦。

培尼狄克　那么您是很乐意来叫我的吗？

贝特丽丝　是的，像您在刀尖儿上挑起东西塞进乌鸦的嘴里噎死它一样。您肚子不饿吧，先生？再见。（下）

培尼狄克　哈！“他们叫我来请您进去吃饭，可是这是违反我自己的意志的，”这句话里含着双关的意义。“我并没什么劳神费力值得领受您的谢意，您也不用费神谢我。”那等于说，我无论给您做些什么辛苦的事，都像说一声谢谢那样不足为奇的。要是我不可怜她，我就是个浑蛋；要是我不爱她，我就是个犹太人。我要向她讨一幅小像去。（下）

# 第 三 幕

## 第一场 里奥那托的花园

希罗、玛格莱特及欧苏拉上。

希 罗 好玛格莱特，你快跑到客厅里去，我的姐姐贝特丽丝正在那儿跟亲王和克劳狄奥讲话；你在她的耳边悄悄地告诉她，说我跟欧苏拉在花园里谈天，我们所讲的话都是关于她的事情；你说你因为听到了我们的谈话，所以特来通知她，叫她偷偷地溜到被金银花藤密密地缠绕着的凉亭里；在那儿，繁茂的藤萝受着太阳的煦养，成长以后，却不许日光进来，正像一般凭借主子的势力作威作福的宠臣，一朝羽翼既成，却向栽培他的恩人反噬一口一样；你就叫她躲在那个地方，听我们说些什么话。这是你的事情，你好好地做去，让我们两个人在这儿。

玛格莱特 我一定叫她立刻就来。（下）

希 罗 欧苏拉，我们就在这条路上走来走去；一等贝特丽丝来了，我们必须满嘴都讲的是培尼狄克：我一提起他的名字，你就把他恭维得好像走遍天下也找不到他这样一个男人似的；我就告诉你他怎样为了贝特丽丝害相思。我们就是这样用谎话造成丘匹德的一支利箭，凭着传闻的力量射中她的心。

贝特丽丝自后上。

希 罗 现在开始吧，瞧贝特丽丝像一只田凫似的，缩头缩脑地在那儿听我们谈话了。

欧苏拉 钓鱼最有趣的时候，就是瞧那鱼儿用她的金桨拨开银浪，贪馋食地吞那陷人的美饵；我们也正是这样引诱贝特丽丝上钩。她现在已经躲在金银花藤的浓荫下面了。您放心吧，我一定不会讲错了话。

希 罗 那么让我们走近她些，好让她的耳朵一字不漏地把我们给她安排下的诱饵吞咽下去。（二人走近凉亭）不，真的，欧苏拉，她太高傲啦，我知道她的脾气就像山上的野鹰一样倔强豪放。

欧苏拉 可是您真的相信培尼狄克这样一心一意地爱着贝特丽丝吗？

希　罗　亲王跟我的未婚夫都是这么说的。

欧苏拉　他们有没有叫您告诉她知道，小姐？

希　罗　他们请我把这件事情告诉她。可是我劝他们说，要是他们把培尼狄克当作他们的好朋友，就应该希望他从爱情底下挣扎出来，无论如何不要让贝特丽丝知道。

欧苏拉　您为什么对他们这样说呢？难道这位绅士就配不上贝特丽丝小姐吗？

希　罗　爱神在上，我也知道像他这样的人品是值得享受世间一切至美至好的事物的；可是造物从来不会造下一颗女人的心，像贝特丽丝那样的骄傲冷酷了。轻蔑和讥嘲在她的眼睛里闪耀着，把她所看见的一切贬得一文不值，她因为自恃才情，所以什么都不放在她的眼里。她不会恋爱，她从来不想到有恋爱这件事；她是太自命不凡了。

欧苏拉　不错，我也是这样想。所以还是不要让她知道他的爱，免得反而给她讥笑一番。

希　罗　是呀，你说得很对。无论怎样聪明、高贵、年轻、漂亮的男子，她总要把他批评得体无完肤：要是他面孔长得白净，她就发誓说这位先生应当作她的妹妹；要是他皮肤黑了点儿，她就说上帝在打一个小花脸的图样的时候，不小心涂上了一大块墨渍；要是他是个高个儿，他就是柄歪头的长枪；要是他是个矮子，他就是块刻坏了的玛瑙坠子；要是他多讲了几句话，他就是个随风转的风标；要是他一声不响，他就是块没有知觉的木头。她这样指摘着每一个人的短处，至于他的纯朴的德行和才能，她却绝口不给他们应得的赞赏。

欧苏拉　真的，这种吹毛求疵可不敢恭维。

希　罗　是呀，像贝特丽丝这样古怪得不近人情，真叫人不敢恭维。可是谁敢去对她这样说呢？要是我对她说了，她会把我讥笑得无地自容，用她的俏皮话儿把我揶揄死呢！所以还是让培尼狄克像一堆盖在灰里的火一样，在叹息中熄灭了他的生命的残焰吧；与其受人讥笑而死，这就像痒得要死那样难熬，还是不声不响地闷死了的好。

欧苏拉　可是告诉了她，听听她说些什么也好。

希　罗　不，我想还是去劝劝培尼狄克，叫他努力斩断这一段痴情。真的，我想捏造一些关于我这位姐姐的谣言，一方面对她的名誉没有什么损害，一方面却可以冷却了他的心；谁也不知道一句诽谤的话，会多么中伤人们的感情！

欧苏拉 啊！不要做这种对不起您姐姐的事。人家都说她心窍玲珑，她绝不会糊涂到这个地步，会拒绝培尼狄克先生那样一位难得的绅士。

希 罗 除了我的亲爱的克劳狄奥以外，全意大利找不到第二个像他这样的人来。

欧苏拉 小姐，请您别生气，照我看起来，培尼狄克先生无论在外表上，在风度上，在智力和勇气上，都可以在意大利首屈一指。

希 罗 是的，他有一个很好的名誉。

欧苏拉 这也是因为他果然有过人的才德，所以才会得到这样的名誉。小姐，您的大喜在什么时候？

希 罗 就在明天。来，进去吧，我要给你看几件衣服，你帮我决定明天最好穿哪一件。

欧苏拉 （旁白）她已经上了钩了，小姐，我们已经把她捉住了。

希 罗 （旁白）要是果然这样，那么恋爱就是一个偶然的机遇；有的人被爱神用箭射中，有的人却自己跳进网罗。（希罗、欧苏拉同下）

贝特丽丝 （上前）我的耳朵里怎么火一般热？果然会有这种事吗？难道我就让他们这样批评我的骄傲和轻蔑吗？去你的吧，那种狂妄！再会吧，处女的骄傲！人家在你的背后，是不会说你好话的。培尼狄克，爱下去吧，我一定会报答你；我要把这颗狂野的心收束起来，呈献在你温情的手里。你要是真的爱我，我的转变过来的温柔的态度，一定会鼓励你把我们的爱情用神圣的约束结合起来。人家说你值得我的爱，可是我比人家更知道你的好处。（下）

## 第二场 里奥那托家中一室

唐·彼德罗、克劳狄奥、培尼狄克、里奥那托同上。

彼德罗 我等你结了婚，就到阿拉贡去。

克劳狄奥 殿下要是准许我，我愿意伴送您到那边。

彼德罗 不，你正在新婚燕尔的时候，这不是太煞风景了吗？把一件新衣服给孩子看了，却不许他穿起来，那怎么可以呢？我只要培尼狄克愿意跟我作伴就行了，他这个人从头顶到脚跟，没有一点心事；他曾经两三次割了丘匹德的弓弦，现在这个小东西再也不敢射他啦。他那颗心就像一只好钟一样完整无缺，他的一条舌头就是钟舌；心里一想到什么，便从嘴里说出来。

培尼狄克 哥们儿，我已经不再是从前的我啦。

里奥那托 我也是这样说，我看您近来好像有些心事似的。

克劳狄奥 我希望他是在恋爱了。

彼德罗 哼，这放荡的家伙，他的肚子里没有一丝真情，怎么会真的恋爱起来？要是他有了心事，那一定是因为没有钱用。

培尼狄克 我牙痛。

彼德罗 啊！为了牙齿痛才这样长吁短叹吗？

里奥那托 只是因为出了点脓水，或者一个小虫儿在作怪吗？

培尼狄克 算了吧，痛在别人身上，谁都会说风凉话的。

克劳狄奥 可是我说，他是在恋爱了。

彼德罗 他一点也没有痴痴癫癫的样子，就是喜欢把自己打扮得奇形怪状：今天是个荷兰人，明天是个法国人；有时候同时做了两个国家的人，下半身是个套着灯笼裤的德国人，上半身是个不穿紧身衣的西班牙人。除了这一股无聊的傻劲儿以外，他并没有什么反常的地方，可以证明你所说的他在恋爱的话。

克劳狄奥 要是他没有爱上什么女人，那么古来的看法也都是靠不住的了。他每天早上刷他的帽子，这表示什么呢？

彼德罗 有人见过他上理发店没有？

克劳狄奥 没有，可是有人看见理发匠跟他在一起；他那脸蛋上的几根装饰品，都已经拿去塞网球去了。

里奥那托 他剃了胡须，瞧上去的确年轻了点儿。

彼德罗 他还用麝香擦他的身子哩；你们闻不出来这一股香味吗？

克劳狄奥 那等于说，这一个好小子在恋爱了。

彼德罗 他的忧郁是他的最大的证据。

克劳狄奥 曾经他几时用香水洗过脸？

彼德罗 对了，我听人家说他还搽粉哩。

克劳狄奥 还有他那爱说笑话的脾气，现在也已经钻进了琴弦里，给音栓管住了哪。

彼德罗 不错，那已经充分揭露了他的秘密。总而言之，他是在恋爱了。

克劳狄奥 噢，可是我知道谁爱着他。

彼德罗 我也很想知道知道，我想一定是个不大熟悉他的人。

克劳狄奥　哪里，还深切知道他的坏脾气呢；可是人家却愿意为他而死。

彼德罗　等她将来被人“活埋”的时光，一定是脸朝天的了。

培尼狄克　你们这样胡说八道，不能叫我的牙齿不痛呀。老先生，陪我走走。我已经想好了八九句聪明的话，要跟您谈谈，可是一定不能让这些傻瓜们听见。（培尼狄克、里奥那托同下）

彼德罗　我可以打赌，他一定是向他说起贝特丽丝的事。

克劳狄奥　正是。希罗和玛格莱特大概也已经把贝特丽丝同样捉弄过啦，现在这两头熊碰见了，总不会再彼此相咬了吧。

唐·约翰上。

约　翰　上帝保佑您，王兄！

彼德罗　你好，贤弟。

约　翰　您要是有工夫的话，我想跟您谈谈。

彼德罗　不能让别人听见吗？

约　翰　是；不过克劳狄奥伯爵不妨让他听见，因为我所要说的话，是对他很有关系的。

彼德罗　是什么事？

约　翰　（向克劳狄奥）大人预备在明天结婚吗？

彼德罗　那你早就知道了。

约　翰　要是他知道了我所知道的事，那就难说了。

克劳狄奥　倘然有什么妨碍，请您明白告诉我。

约　翰　您也许以为我对您有点儿过不去，那咱们等着瞧吧；我希望您听了我现在将要告诉您的话以后，可以把您对我的意见改变过来。至于我这位兄长，我相信他是非常看重您的，他为您促成了这一门婚事，完全是他的一片好心；可惜看错了追求的对象，这一番心思气力，花得好不冤枉！

彼德罗　啊，是怎么一回事？

约　翰　我就是要来告诉你们，废话少说，这位姑娘是不贞洁的，人家久已在那儿讲她的闲话了。

克劳狄奥　谁？希罗吗？

约　翰　正是她。里奥那托的希罗，您的希罗，大众的希罗。

克劳狄奥　不贞洁吗？

约　翰　不贞洁这一个字眼，还是太好了，不够形容她的罪恶；她岂止不贞洁而已！您要是能够想得到一个更坏的名称，她也可以受之而无愧。不要吃惊，等着看事实的证明吧，您只要今天晚上跟我去，就可以看见她结婚的前一晚，还有人从窗里走进她的房间里去。您看见这种情形以后，要是仍旧爱她，那么明天就跟她结婚吧。可是为了您的名誉起见，还是把您的决心改变一下的好。

克劳狄奥　有这等事吗？

彼德罗　我想不会的。

约　翰　要是你们看见了真凭实据以后，还不敢相信你们自己的眼睛，那么不要把你们所看到的情形宣布出来也好。你们只要跟我去，我一定可以叫你们看一个明白；等你们看到听到以后，再决定怎么办吧。

克劳狄奥　要是今天晚上果然有什么事情给我看到，那我明天一定不跟她结婚；我还要在教堂里当众羞辱她呢。

彼德罗　我曾经代你向她求婚，我也要帮着你把她羞辱。

约　翰　我也不愿多说她的坏话，横竖你们会替我证明的。现在大家不用声张，等到半夜时候再看究竟吧。

彼德罗　真扫兴的日子！

克劳狄奥　真倒霉的事情！

约　翰　等会儿你们就要说，幸亏发觉得早，真好的运气哩！（同下）

## 第三场　街　道

道格培里，弗吉斯及巡丁等上。

道格培里　你们都是老老实实的好人吗？

弗吉斯　是啊，否则他们的肉体灵魂不一起上天堂，那才可惜哩。

道格培里　不，他们当了王爷的巡丁，要是有一点忠心的话，这样的刑罚还嫌太轻啦。

弗吉斯　好，道格培里伙计，把他们应该做的事吩咐他们吧。

道格培里　第一，你们看来谁是顶不配当巡丁的人？

巡丁甲　问长官，修·奥凯克跟乔治·西可尔，因为他们俩都会写字念书。

道格培里　过来，西可尔伙计。上帝赏给你一个好名字，一个人长得漂亮是偶然的运气，会写字念书才是天生的本领。

巡丁乙　巡官老爷，这两种好处——

道格培里　你都有，我知道你会这样说。好，朋友，讲到你长得漂亮，那么你谢谢上帝，自己少卖弄；讲到你会写字念书，那么等到用不着这种玩意儿的时候，再显显你自己的本领吧。大家公认你是这儿最没有头脑、最配当一个巡丁的人，所以你拿着这盏灯笼吧。听好我的吩咐：你要是看见什么流氓无赖，就把他抓了；你可以用王爷的名义叫无论什么人站住。

巡丁甲　要是他不肯站住呢？

道格培里　那你就不用理他，让他去好了；你就立刻召集其余的巡丁，谢谢上帝免得你们受一个浑蛋的麻烦。

弗吉斯　要是喊他站住他不肯站住，他就不是王爷的子民。

道格培里　对了，不是王爷的子民，就可以不用理他们。你们也不准在街上大声吵闹；因为巡丁们要是叽里呱啦谈起天来，那是最叫人受不了也是最不可宽恕的事。

巡丁乙　我们宁愿睡觉，不愿说话；我们知道一个巡丁的责任。

道格培里　啊，你说得真像一个老练的安静的巡丁，睡觉总是不会得罪人的；只要留心你们的钩镰枪别给人偷去就行啦。好，你们还要到每一家酒店去查看，看见谁喝醉了，就叫他回去睡觉。

巡丁甲　要是他不愿意呢？

道格培里　那么让他去，等他自己醒过来吧。要是他不好好地回答你，你可以说你看错了人啦。

巡丁甲　是，长官。

道格培里　要是你们碰见一个贼，按着你们的职责，你们可以疑心他不是个好人；对于这种家伙，你们越是少跟他们多事，越可以显出你们都是规矩的好人。

巡丁乙　要是我们知道他是个贼，我们要不要抓住他呢？

道格培里　按照你们的职责，你们本来是可以把他抓住的；可是我想谁把手伸进染缸里，总要弄脏自己的手；为了省些麻烦起见，要是你们碰见了一个贼，顶好的办法就是让他使出他的看家本领来，偷偷地溜走了事。

弗吉斯　伙计，你一向是个出名的好心肠人。

道格培里　是呀，就是一条狗我也不忍把它勒死，何况是个还有几分天良的人，自然更加不在乎啦。

弗吉斯　要是你们听见谁家的孩子晚上啼哭，你们必须去把那奶妈子叫醒，叫她止住他的啼哭。

巡丁乙　要是那奶妈子睡熟了，听不见我们叫喊呢？

道格培里　那么你们就一声不响地走开去，让那孩子把她吵醒好了；因为母羊要是听不见她自己小羊的啼声，她怎么会回答一头小牛的叫喊呢？

弗吉斯　你说得真对。

道格培里　完了。你们当巡丁的，就是代表着王爷本人；要是你们在黑夜里碰见王爷，你们也可以叫他站住。

弗吉斯　哎哟，圣母娘娘呀！我想那是不可以的。

道格培里　谁要是懂得法律，我可以用五先令跟他打赌一先令，他可以叫他站住；当然啰，那还要看王爷自己愿不愿意；因为巡丁是不能得罪人的，叫一个不愿意站住的人站住，那是要得罪人的。

弗吉斯　对了，这才说得有理。

道格培里　哈哈哈！好，伙计们，晚安！倘然有要紧的事，你们就来叫我起来；什么事大家彼此商量商量。再见！来，伙计。

巡丁乙　好，弟兄们，我们已经听见长官吩咐我们的话；让我们就在这儿教堂门前的凳子上坐下来，等到两点钟的时候，大家回去睡觉吧。

道格培里　好伙计们，还有一句话，请你们留心里奥那托老爷的门口。因为他家里明天有喜事，今晚十分忙碌，怕有坏人混进去。再见，千万留心点儿。（道格培里、弗吉斯同下）

波拉契奥及康雷特上。

波拉契奥　喂，康雷特！

巡丁甲　（旁白）静！别动！

波拉契奥　喂，康雷特！

康雷特　这儿，朋友，我就在你的身边哪。

波拉契奥　他妈的！怪不得我身上痒，原来有一颗癞疥疮在我身边。

康雷特　等会儿再跟你算账，现在还是先讲你的故事吧。

波拉契奥　那么你且站在这儿屋檐下面，天在下着毛毛雨哩；我可以像一个醉汉似的，把什么话都告诉你。

巡丁甲　（旁白）弟兄们，一定是些什么阴谋；可是大家站着别动。

波拉契奥　告诉你吧，我从唐·约翰那儿拿到了一千块钱。

康雷特　干一件坏事的价钱会这样高吗？

波拉契奥　你应该这样问："难道坏人就这样有钱吗？"有钱的坏人需要没钱的坏人帮忙的时候，没钱的坏人当然可以漫天讨价。

康雷特　我可有点不大相信。

波拉契奥　这就表明你是个初出茅庐的人。你知道一套衣服、一顶帽子的式样时髦不时髦，对于一个人本来是没有什么相干的。

康雷特　是的，那不过是些小玩意儿而已。

波拉契奥　我说的是式样的时髦不时髦。

康雷特　对啦，时髦就是时髦，不时髦就是不时髦。

波拉契奥　呸！那简直就像说，傻子就是傻子。可是你不知道这个时髦是个多么坏的贼吗？

巡丁甲　（旁白）我知道有这么一个坏贼，他已经做了七年老贼了；他在街上走来走去，就像个绅士的模样。我记得有这么一个家伙。

波拉契奥　你没听见什么人在讲话吗？

康雷特　没有，只有屋顶上风标转动的声音。

波拉契奥　我说，你不知道这个时髦是个多么坏的贼吗？他会把那些从十四岁到三十五岁的血气未定的年轻人搅昏头，有时候把他们装扮得活像那些烟熏的古画上的埃及法老的兵士，有时候又像漆在教堂窗上的异教邪神的祭司，有时候又像织在污旧虫蛀的花毡上的剃光了胡须的赫剌克勒斯，裤裆里的那话儿瞧上去就像他的棍子一样又粗又重。

康雷特　这一切我都知道。我也知道往往一件衣服没有穿旧，流行的式样已经变了两三通。可是你是不是也给时髦搅昏了头，所以不向我讲你的故事，却又讨论起时髦问题来呢？

波拉契奥　那倒不是这样说。好，我告诉你吧，我今天晚上已经去跟希罗小姐的侍女玛格莱特谈过情话啦；我叫她希罗，她靠在她小姐卧室的窗口，向我说了一千次晚安。我把这故事讲得太坏，我应当先告诉你，那亲王和克劳狄奥怎样听了我那主人唐·约翰的话，三个人预先站在花园里远远的地方，瞧见我们这一场幽会。

康雷特　他们都以为玛格莱特就是希罗吗？

波拉契奥　亲王跟克劳狄奥是这样想着；可是我那个魔鬼一样的主人知道她是玛格莱特。一则因为他言之凿凿，使他们受了他的愚弄；二则因为天色昏黑，蒙过了他们的眼睛。可是说来说去，还是全亏我的诡计多端，证实了唐·约翰随口捏造的谣言，惹得那克劳狄奥一怒而去，发誓说他要在明天早上，按照预订的钟点，到教常里去见她的面，把他晚上所见的情形当众宣布出来，出出她的丑，叫她仍旧回去做一个没有丈夫的女人。

巡丁甲 我们用亲王的名义命令你们站住！

巡丁乙 去叫巡官老爷起来。一件最危险的奸淫案子给我们破获了。

巡丁甲 他们同伙的还有一个坏贼，我认识他，他头发上打着“相思结”。

康雷特 列位朋友们！

巡丁乙 告诉你们吧，这个坏贼是一定要叫你们交出来的。

康雷特 列位！

巡丁甲 别说话，乖乖地跟我们去。

波拉契奥 他们把我们抓了去，倒是捞到一批好货。

康雷特 少不得还要受一番检查呢。来，我们服从你们。（同下）

## 第四场 里奥那托家中一室

希罗、玛格莱特及欧苏拉上。

希 罗 好欧苏拉，你去叫醒我的姐姐贝特丽丝，叫她快点儿起身。

欧苏拉 是，小姐。

希 罗 请她过来一下子。

欧苏拉 好的。（下）

玛格莱特 真的，我想还是那一个衣领好一点。

希 罗 不，好玛格莱特，我要戴这一个。

玛格莱特 这一个真的不是顶好；您的姐姐也一定会这样说的。

希 罗 我的姐姐是个傻子，你也是个傻子，我偏要戴这一个。

玛格莱特 我很欢喜这一顶新的发罩，要是头发的颜色再略微深一点儿就好了。您的长袍的式样真是好极啦。人家把米兰公爵夫人的那件袍子称赞得了不得，那件衣服我也见过。

希 罗 啊！他们说它好得很哩。

玛格莱特 不是我胡说，那一件比起您这一件来简直只好算是一件睡衣，金线织成的缎子，镶着银色的花边，嵌着珍珠，有垂袖，有侧袖，圆圆的衣裾，缀满了带点儿淡蓝色的闪光箔片。可是要是讲到式样的优美雅致，齐整漂亮，那您这一件就可以抵得上她十件。

希　罗　上帝保佑我快快乐乐地穿上这件衣服，因为我的心里重得好像压着一块石头似的！

玛格莱特　等到一个男人压到您身上，它还要重得多哩。

希　罗　啐！你不害臊吗？

玛格莱特　害什么臊呢，小姐？因为我说了句老实话吗？就是对一个叫花子来说，结婚不也是光明正大的事吗？难道不曾结婚，就不许提起您的姑爷吗？我想您也许要我这样说："对不起，说句不中听的粗话：一个丈夫。"只要说话有理，就不怕别人的歪曲。不是我有意跟人家抬杠，不过，"等到有了丈夫，那份担子压下来，可更重啦。"这话难道有什么要不得吗？只要大家是明媒正娶的，那有什么要紧花子？否则倒不能说是重，只好说是轻狂了。您要是不相信，去问贝特丽丝小姐吧；她来啦。

贝特丽丝上。

希　罗　早安，姐姐。

贝特丽丝　早安，好希罗。

希　罗　哎哟，怎么啦！你怎么说话这样懒洋洋的？

贝特丽丝　我的心曲乱得很呢。

玛格莱特　快唱一曲《妹妹心太活》吧，这是不用男低音伴唱的；你唱，我来跳舞。

贝特丽丝　大概你的一对马蹄子，就跟你的"妹妹"的一颗心那样，太灵活了吧。将来哪个丈夫娶了你，快替他养一马房马驹子吧。

贝特丽丝　快要五点钟啦，妹妹；你该快点儿端整起来了。真的，我身子怪不舒服。唉——呵！

玛格莱特　哼，您倘然没有变了一个人，那航海的人也不用看星啦。

贝特丽丝　这傻子在那儿说些什么？

玛格莱特　我没有说什么；但愿上帝保佑每一个人如愿以偿！

希　罗　这双手套是伯爵送给我的，上面薰着很好的香料。

贝特丽丝　我的鼻子塞住啦，妹妹，我闻不出来。

玛格莱特　好一个塞住了鼻子的姑娘！今年的伤风可真流行。

贝特丽丝　啊，老天快帮个忙吧！你几时变得这样精灵的呀。

玛格莱特　自从您变得那样糊涂之后。我说俏皮话真来得，是不是？

贝特丽丝　可惜还不够招摇，最好把你的俏皮劲儿顶在头上，那才好呢。真的，我得病了。

玛格莱特　您的心病是要心药来医治的。

贝特丽丝　怎么，你这句话是什么意思？

玛格莱特　意思！不，真的，我一点没有什么意思。您也许以为我想您在恋爱啦；可是不，我不是那么一个傻子，会高兴怎么想就怎么想，我也不愿意想到什么就是什么；老实说，就是想空了我的心，我也决不会想到您是在恋爱，或者您将要恋爱，或者您会跟人家恋爱。可是培尼狄克起先也跟您一样，现在他却变了个人啦；他曾经发誓决不结婚，现在可死心塌地地做起爱情的奴隶来啦。我不知道您会变成个什么样子；可是我觉得您现在瞧起人来的那种神气，也有点跟别的女人差不多啦。

贝特丽丝　你的一条舌头滚来滚去的，在说些什么呀？

玛格莱特　我说的都是老实话哩。

欧苏拉重上。

欧苏拉　小姐，进去吧；亲王、伯爵、培尼狄克先生、唐·约翰，还有全城的公子哥儿们，都来接您到教堂里去了。

希　罗　好姐姐，好玛格莱特，好欧苏拉，快帮我穿戴起来。（同下）

## 第五场　里奥那托家中的另一室

里奥那托偕道格培里弗吉斯同上。

里奥那托　朋友，你有什么事要对我说？

道格培里　呃，老爷，我有点事情要来向您禀告，这件事情对于您自己是很有关系的。

里奥那托　那么请你说得简单一点，因为你瞧，我现在忙得很哪。

道格培里　呃，老爷，是这么一回事。

弗吉斯　是的，老爷，真的是这么一回事。

里奥那托　是怎么一回事呀，我的好朋友们？

道格培里　老爷，弗吉斯是个好人，他讲起话来总是有点儿纠缠不清。他年纪大啦，老爷，他的头脑已经没有从前那么糊涂，上帝保佑他！可是说句良心话，他是个老实不过的好人，瞧他的眉尖心就可以明白啦。

弗吉斯　是的，感谢上帝，我就跟无论哪一个跟我一样老，也不比我更老实的人一样老实。

道格培里　不要比这个比那个，叫人家听着心烦啦；少说些废话，弗吉斯伙计。

里奥那托　两位老乡，你们缠绕的本领可真不小啊。

道格培里　承蒙您老爷好说，不过咱们都是可怜的公爵手下的巡官。可是说真的，拿我自个儿来说，要是我的缠绕的本领跟皇帝老子那样大，我一定舍得拿来一股脑儿全传给您老爷。

里奥那托　呃，拿你的缠绕的本领全传给我？

道格培里　对啊，哪怕再加上一千个金镑的价值，我也决不会舍不得。因为我听到的关于您老爷的报告是挺好的，不比这儿城里哪个守本分的人们差，我虽然是个老粗，听了也非常满意。

弗吉斯　我也同样满意。

里奥那托　我最满意的是你们有话就快说出来。

弗吉斯　呃，老爷，我们的巡丁今天晚上捉到了梅西那地方两个顶坏的坏人。

道格培里　老爷，他是个很好的老头子，就是喜欢多话；人家说的，年纪一大，人也变糊涂啦。上帝保佑我们！这世上新鲜的事情可多着呢！说得好，真的，弗吉斯伙计。好，上帝是个好人；两个人骑一匹马，总有一个人在后面。真的，老爷，他是个老实男人，天地良心；可是我们应该敬重上帝，世上有好人也就有坏人。唉！好伙计。

里奥那托　可不，老乡，他跟你差远了。

道格培里　这也是上帝的恩典。

里奥那托　我可要少陪了。

道格培里　就是一句话，老爷；我们的巡丁真的捉住了两个形迹可疑的人，我们想在今天当着您面前把他们审问一下。

里奥那托　你们自己去审问吧，审问明白以后，再来告诉我；我现在忙得不得了，你们也一定可以看得出来的。

道格培里　那么就这么办吧。

里奥那托　你们喝点儿酒再走，再见。

一使者上。

使　者　老爷，他们都在等着您去主持婚礼。

里奥那托　我就来，我已经预备好了。（里奥那托及使者下）

道格培里　去，好伙计，把法兰西斯·西可尔找来。叫他把他的笔和墨水壶带到监牢里，我们现在就要审问这两个家伙。

弗吉斯　我们一定要审问得非常聪明。

道格培里　是的，我们一定要尽量运用我们的智慧，叫他们狡赖不了。你就去找一个有学问的念书人来给我们记录口供；咱们在监牢里会面吧。（同下）

# 第 四 幕

## 第一场 教堂内部

唐·彼德罗、唐·约翰、里奥那托、法兰西斯神父、克劳狄奥、培尼狄克、希罗、贝特丽丝等同上。

里奥那托 来，法兰西斯神父，简单一点；只要给他们行一行结婚的仪式，以后再把夫妇间应有的责任仔细告诉他们吧。

神 父 爵爷，您到这儿来是要跟这位小姐举行婚礼的吗？

克劳狄奥 不。

里奥那托 神父，他是来跟她结婚的，您才是给他们举行婚礼的人。

神 父 小姐，您到这儿来是要跟这位伯爵结婚吗？

希 罗 是的。

神 父 要是你们两人中间有谁知道有什么秘密的阻碍，使你们不能结为夫妇，那么为了免得你们的灵魂受到责罚，我命令你们说出来。

克劳狄奥 希罗，你知道有没有？

希 罗 没有，我的主。

神 父 伯爵，您知道有没有？

里奥那托 我敢替他回答，没有。

克劳狄奥 啊！人们敢做些什么！他们会做些什么出来！他们每天都在做些什么，却不知道他们自己在做些什么！

培尼狄克 怎么！发起感慨来了吗？那么让我来大笑三声吧，哈！哈！哈！

克劳狄奥 神父，请你站在一旁。老人家，对不起，您愿意这样慷慨地把这位姑娘，您的女儿，给我吗？

里奥那托 是的，贤婿，正像上帝把她给我的时候一样慷慨。

克劳狄奥 我应当用什么来报答您，它的价值可以抵得过这一件贵重的礼物呢？

彼德罗 没有，除非把她仍旧还给他。

克劳狄奥 好殿下，您已经教会我表示感谢的最得体的方法了。里奥那托，把她拿回去吧。不要把这只坏橘子送给你的朋友，她只是外表上像一个贞洁的女人罢了。瞧！她那害羞的样子，多么像是一个无邪的少女！啊，狡狯的罪恶多么善于用真诚的面具遮掩它自己！她脸上现起的红晕，不是正可以证明她的贞静纯朴吗？你们大家看见她这种表面上的做作，不是都会发誓说她是个处女吗？可是她已经不是一个处女了，她已经领略过枕席上的风情；她的脸红是因为罪恶，不是因为羞涩。

里奥那托　爵爷，您这是什么意思？

克劳狄奥　我不要结婚，不要把我的灵魂跟一个声名狼藉的淫妇结合在一起。

里奥那托　爵爷，要是照您这样说来，您因为她年幼可欺，已经破坏了她的贞操。

克劳狄奥　我知道你会这么说，要是我已经跟她发生了肉体上的关系，你就说她是把我认做她的丈夫的，所以不能算是一件不可恕的过失。不，里奥那托，我从来不曾用一句淫辞浪语向她挑诱；我对她总是像一个兄长对待他的弱妹一样，表示着纯洁的真诚和合理的情爱。

希　罗　您看我对您不也正像这样吗？

克劳狄奥　不要脸的！正像这样！我看你就像是月亮里的狄安娜女神一样纯洁，就像是未开放的蓓蕾一样无瑕；可是你却像维纳斯一样放荡，像纵欲的禽兽一样无耻！

希　罗　我的主病了吗？怎么他会讲起这种荒唐的话来？

里奥那托　好殿下，您怎么不说句话？

彼德罗　叫我说些什么呢？我竭力替我的好朋友跟一个淫贱的女人撮合，我自己的脸也丢尽了。

里奥那托　这些话是从你们嘴里说出来的，还是我在做梦？

约　翰　老人家，这些话是从他们嘴里说出来的；这些事情都是真的。

培尼狄克　这简直不成其为婚礼啦。

希　罗　真的！啊，上帝！

克劳狄奥　里奥那托，我不是站在这儿吗？这不是亲王吗？这不是亲王的兄弟吗？这不是希罗的面孔吗？我们大家不是生着眼睛的吗？

里奥那托　这一切都是事实，可是您这样说是什么意思呢？

克劳狄奥　让我只问你女儿一个问题，请你用你做父亲的天赋权力，叫她老实回答我。

里奥那托　我命令你从实答复他的问题，因为你是我的孩子。

希　罗　啊，上帝保佑我！我要给他们逼死了！这算是什么审问呀？

克劳狄奥　我们要从你自己的嘴里听到你的实在的回答。

希　罗　我不是希罗吗？谁能够用公正的谴责玷污这一个名字？

克劳狄奥　嘿，那就要问希罗自己了；希罗自己可以玷污希罗的名字。昨天晚上在十二点钟到一点钟之间，在你的窗口跟你谈话的那个男人是谁！要是你是个处女，请你回答这一个问题吧。

希　罗　爵爷，我在那个时候不曾跟什么男人谈过话。

彼德罗　哼，你还要抵赖！里奥那托，我很抱歉要让你知道这一件事，凭着我的名誉起誓，我自己，我的兄弟和这位受人欺骗的伯爵，昨天晚上在那个时候的的确确看见她，也听见她在她卧室的窗口跟一个混账东西谈话，那个荒唐的家伙已经亲口招认他们这样不法的幽会，已经有过许多次了。

约　翰　啧！啧！王兄，那些话还是不要说了吧，说出来也不过污了大家的耳朵。美貌的姑娘，你这样不知自重，我真替你可惜！

克劳狄奥　啊，希罗！要是把你外表上的一半优美分给你的内心，那你将会是一个多么好的希罗！可是再会吧，你这最下贱、最美貌的人！你这纯洁的淫邪，淫邪的纯洁，再会吧！为了你我要锁闭一切爱情的门户，让猜疑停驻在我的眼睛里，把一切美色变成不可亲近的蛇蝎，永远失去它诱人的力量。

里奥那托　这儿谁有刀子可以借给我，让我刺在我自己的心里！（希罗晕倒）

贝特丽丝　哎哟，怎么啦，妹妹！你怎么倒下去啦？

约　翰　来，我们去吧。她因为隐私给人揭发，一时羞愧交集，所以昏过去了。（彼德罗、约翰、克劳狄奥同下）

培尼狄克　这姑娘怎么啦？

贝特丽丝　我想是死了！叔叔，救命！希罗！哎哟，希罗！叔叔！培尼狄克先生！神父！

里奥那托　命运啊，不要松了你的沉重的手！对于她的羞耻，死是最好的遮掩。

贝特丽丝　希罗妹妹，你怎么啦！

神　父　小姐，您宽心吧。

里奥那托　你的眼睛又睁开了吗？

神　父　是的，为什么她不可以睁开眼睛来呢？

里奥那托 为什么！不是整个世界都在斥责她的无耻吗？她可以否认已经刻下在她血液里的这一段丑事吗？不要活过来，希罗，不要睁开你的眼睛。因为要是你不能快快地死去，要是你的灵魂里载得下这样的羞耻，那么我在把你痛责以后，也会亲手把你杀死的。你以为我只有你这一个孩子，我会因为失去你而悲伤吗？我会埋怨造化的吝啬，不肯多给我几个子女吗？啊，像你这样的孩子，一个已经是太多了！为什么我要有这么一个孩子呢？为什么你在我的眼睛里是这么可爱呢？为什么我不曾因为一时慈悲心起，在门口收养了一个叫花子的孩子，那么要是她长大以后干下这种丑事，我还可以说："她的身上没有一部分是属于我的；这一种羞辱是她从不知名的血液里传下来的？"可是我自己亲生的孩子，我所钟爱的、我所赞美的、我所引为骄傲的孩子，为了爱她的缘故，我甚至把她看得比我自己还重；她，啊！她现在落下了污泥的坑里，大海的水也洗不净她的污秽，海里所有的盐也不够解除她肉体上的腐臭。

培尼狄克 老人家，您安心点儿吧。我瞧着这一切，简直是莫名其妙，不知道应该说些什么话好。

贝特丽丝 啊！我敢赌咒，我的妹妹是给他们冤枉的！

培尼狄克 小姐，您昨天晚上跟她睡在一个床上吗？

贝特丽丝 那倒没有。虽然在昨晚以前，我跟她已经同床睡了一年啦。

里奥那托 证实了，证实了！啊，本来就是铁一般的事实，现在又加上一重证明了！亲王兄弟两人是会说谎的吗？克劳狄奥这样爱着她，讲到她的丑事的时候，也会忍不住流泪，难道他也是会说谎的吗？别理她！让她死吧！

神　父 听我讲几句话。我刚才在这儿静静地旁观着这一件意外的变故，我也在留心观察这位小姐的神色，我看见无数羞愧的红晕出现在她的脸上，可是立刻有无数冰霜一样的皎洁的惨白把这些红晕驱走，显示出她的含冤蒙屈的清贞；我更看见在她的眼睛里射出一道火一样的光来，似乎要把这些贵人们加在她身上的无辜的诬蔑烧掉。要是这位温柔的小姐不是遭到重大的误会，要是她不是一个清白无罪的人，那么你们尽管把我叫作傻子，再不要相信我的学问、我的见识、我的经验，也不要重视我的年龄、我的身份或是我的神圣的职务吧。

里奥那托 神父，不会有这样的事。你看她虽然做出这种没有廉耻的事来，可是她还有几分天良未泯，不愿在她的深重的罪孽之上再加上一种欺罔的罪恶；她并没有否认。事情已经是这样明显了，你为什么还要替她辩护呢？

神　父　小姐，他们说你跟什么人私通？

希　罗　他们这样说我，他们一定知道，我可不知道。要是我违背了女孩儿家应守的礼法，跟任何不三不四的男人来往，那么让我的罪恶不要得到宽恕吧！啊，父亲！您要是能够证明有哪个男人在可以引起嫌疑的时间里跟我谈过话，或者我在昨天晚上曾经跟别人交换过言语，那么请您斥逐我、痛恨我、用酷刑处死我吧！

神　父　亲王们一定有了些误会。

培尼狄克　他们中间有两个人是正人君子，要是他们这次受了人家的欺骗，一定是约翰那个私生子弄的诡计，他是最喜欢设陷阱害人的。

里奥那托　我不知道。要是他们讲她的话果然是事实，我要亲手把她杀死。要是他们无中生有，损害她的名誉，我要跟他们中间最尊贵的一个人拼命去。时光不曾干涸了我的血液，年龄也不曾侵蚀了我的智慧，我的家财产不曾因为逆运而消耗，我的朋友也不曾因为我的行为不检而走散。他们要是看我可欺，我就叫他们看看我还有几分精力，还会转转念头，也不是无财无势，也不是无亲无友，尽可对付得了他们的。

神　父　且慢，在这件事情上，请您还是听从我的劝告。亲王们离开这儿的时候，以为您的小姐已经死了。现在不妨暂时叫她深居简出，就向外面宣布说她真的已经死了，再给她举办一番丧事，在贵府的坟地上给她立起一方碑铭，一切丧葬的仪式都不可缺少。

里奥那托　为什么要这样呢？这样有什么好处呢？

神　父　要是照这样好好地做去，就可以使诬蔑她的人心生悔恨，这也未免不是好事。可是我提起这样奇怪的办法，却有另外更大的用意。人家听说她在一听到这种诽谤的时候就立刻身死，一定都会悲悼她、可怜她，而原谅她。我们往往在享有某一件东西的时候，一点不看重它的好处。等到失掉它以后，却会格外夸张它的价值，发现当它还在我们手里的时候所看不出来的优点。克劳狄奥一定也会这样，当他听到了他的无情的言语，已经致希罗于死地的时候，她生前可爱的影子一定会浮起在他的想象之中，她的生命中的每一部分都会在他的心目中变得比活在世上的她格外值得珍贵，格外优美动人，格外充满生命。要是爱情果然打动过他的心，那时他一定会悲伤哀恸，即使他仍旧以为他所指斥她的确是事实，他也会后悔不该给她这样大的难堪。您就照这么办吧，它的结果一定会比我所能预料得到的还要美满。即使退一步说，它并不能收到理想中的效果，至少也可以替她把这场羞辱掩盖过去，您不妨把她隐藏在什么僻静的地方，让她潜心修道，远离世人的耳目，隔绝任何的诽谤损害。对于名誉已受创伤的她，这是一个最适当的办法。

培尼狄克　里奥那托大人，听从这位神父的话吧。虽然您知道我对于亲王和克劳狄奥都有很深的交情，可是我愿意凭着我的名誉起誓，在这一件事情上，我一定抱着公正的态度，保持绝对的秘密。

里奥那托　我已经伤心得毫无主意了，你们用一根顶细的草绳都可以牵着我走。

神　父　好，那么您已经答应了。立刻去吧，非常的病症是要用非常的药饵来疗治的。来，小姐，您必须死里求生。今天的婚礼也许不过是暂时的延期，您耐心忍着吧。

神父、希罗及里奥那托同下。

培尼狄克　贝特丽丝小姐，您一直在哭吗？

贝特丽丝　是的，我还要哭下去哩。

培尼狄克　我希望您不要这样。

贝特丽丝　您有什么理由？这是我自己愿意这样呀。

培尼狄克　我相信令妹一定是冤枉的。

贝特丽丝　唉！要是有人能够替她伸雪这场冤枉，我才愿意跟他做朋友。

培尼狄克　有没有可以表示这一种友谊的方法？

贝特丽丝　方法是有，而且也是很直接爽快的，可惜没有这样的朋友。

培尼狄克　可以让一个人试试吗？

贝特丽丝　那是一个男子汉做的事情，可不是您做的事情。

培尼狄克　您是我在这世上最爱的人，这不是很奇怪吗？

贝特丽丝　那像我所不知道的事情一样奇怪。我也可以说您是我在这世上最爱的人。可是别信我，可是我没有说假话，我什么也不承认，什么也不否认，我只是为我的妹妹伤心。

培尼狄克　贝特丽丝，凭着我的宝剑起誓，你是爱我的。

贝特丽丝　发了这样的誓，是不能反悔的。

培尼狄克　我愿意凭我的剑发誓你爱着我；谁要是说我不爱你，我就叫他吃我一剑。

贝特丽丝　您不会食言吗？

培尼狄克　无论给它调上些什么色彩，我都不愿把我今天说过的话收回。我发誓我爱你。

贝特丽丝　那么，上帝宽恕我！

培尼狄克　亲爱的贝特丽丝，你犯了什么罪过？

贝特丽丝　您刚好打断了我的话头，我正要说我也爱着您呢。

培尼狄克　那么就请你用整个的心说出来吧。

贝特丽丝　我用整个心爱着您，简直分不出一部分来向您这样诉说。

培尼狄克　来，吩咐我给你做无论什么事吧。

贝特丽丝　杀死克劳狄奥。

培尼狄克　喔！那可办不到。

贝特丽丝　您拒绝了我，就等于杀死了我。再见。

培尼狄克　等一等，亲爱的贝特丽丝。

贝特丽丝　我的身子就算在这儿，我的心也不在这儿。您一点没有真情。哎哟，请您还是放我走吧。

培尼狄克　贝特丽丝！

贝特丽丝　真是，我要去啦。

培尼狄克　让我们先言归于好。

贝特丽丝　您愿意跟我做朋友，却不敢跟我的敌人决斗。

培尼狄克　克劳狄奥是你的敌人吗？

贝特丽丝　他不是已经充分证明是一个恶人，把我的妹妹这样横加诬蔑，信口毁谤，破坏她的名誉吗？啊！我但愿自己是一个男人！嘿！不动声色地搀着她的手，一直等到将要握手成礼的时候，才翻过脸来，当众宣布他的恶毒的谣言！上帝啊，但愿我是个男人！我要在市场上吃下他的心。

培尼狄克　听我说，贝特丽丝！

贝特丽丝　跟一个男人在窗口讲话！说得真好听！

培尼狄克　可是，贝特丽丝！贝特丽丝　亲爱的希罗！她负屈含冤，她的一生从此完了！

培尼狄克　贝特！

贝特丽丝　什么亲王！什么伯爵！好一个做见证的亲王！好一个甜言蜜语的风流伯爵！啊，为了他的缘故，我但愿自己是一个男人。或者我有什么朋友愿意为了我的缘故，做一个堂堂男子！可是人们的丈夫气概，早已消磨在打恭作揖里，他们的豪侠精神，早已丧失在逢迎阿谀里了。他们已经变得只剩下一条善于拍马吹牛的舌头。谁会造最大的谣言，谁就是个英雄好汉。我既然不能凭着我的愿望变成一个男子，所以我只好做一个女人在伤心中死去。

培尼狄克 等一等，好贝特丽丝。我举手为誓，我爱你。

贝特丽丝 您要是真的爱我，那么把您的手用在比发誓更有意义的地方吧。

培尼狄克 凭着你的良心，你以为克劳狄奥伯爵真的冤枉了希罗吗？

贝特丽丝 是的，正像我知道我有良心一样毫无疑问。

培尼狄克 够了！一言为定，我要去向他挑战。让我在离开你以前，吻一吻你的手。我举手为誓，克劳狄奥一定要得到一次重大的教训。请你等候我的消息，把我放在你的心里，去吧，安慰安慰你的妹，我必须对他们说她已经死了。好，再见。（各下）

## 第二场 监 狱

道格培里、弗吉斯及教堂司事各穿制服上；巡丁押康雷特及波拉契奥随上。

道格培里 咱们这一伙儿都到齐了吗？

弗吉斯 啊！端一张凳子和垫子来给司事先生坐。

司 事 哪两个是被告？

道格培里 呃，那就是我跟我的伙计。

弗吉斯 不错，我们是来审案子的。

司 事 可是哪两个是受审判的犯人？叫他们到巡官老爷面前来吧。

道格培里 对，对，叫他们到我面前来。朋友，你叫什么名字？

波拉契奥 波拉契奥。

道格培里 请写下波拉契奥。小子，你呢？

康雷特 长官，我是个绅士，我的名字叫康雷特。

道格培里 写下绅士康雷特先生。两位先生，你们都敬奉上帝吗？

康雷特、波拉契奥 是，长官，我们希望我们是敬奉上帝的。

道格培里 写下他们希望敬奉上帝；留心把上帝写在前面，因为要是让这两个浑蛋的名字放在上帝前面，上帝一定要生气的。两位先生，你们已经被证明是两个比奸恶的坏人好不了多少的家伙，大家也就要这样看待你们了。你们自己有什么辩白没有？

康雷特　长官，我们说我们不是坏人。

道格培里　好一个乖巧的家伙；可是我会诱他说出真话来。过来，小子，让我在你的耳边说一句话："先生，我对您说，人家都以为你们是奸恶的坏人。"

波拉契奥　长官，我对你说，我们不是坏人。

道格培里　好，站在一旁。天哪，他们都是老早商量好了说同样的话的。你有没有写下来，他们不是坏人吗？

司　事　巡官老爷，您这样是审问不出什么结果来的；您必须叫那控诉他们的巡丁上来问话。

道格培里　对，对，这是最迅速的方法。叫那巡丁上来。弟兄们，我用亲王的名义，命令你们控诉这两个人。

巡丁甲　禀长官，这个人说亲王的兄弟唐·约翰是个坏人。

道格培里　写下约翰亲王是个坏人。哎哟，这简直是犯的伪证罪，把亲王的兄弟叫作坏人！

波拉契奥　巡官先生！

道格培里　闭住你的嘴，臭家伙，我讨厌你的面孔。

司　事　你们还听见他说些什么？

巡丁乙　呃，他说他因为捏造了希罗小姐的谣言，唐·约翰给他一千块钱。

道格培里　这简直是未之前闻的窃盗罪。

弗吉斯　对了，一点不错。

司　事　还有些什么话？

巡丁甲　他说克劳狄奥伯爵听了他的话，准备当着众人的面前把希罗羞辱，不再跟她结婚。

道格培里　哎哟，你这该死的东西！你干下这种恶事，要一辈子不会下地狱啦。

司　事　还有什么？

巡丁乙　没有什么了。

司　事　两位先生，就是这一点，你们也没有法子抵赖了。约翰亲王已经在今天早上逃走；希罗已经这样给他们羞辱过，克劳狄奥也已经拒绝跟她结婚，她因为伤心过度，已经突然死了。巡官老爷，把这两个人绑起来，带到里奥那托家里去。我先走一步，把我们审问的结果告诉他。（下）

道格培里　来，把他们铐起来。

弗吉斯　把他们交给——

康雷特　滚开，蠢货！

道格培里　他妈的！教堂司事呢？叫他写下："亲王的官吏是个蠢货。"来，把他们绑了。你这该死的坏东西！

康雷特　滚开，你是头驴子，你是头驴子！

道格培里　你难道瞧不起我的地位吗？你难道瞧不起我这一把年纪吗？啊，但愿他在这儿，给我写下我是头驴子！可是列位弟兄们，记住我是头驴子；虽然这句话没有写下来，可是别忘记我是头驴子。你这恶人，你简直是目中无人，这儿大家都可以做见证的。老实告诉你吧，我是个聪明人；而且是个官；而且是个有家小的人；我的相貌也比得上梅西那地方无论哪一个人；我懂得法律，那可不必说起；我身边还有几个钱，那也不必说起；我不是不曾碰到过坏运气，可是我还有两件袍子，无论到什么地方去总还是体体面面的。把他带下去！啊，但愿他给我写下我是一头驴子！（同下）

# 第 五 幕

## 第一场 里奥那托家门前

里奥那托及安东尼奥上。

米兰公爵 您要是老是这样，那不过气坏了您自己的身体，帮着忧伤摧残您自己，那未免太不聪明吧。

里奥那托 请你停止你的劝告，把这些话送进我的耳中，就像把水倒在筛里一样毫无用处。不要劝我，也不要让什么人安慰我，除非他也遭到跟我同样的不幸。给我找一个像我一样溺爱女儿的父亲，他那做父亲的欢乐，跟我一样完全给粉碎了，叫他来劝我安心忍耐。把他的悲伤跟我的悲伤两两相较，必须锱铢必较，毫发不差，从外表、形象到细枝末节，都没有区别。要是这样一个人能够拈弄他的胡须微笑，把一切懊恼的事情放在脑后，用一些老生常谈自宽自解，忘却了悲叹，反而若无其事地干咳嗽，借着烛光，钻在书堆里，再也想不起自己的不幸。那么叫他来见我吧，我也许可以从他那里学到些忍耐的方法。可是世上不会有这样的人；因为，兄弟，人们对于自己并不感觉到的痛苦，是会用空洞的话来劝告慰藉的，可是他们要是自己尝到了这种痛苦的滋味，他们的理性就会让感情来主宰了，他们就会觉得他们给人家服用的药饵，对自己也不会发生效力。极度的疯狂，是不能用一根丝线把它拴住的，就像空话不能止痛一样。不，不，谁都会劝一个在悲哀的重压下辗转呻吟的人安心忍耐，可是谁也没有那样的修养和勇气，能够叫自己忍受同样的痛苦。所以不要给我劝告，我的悲哀的呼号会盖住劝告的声音。

米兰公爵 人们就是在这种地方，跟小孩子没有分别。

里奥那托 请你不必多说。我只是个血肉之躯的凡人，就是那些写惯洋洋洒洒的大文的哲学家们，尽管他们像天上的神明一样，蔑视着人一生的灾难痛苦，一旦他们的牙齿痛起来，也是会忍受不住的。

米兰公爵 可是您也不要一味自己吃苦，您应该叫那些害苦了您的人也吃些苦才是。

里奥那托　你说得有理。对了，我一定要这样。我心里觉得希罗一定是受人诽谤，我要叫克劳狄奥知道他的错误，也要叫亲王跟那些破坏她的名誉的人知道他们的错误。

米兰公爵　亲王跟克劳狄奥急匆匆地来了。

唐·彼德罗及克劳狄奥上。

彼德罗　早安，早安。

克劳狄奥　早安，两位老人家。

里奥那托　听我说，两位贵人！

彼德罗　里奥那托，我们现在没有工夫。

里奥那托　没有工夫，殿下！好，回头见，殿下；您现在这样忙吗？好，那也不要紧。

彼德罗　哎哟，好老人家，别跟我们吵架。

米兰公爵　要是吵了架可以报复他的仇恨，咱们中间总有一个人会送命的。

克劳狄奥　谁得罪他了？

里奥那托　嘿，就是你呀，你，你这假惺惺的骗子！怎么，你要拔剑吗？我可不怕你。

克劳狄奥　对不起，那是我的手不好，害得您老人家吓了一跳，其实它并没有要拔剑的意思。

里奥那托　哼，朋友！别对我扮鬼脸取笑。我不像那些倚老卖老的傻老头儿一般，只会向人吹吹我在年轻时候怎么了不得，要是现在再年轻了几岁，一定会怎么怎么。告诉你，克劳狄奥，你冤枉了我的清白的女儿，把我害得好苦，我现在忍无可忍，只好不顾我这一把年纪，凭着满头的白发和这身久历风霜的老骨头，向你挑战，看究竟谁是谁非。我说你冤枉了我的清白的女儿。你的信口的诽谤已经刺透了她的心，她现在已经跟她的祖先长眠在一起了。啊，想不到我的祖先清白传家，到她的身上却落下一个污名，这都是因为你的万恶的诡计！

克劳狄奥　我的诡计？

里奥那托　是的，克劳狄奥，我说是你的万恶的诡计。

彼德罗　老人家您说错了。

里奥那托　殿下，殿下，要是他有胆量，我愿意用武力跟他较量出一个是非曲直来。虽然他的击剑的本领不坏，练习得又勤，又是年轻力壮，可是我不怕他。

克劳狄奥　走开！我不要跟你胡闹。

里奥那托　你会这样推开我吗？你已经杀死了我的孩子；要是你把我也杀死了，孩子，才算你是个男人。

米兰公爵　他要把我们两人一起杀死了，才算是个男人；可是让他先杀死一个吧，让他跟我较量一下，看他能不能把我取胜。来，跟我来，孩子。来，哥们儿，来，跟我来。哥们儿，我要把你杀得无招架之功，你瞧着吧。

里奥那托　兄弟！

米兰公爵　您宽心吧。上帝知道我爱我的侄女，她现在死了，给这些恶人们造的谣言气死了。他们只会欺负一个弱女子，可是叫他们跟一个男子汉决斗，却像叫他们从毒蛇嘴里拔出舌头来一样没有胆量了。这些乳臭小儿，只会说大话，诓人的猴子，不中用的懦夫！

里奥那托　安东尼奥贤弟！

米兰公爵　您不要说话。哼，这些家伙！我看透了他们，知道他们的骨头一共有多少分量；这些胡闹的、寡廉鲜耻的纨绔公子们，就会说谎骗人，造谣生事，打扮得奇奇怪怪，装一副吓人相，说几句假威风的言语，这就是他们的全副本领！

里奥那托　可是，安东尼奥贤弟！

米兰公爵　不，您不用管，让我来对付他们。

彼德罗　两位老先生，我们不愿意冒犯你们。令爱的死实在使我非常抱憾；可是凭着我的名誉发誓，我们对她所说的话都是绝对确实，而且有充分证据的。

里奥那托　殿下，殿下！

彼德罗　我不要听你的话。

里奥那托　不要听我的话？好，兄弟，我们去吧。总有人会听我的话的。

米兰公爵　不要听也得听，否则咱们就拼个你死我活。（里奥那托、安东尼奥同下）

培尼狄克上。

彼德罗　瞧，瞧，我们正要去找的那个人来啦。

克劳狄奥　啊，老兄，什么消息？

培尼狄克　早安，殿下。

彼德罗　欢迎，培尼狄克，你来迟了一步，我们刚才险些打起来呢。

克劳狄奥　我们的两个鼻子险些没给两个没有牙齿的老头子咬下来。

彼德罗 里奥那托跟他的兄弟，你看怎么样？要是我们真的打起来，那我们跟他们比起来未免太年轻点儿了。

培尼狄克 强弱异势，虽胜不武。我是来找你们两个人的。

克劳狄奥 我们到处找着你，因为我们一肚子都是烦恼，想设法把它排遣排遣。你给我们讲个笑话吧。

培尼狄克 我的笑话就在我的剑鞘里，要不要拔出来给你们瞧瞧？

彼德罗 你是把笑话随身佩带的吗？克劳狄奥只听见把人笑破“肚皮”，可还没听说把笑话插在“腰”里。请你把它“拔”出来，就像乐师从他的琴囊里拿出他的乐器来一样，给我们弹奏弹奏解解闷儿吧。

克劳狄奥 请你把它拔出来，就像乐师从他的琴囊里拿出他的乐器来一样，给我们弹奏解解闷儿吧。

彼德罗 哎哟，他的脸色怎么这样白得吓人！你病了吗？还是在生气？

克劳狄奥 喂，放出勇气来，朋友！虽然忧能伤人，可是你是个好男人，你会把忧愁赶走的。

培尼狄克 爵爷，您要是想用您的俏皮话儿挖苦我，那我是很可以把您对付得了的。请你换一个题目好不好？

克劳狄奥 好，他的枪已经弯断了，给他换一支吧。

彼德罗 他的脸色越变越难看了；我想他真的在生气哩。

克劳狄奥 要是他真的在生气，那么他总知道刀子就挂在他身边。

培尼狄克 可不可以让我在您的耳边说句话？

克劳狄奥 上帝保佑我不要是挑战！

培尼狄克 （向克劳狄奥旁白）你是个坏人，我不跟你开玩笑：你敢用什么方式，凭着什么武器，在什么时候跟我决斗，我一定从命；你要是不接受我的挑战，我就公开宣布你是一个懦夫。你已经害死了一位好好的姑娘，她的阴魂一定会缠绕在你的身上。请你给我一个回音。

克劳狄奥 好，我一定奉陪就是了，让我也可以借此消消闷儿。

彼德罗 怎么，你们打算喝酒去吗？

克劳狄奥 是的，谢谢他的好意。他请我去吃一个小牛头，我要是不把它切得好好的，就算我的刀子不中用。说不定我还能吃到一只呆鸟呢。

培尼狄克 您的才情真是太好啦，出口都是俏皮话儿。

彼德罗 让我告诉你那天贝特丽丝怎样称赞你的才情。我说你的才情很不错。“是的，”她说，“他有一点琐碎的小聪明。”“不，”我说，“他有很大的才情。”“对了。”她说，“他的才情是大而无当的。”“不，”我说，“他有很善良的才情。”“正是，”她说，“因为太善了，所以不会伤人。”“不，”我说，“这位绅士很聪明。”“啊，”她说，“好一位聪明的绅士！”“不，”我说，“他有一条能言善辩的舌头。”“我相信您的话，”她说，“因为他在星期一晚上向我发了一个誓，到星期二早上又把那个誓毁了，他不止有一条舌头。他有两条舌头哩。”这样她用一会儿的工夫，把你的长处批评得一文不值。可是临了她却叹了口气，说你是意大利最漂亮的一个男人。

克劳狄奥　因此她伤心得哭了起来，说她一点不放在心上。

彼德罗　正是这样。可是说是这么说，她倘不把他恨进骨髓里去，就会把他爱到心窝儿里。那老头子的女儿已经完全告诉我们了。

克劳狄奥　全都说了。而且，当他躲在园里的时候。上帝就看见他。

彼德罗　可是我们什么时候把那野牛的角插在有理性的培尼狄克的头上呢？

克劳狄奥　对了，我要在头颈下面挂着一块招牌：“请看结了婚的培尼狄克！”

培尼狄克　再见，哥们儿，你已经知道我的意思。现在我让你一个人去唠唠叨叨说话吧。谢谢上帝，你讲的那些笑话正像只会说说大话的那些懦夫们的刀剑一样无关痛痒。殿下，一向蒙您知遇之恩，我是十分地感谢，可是现在我不能再跟您继续来往了。您那位令弟已经从梅西那逃走，你们几个人已经合伙害死了一位纯洁无辜的姑娘。至于我们那位白脸公子，我已经跟他约期相会了。在那个时候以前，我愿他平安。（下）

彼德罗　他果然认起真来了。

克劳狄奥　绝对地认真。我告诉您，他这样一本至诚，完全是为了贝特丽丝的爱情。

彼德罗　他向你挑战了吗？

克劳狄奥　他非常诚意地向我挑战了。

彼德罗　一个衣冠楚楚的人，会这样迷塞了心窍，真是可笑！

克劳狄奥　像他这样一个人，讲外表也许比一只猴子神气得多，可是他的聪明还不及一只猴子哩。

彼德罗　且慢，让我静下来想一想，糟了！他不是说我的兄弟已经逃走了吗？

道格培里、弗吉斯及巡丁押康雷特、波拉契奥同上。

道格培里　你来，朋友，要是法律管不了你，那简直可以用不到什么法律了。

不，你本来是个该死的伪君子，总得好好地看待你。

彼德罗 怎么，我兄弟手下的两个人都给绑起来啦！一个是波拉契奥！

克劳狄奥 殿下，您问问他们犯的什么罪。

彼德罗 巡官，这两个人犯了什么罪？

道格培里 禀王爷，他们乱造谣言，而且他们说了假话。第二，他们信口诽谤，他们冤枉了一位小姐。第三，他们做假证，总而言之，他们是说谎的坏人。

彼德罗 第一，我问你，他们干了些什么事？第二，我问你，他们犯的什么罪？末了，我问你，他们为什么被捕？总而言之，你控诉他们什么罪状？

克劳狄奥 问得很好，而且完全套着他的口气，把一个意思用各种不同的方式表达出来。

彼德罗 你们两人得罪了谁，所以才给他们抓了起来问罪？这位聪明的巡官讲的话儿太奥妙了，我听不懂。你们犯了什么罪？

波拉契奥 好殿下，我向您招认一切以后，请您不必再加追问，就让我们伯爵把我杀死了吧。我已经当着您的眼前把您欺骗；您的智慧所观察不到的，却让这些蠢货们揭发出来了。他们在晚上听见我告诉这个人您的兄弟唐·约翰怎样唆使我毁坏希罗小姐的名誉；你们怎样听了他的话到花园里去，瞧见我在那儿跟扮作希罗样子的玛格莱特说情话，以及你们怎样在举行婚礼的时候把她羞辱。我的罪恶已经给他们记录下来，我现在但求一死，不愿再把它重新叙述出来，增加我的惭愧。那位小姐是被我跟我的主人诬陷而死的，请殿下处我应得之罪。

彼德罗 他这一番说话，不是像一柄剑似的刺进你的心里吗？

克劳狄奥 我听他说话，就像是吞下了毒药。

彼德罗 可是果真是我的兄弟指使你做这种事吗？

波拉契奥 是的，他还给了我很大的酬劳呢。

彼德罗 他是个奸恶成性的家伙，现在一定是为了阴谋暴露，所以逃走了。

克劳狄奥 亲爱的希罗，现在你的形象又回复到我最初爱你的时候那样纯洁美好了！

道格培里 来，把这两个原告带下去。咱们那位司事先生现在一定已经把这件事情告诉里奥那托老爷知道了。弟兄们，要是碰上机会，你们别忘了替我证明我是头驴子。

弗吉斯 啊，里奥那托老爷来了，司事先生也来了。

里奥那托、安东尼奥及教堂司事重上。

里奥那托　这个恶人在哪里？让我把他的面孔认认清楚，以后看见跟他长得模样差不多的人，就可以远而避之。两个人中哪一个是他？

波拉契奥　您倘要知道谁是害苦了您的人，就请瞧着我吧。

里奥那托　就是你这奴才用你的鬼话害死了我的清白的孩子吗？

波拉契奥　是的，那全是我一个人干的事。

里奥那托　不，恶人，你错了。有一对正人君子，还有第三个已经逃走了，他们都是有份的。两位贵人，谢谢你们害死了我的女儿。你们干了这一件好事，是应该在历史上大笔特书的。你们这一件事情干得真好。

克劳狄奥　我不知道应该怎样向您请求原谅，可是我不能不说话。您爱怎样处置我就怎样处置我吧，我愿意接受您所能想得到的无论哪一种惩罚，虽然我所犯的罪完全是出于误会的。

彼德罗　凭着我的灵魂起誓，我也犯下了无心的错误。可是为了消消这位好老人家的气起见，我也愿意领受他的任何重罚。

里奥那托　我不能叫你们把我的女儿弄活过来，那当然是不可能的事，可是我要请你们两位向这儿梅西那所有的人宣告她死得多么清白。要是您的爱情能够鼓动您写些什么悲悼的诗歌，请您就把它悬挂在她的墓前，向她的尸骸歌唱一遍，今天晚上您就去歌唱这首挽歌。明天早上您再到我家里来，您既然不能做我的女婿，那么就做我的侄婿吧。舍弟有一个女儿，她跟我去世的女儿长得一模一样，现在她是我们兄弟两人唯一的媳妇；您要是愿意把您本来应该给她姐姐的名分转给了她，那么我这口气也就消下去了。

克劳狄奥　啊，可敬的老人家，您的大恩大德，真使我感激涕零！我敢不接受您的好意，从此以后，不才，克劳狄奥愿意永远听从您的驱使。

里奥那托　那么，明天早上我等您来，现在我要告别啦。这个坏人必须叫他跟玛格莱特当面质对，我相信她也一定受到令弟的贿赂，参加同谋的。

波拉契奥　不，我可以用我的灵魂发誓，她并不知情。当她向我说话的时候，她也不知道她已经做了些什么不应该做的事。照我平常所知道，她一向都是规规矩矩的。

道格培里　而且，老爷，这个原告，这个罪犯，还叫我做驴子。虽然这句话没有写下来，可是请您在判罪的时候不要忘记。还有，巡丁听见他们讲起一个坏贼，到处用上帝的名义向人借钱，借了去永不归还，所以现在人们的心肠都变得硬起来，不再愿意看在上帝的面上借给别人半个子儿了。请您对于这一点也要把他仔细审问审问。

里奥那托 谢谢你这样细心，这回真的有劳你啦。

道格培里 您老爷说得真像一个知恩感德的小子，我为您赞美上帝！

里奥那托 这儿是你的辛苦钱。

道格培里 上帝保佑，救苦救难！

里奥那托 去吧，你的罪犯归我发落，谢谢你。

道格培里 我把一个大恶人交在您手里；请您自己把他处罚，给别人做个榜样。上帝保佑您老爷！愿老爷平安如意，无灾无病！后会无期，小的告辞了！来，伙计。（道格培里、弗吉斯同下）

里奥那托 两位贵人，咱们明天早上再见。

米兰公爵 再见；我们明天等着你们。

彼德罗 我们一定准时奉访。

克劳狄奥 今晚我就到希罗坟上哀悼去。（彼德罗、克劳狄奥同下）

里奥那托 （向巡丁）把这两个家伙带走。我们要去问一问玛格莱特，她怎么会跟这个下流的东西来往。（同下）

## 第二场 里奥那托的花园

培尼狄克及玛格莱特自相对方向上。

培尼狄克 好玛格莱特姑娘，请你帮帮忙替我请贝特丽丝出来说话。

玛格莱特 我去请她出来了，您肯不肯写一首诗歌颂我的美貌呢？

培尼狄克 我一定会写一首顶高雅、哪一个男子都别想高攀得上的凭着最讨人欢喜的真理起誓，你真配。

玛格莱特 再没哪个男子能够高攀得上！那我只好一辈子“落空”啦？

培尼狄克 你这张嘴说起俏皮话来，就像猎狗那样会咬人。

玛格莱特 您的俏皮话就像一把练剑用的钝刀头子，怎样使也伤不了人。

培尼狄克 这才叫大丈夫，他不肯伤害女人。玛格莱特，请你快去叫贝特丽丝来吧，我服输啦，我向你缴械，盾牌也不要啦。

玛格莱特 盾牌我们自己有，把剑交上来。

培尼狄克 这可不是好玩儿的，玛格莱特，这家伙才叫危险，只怕姑娘降不住他。

玛格莱特　好，我就去叫贝特丽丝出来见您；我想她自己也生了腿的。

培尼狄克　所以一定会来。（玛格莱特下）

恋爱的神明，
高坐在天庭，
知道我，知道我，
多么的可怜！

我的意思是说，我的歌喉是多么糟糕。可是讲到恋爱，那么那位游泳好手里昂德，那位最初发明请人拉纤的特洛埃勒斯，以及那一大批载在书上的古代的风流才子们，他们的名字至今为骚人墨客所乐道，谁也没有像可怜的我这样真的为情颠倒了。可惜我不能把我的热情用诗句表示出来；我曾经搜肠刮肚，可是找来找去，只有“儿郎”两个字可以跟“姑娘”押韵，一个孩子气的韵！可以跟“羞辱”押韵的，只有“甲壳”两个字，一个硬邦邦的韵！可以跟“学校”押韵的只有“呆鸟”两个字，一个混账的韵！这些韵脚都不大吉利。不，我想我命里没有诗才，我也不会用那些风花雪月的话向人求爱。

贝特丽丝上。

培尼狄克　亲爱的贝特丽丝，我一叫你你就出来了吗？

贝特丽丝　是的，先生。您一叫我走，我也就会去的。

培尼狄克　不，别走，再待一会儿。

贝特丽丝　“一会儿”已经待过了，那么再见吧。可是在我未去以前，让我先问您一个明白，您跟克劳狄奥说过些什么话？我原是为这事才来的。

培尼狄克　我已经骂过他了，所以给我一个吻吧。

贝特丽丝　骂人的嘴是不干净的，不要吻我，让我去吧。

培尼狄克　你真会强词夺理。可是我必须明白告诉你，克劳狄奥已经接受了我的挑战，要是他不就给我一个回音，我就公开宣布他是个懦夫。现在我要请你告诉我，你究竟为了我哪一点坏处而开始爱起我来呢？

贝特丽丝　为了您所有的坏处，它们朋比为奸，尽量发展它们的恶势力，不让一点好处混杂在它们中间。可是您究竟为了我哪一点好处，才对我害起相思来呢？

培尼狄克　“害起相思来”，好一句话！我真的给相思害了，因为我爱你是违反我的本心的。

贝特丽丝　那么您原来是在跟您自己的心作对。唉，可怜的心！您既然为了我的缘故而跟它作对，那么我也要为了您的缘故而跟它作对了。因为我的朋友要是讨厌它，我当然再也不会欢喜它的。

培尼狄克　咱们两个人都太聪明啦，总不会安安静静地讲几句情话。

贝特丽丝　照您这样说法，恐怕未必如此；真的聪明人是不会自称自赞的。

培尼狄克　这是一句老生常谈，贝特丽丝，在从前世风淳厚、大家能够赏识他邻人的好处的时候，未始没有几分道理。可是当今之世，谁要是不趁他自己未死之前预先把墓志铭刻好，那么等到丧钟敲过，他的寡妇哭过几声以后，谁也不会再记得他了。

贝特丽丝　您想那要经过多少时间呢？

培尼狄克　问题就在这里，左右也不过钟鸣一小时，泪流一刻钟而已。所以一个人只要问心无愧，把自己的好处自己宣传宣传，就像我对于我自己这样子，实是再聪明不过的事。我可以替我自己作证，我这个人的确不坏。现在已经自称自赞得够了，我敢给自己担保，我这个人完全值得称赞。请你告诉我，你的妹妹怎样啦？

贝特丽丝　她现在憔悴不堪。

培尼狄克　你自己呢？

贝特丽丝　我也是憔悴不堪。

培尼狄克　敬礼上帝，尽心爱我，你的身子就可以好起来。现在我应该去啦，有人慌慌张张地找你来了。

欧苏拉上。

欧苏拉　小姐，快到您叔叔那儿去。他们正在那儿议论纷纷，希罗小姐已经证明受人冤枉，亲王跟克劳狄奥上了人家一个大大的当；唐·约翰是罪魁祸首，他已经逃走了。您就来吗？

贝特丽丝　先生，您也愿意去听听消息吗？

培尼狄克　我愿意活在你的心里，死在你的怀里，葬在你的眼里；我愿意陪着你到你叔叔那儿去。（同下）

## 第三场　教堂内部

唐·彼德罗、克劳狄奥及侍从等携乐器蜡烛上。

克劳狄奥　这儿就是里奥那托家的坟堂吗？

一侍从　正是，爵爷。

克劳狄奥 （展手卷朗诵）“青蝇玷玉，谗口铄金，嗟乎希罗，月落星沉！生蒙不虞之毁，死播百世之馨；唯令德之昭昭，斯虽死而犹生。”我将你悬在坟上，当我不能说话时候，你仍在把她赞扬！现在我奏起音乐来，歌唱你们的挽诗吧。

唯兰蕙之幽姿兮，
　遽一朝而摧焚；
风云怫郁其变色兮，
　月姊掩脸而似嗔；
语月姊兮毋嗔，
　听长歌兮当哭；
绕墓门而逡巡兮，
　岂百身之可赎！
风瑟瑟兮云漫漫，
　纷助予之悲叹；
安得起重泉之白骨兮，
　及长夜之未旦！

克劳狄奥 幽明从此音尘隔，岁岁空来祭墓人。永别了，希罗！

彼德罗 早安，列位朋友，把你们的火把熄了。豺狼已经开始觅食，瞧，熹微的晨光在日轮尚未出现之前，已经在欲醒未醒的东方缀上鱼肚色的斑点了。劳驾你们，现在你们可以回去了，再会。

克劳狄奥 早安，列位朋友，大家各走各的路。

彼德罗 来，我们也去换好衣服，再到里奥那托家里去。

克劳狄奥 但愿许门有灵，这一回赐给我好一点的运气！（同下）

## 第四场 里奥那托家中一室

里奥那托、安东尼奥、培尼狄克、贝特丽丝、玛格莱特、欧苏拉、法兰西斯神父及希罗同上。

神　父 我不是对您说她是无罪的吗？

里奥那托 亲王跟克劳狄奥怎样凭着莫须有的罪名诬蔑她，您是听见的，他们误信人言，也不能责怪他们。可是玛格莱特在这件事情上也有几分不是，虽然照审问的结果看起来，她的行动并不是出于本意。

米兰公爵　好，一切事情总算圆满收场，我很高兴。

培尼狄克　我也很高兴，因为否则我有誓在先，非得跟克劳狄奥那小子算账不可。

里奥那托　好，女儿，你跟各位姑娘进去一会儿，等我叫你们出来的时候，大家戴上面罩出来。亲王跟克劳狄奥约定在这个时候来看我的。（众女下）兄弟，你知道应该做些什么事。你必须做你侄女的父亲，把她许婚给克劳狄奥。

米兰公爵　我一定会扮演得神气十足。

培尼狄克　神父，我想我也要有劳您一下。

神　父　先生，您要我做些什么事？

培尼狄克　替我加上一层束缚，或者把我送进坟墓。里奥那托大人，不瞒您说，好老人家，令侄女对我很是另眼相看。

里奥那托　不错，她这一只另外的眼睛是我的女儿替她装上去的。

培尼狄克　为了报答她的眷顾，我也已经把我的一片痴心呈献给她。

里奥那托　您这一片痴心，我想是亲王、克劳狄奥、跟我三个人替您安放进去的。可是请问有何见教？

培尼狄克　大人，您说的话太玄妙了。可是讲到我的意思，那么我是要希望得到您的许可，让我们就在今天正式成婚；好神父，这件事情我要有劳您啦。

里奥那托　我竭诚赞成您的意思。

神　父　我也愿意效劳。亲王跟克劳狄奥来啦。

唐·彼德罗、克劳狄奥及侍从等上。

彼德罗　早安，各位朋友。

里奥那托　早安，殿下。早安，克劳狄奥。我们正在等着你们呢。您今天仍旧愿意娶我的侄女吗？

克劳狄奥　即使她长得像个黑炭一样，我也绝不反悔。

里奥那托　兄弟，你去叫她出来，神父已经等在这儿了。（安东尼奥下）

彼德罗　早安，培尼狄克。啊，怎么，你的面孔怎么像严冬一样难看，堆满了霜雪风云？

克劳狄奥　他大概想起了那头野牛。呸！怕什么，朋友！我们要用金子镶在你的角上，整个的欧罗巴都会欢喜你，正像从前欧罗巴喜欢那因为爱情而变成一头公牛的乔武一样。

培尼狄克　乔武老牛叫起来声音很是好听，大概也有那么一头野牛看中了令尊大人那头母牛，结果才生下了像老兄一样的一头小牛来，因为您的叫声也跟他差不多，倒是家学渊源哩。

克劳狄奥　我暂时不跟你算账，这儿来了我一笔待清的债务。

安东尼奥率众女戴面罩重上。

克劳狄奥　哪一位姑娘我有福握住她的手？

米兰公爵　就是这一个，我现在把她交给您了。

克劳狄奥　啊，那么她就是我的了。好人，让我瞻仰瞻仰您的芳容。

里奥那托　不，在您没有搀着她的手到这位神父面前宣誓娶她为妻以前，不能让您瞧见她的面孔。

克劳狄奥　把您的手给我，当着这位神父之前，我愿意娶您为妻，要是您不嫌弃我的话。

希　罗　当我在世的时候，我是您的另一个妻子。（取下面罩）当您爱我的时候，您是我的另一个丈夫。

克劳狄奥　又是一个希罗！

希　罗　一点不错。一个希罗已经蒙垢而死，但我以清白之身活在人间。

彼德罗　就是从前的希罗！已经死了的希罗！

里奥那托　殿下，当谗言流传的时候，她才是死的。

神　父　我可以替你们解释一切，等神圣的仪式完毕以后，我会详细告诉你们希罗逝世的一段情节。现在暂时把这些怪事看作不足为奇，让我们立刻到教堂里去。

培尼狄克　慢点儿，神父，贝特丽丝呢？

贝特丽丝　（取下面罩）我就是她。您有什么见教？

培尼狄克　您不是爱我吗？

贝特丽丝　啊，不，我不过照着道理对待您罢了。

培尼狄克　这样说来，那么您的叔父、亲王、跟克劳狄奥都受了骗啦，因为他们发誓说您爱我的。

贝特丽丝　您不是爱我吗？

培尼狄克　真的，不，我不过照着道理对待您罢了。

贝特丽丝　这样说来，那么我的妹妹、玛格莱特、跟欧苏拉都大错而特错啦，因为她们发誓说您爱我的。

培尼狄克　他们发誓说您为了我差不多害起病来啦。

贝特丽丝　她们发誓说您为了我差不多活不下去啦。

培尼狄克　没有这回事。那么，您不爱我吗？

贝特丽丝　不，真的，咱们不过是两个普通的朋友。

里奥那托　好了好了，侄女，我可以断定你是爱着这位绅士的。

克劳狄奥　我也可以赌咒他爱着她。因为这儿就有一首他亲笔所写的歪诗，是他从自己的枯肠里搜索出来，歌颂着贝特丽丝的。

希　罗　这儿还有一首诗，是我姐姐的亲笔，是从她的口袋里偷出来的，这上面申诉着她对于培尼狄克的爱慕。

培尼狄克　怪事怪事！我们自己的手会写下跟我们心里的意思完全不同的话。好，我愿意娶你。可是上帝在上，我是因为可怜你才娶你。

贝特丽丝　我不愿拒绝您。可是上帝在上，我只是因为推却不过人家的劝告，一方面也是因为要救您的性命，才答应嫁给您的，人家告诉我您在一天天地瘦下去呢。

培尼狄克　别多话！让我堵住你的嘴。（吻贝特丽丝）

彼德罗　结了婚的培尼狄克，请了！

培尼狄克　殿下，我告诉你吧，就是大伙儿鼓唇弄舌地向我鸣鼓而攻，我也决不因为他们的讥笑而放弃了我的决心。你以为我会把那些冷嘲热讽的话儿放在心上吗？不，要是一个人这么容易给人家用空话打倒，他根本不配穿体面的衣服。总之，我既然立志结婚，那么无论世人说些什么闲话，我都不去理会他们。所以你们也不必因为我从前说过反对结婚的话而把我取笑，因为人本来是个出尔反尔的东西，这就是我的结论了。至于讲到你，克劳狄奥，我倒很想把你打一顿。可是既然你就要做我的亲戚了，那么就让你保全你的皮肉，好好地爱我的小姨吧。

克劳狄奥　我倒很希望你会拒绝贝特丽丝，这样我就可以用棍子打你一顿，打得你不敢再做光棍了。我就担心你这家伙不大靠得住，我的大姨应该把你监管得紧一点才好。

培尼狄克　得啦得啦，咱们是老朋友。现在我们还是在没有举行婚礼以前，大家跳一场舞，让我们的心跟我们妻子的脚跟一起飘飘然起来吧。

里奥那托　还是结过婚再跳舞吧。

培尼狄克　不，我们先跳舞再结婚，奏起音乐来！殿下，你好像有些什么心事似的；娶个妻子吧，娶个妻子吧。

一使者上。

使　者　殿下，您的在逃的兄弟约翰已经在路上给人抓住，现在由武装的兵士把他押回到梅西那来了。

培尼狄克　现在不要想起他，明天再说吧；我可以给你设计一些最巧妙的惩罚他的方法。吹起来，笛子！（跳舞，众下）

# 爱的徒劳

## 剧中人物

腓迪南　那瓦国王

俾　隆<br>朗格朗<br>杜　曼　} 国王侍臣

鲍　益<br>马凯德　} 法国公主侍臣

唐·阿德里安诺·德·亚马多　一个怪诞的西班牙人

纳森聂尔　教区牧师

霍罗福尼斯　塾师

德　尔　巡丁

考斯塔德　乡人

毛　子　亚马多的侍童

管林人

法国公主

罗瑟琳<br>玛莉娅<br>凯瑟琳　} 公主侍女

杰奎妮妲　村女

群臣、侍从等

## 地　点

那瓦

# 第 一 幕

## 第一场 那瓦王御苑

国王、俾隆、朗格朗及杜曼上。

国 王 让众人所追求的名誉永远记录在我们的墓碑上，使我们在死亡的耻辱中获得不朽的光荣。不管饕餮的时间怎样吞噬着一切，我们要在这一息尚存的时候，努力博取我们的声名，使时间的镰刀不能伤害我们。我们的生命可以终了，我们的名誉却要永垂万古。所以，勇敢的战士们，因为你们都是向你们自己的感情和一切俗世的欲望奋勇作战的英雄，我们必须把我们最近的敕令严格实行起来。那瓦将要成为世界的奇迹我们的宫廷将要成为一所小小的学院，潜心探讨有益人生的学术。你们三个人，俾隆、杜曼和朗格朗，已经立誓在这三年之内，跟着我在一起生活，做我的学侣，并且绝对遵守这一纸戒约上所规定的种种条文，你们的誓已经宣过，现在就请你们签下自己的名字。谁要是破坏了这戒约上最细微的一枝一节，就让他亲手撕毁他自己的荣誉。要是你们已经下了最大的决心，愿你们一意遵行，无渝斯盟。

朗格朗 我已经决定了，左右不过是三年的长斋。身体虽然憔悴，精神上却享受着盛宴。饱了肚皮，饿了头脑。美食珍馐可以充实肌肤，却会闭塞心窍。

杜 曼 陛下，杜曼已经抑制了他的情欲。他把世间一切粗俗的物质的欢愉丢给凡夫俗子们去享受。恋爱、财富和荣华把人暗中催老，我要在哲学中间找寻生命的奥妙。

俾 隆 我所能够说的话，他们两人都已经说过了。我已经发誓，陛下，在这儿读书三年。可是其他严厉的戒条，例如在那时期以内，不许见一个女人，这一条我希望并不包括在内。还有每一星期中有一天不许接触任何食物，平常的日子，每天只有一餐，这一条我也希望并不包括在内。还有晚上只许睡三小时，白天不准瞌睡，这一条我也希望并不包括在内，因为我一向从天黑睡到天亮，再把半个白昼当作黑夜。啊！这些事情实在太难，叫人怎么办得到？不看女人，尽读书，不吃饭，又不许睡觉！

国　王　你在宣誓的时候，已经声明遵守这些条件了。

俾　隆　请陛下恕我，我并没有发这样的誓。我只发誓陪着陛下读书，在您的宫廷里居住三年。

朗格朗　除了这一点以外，俾隆，其余的条件你也都发誓遵守的。

俾　隆　那么，先生，我只是开玩笑说说的。我倒要请问，读书的目的究竟是什么？

国　王　知道我们所不知道的事情。

俾　隆　您的意思是说那些为我们常识所不能窥察的事情吗？

国　王　正是，那就是读书的莫大的报酬。

俾　隆　好，那么我要发誓苦读，把天地间的奥秘勤搜索，当皇皇的禁令阻止我宴乐的时候，我要知道什么地方可以填满我的饥肠；当我们的肉眼望不见一个女人的时候，我要知道什么地方可以遇见天仙般的姑娘；要是我发了一个难以遵守的誓言，我要知道怎样可以一边叛誓，一边把我的信誉保全。要是读书果然有这样的用处，能够知道目前还不知道的东西我便发誓苦读，绝无二话。

国　王　这是学问途中的障碍，引导我们的智慧去追寻无聊的愉快。

俾　隆　一切愉快都是无聊，最大的无聊却是为了无聊费尽辛劳。你捧着一本书苦苦钻研，为的是追寻真理的光明。真理的光明还远在天边，你已经盲了自己的眼睛。为了寻求真理的光辉，却先失去了自己双目的光辉。结果是黑暗前的黎明还没盼到，自己已经是两眼一抹黑。我宁愿消受眼皮上的供养，把美人的妙目恣情鉴赏，那脉脉含情的夺人光艳，可以扫去我眼中的雾障。学问就像是高悬中天的日轮，愚妄的肉眼不能测度它的高深；孜孜矻矻的腐儒白首穷年，还不是从前人书本里掇拾些片爪寸鳞？那些自命不凡的匍匐地上的占星术士，替每一颗星球取下一个名字；可是在众星吐辉的夜里，灿烂的星光一样会照射到无知的俗子。过分的博学无非浪博虚声；每一个教父都会替孩子命名。

国　王　他反对读书的理由多么充足！

杜　曼　他用巧妙的言辞阻善济恶！

朗格朗　他让莠草蔓生，刈除了嘉谷！

俾　隆　春天到了，小鹅孵出了蛋壳！

杜　曼　这句话是怎么接上去的？

俾　隆　各得其时，各如其分。

杜　曼　一点意思都没有。

俾　隆　聊以凑韵。

国　王　俾隆就像一阵冷酷无情的霜霰，用他的利嘴咬死了春天初生的婴儿。

俾　隆　好，就算我是。要是小鸟还没有转动它的新腔，为什么要让盛夏夸耀它的荣光？为什么要我喜爱流产的婴儿？我不愿冰雪遮掩了五月的花天锦地，也不希望蔷薇花在圣诞节含娇弄媚；万物都各自有它生长的季节，太早太迟同样是过犹不及。你们到现在才去埋头功课，等于为了开门爬上了房。

国　王　好，那么，你退出好了。回家去吧，俾隆，再会！

俾　隆　不，陛下，我已经宣誓陪着您在一起。虽然我说了这许多话为无知的愚昧张目，使你们理竭词穷，不能为神圣的知识辩护，可是请相信我，我一定遵守我的誓言，安心忍受这三年的苦行。把那纸给我，让我一条一条读下去，在这些严厉的规律下面把我的名字签署。

国　王　你这样回心转意，免去了你终身的耻辱！

俾　隆　“第一条，任何女子不得进入离王宫一里内。”这一条有没有公布？

朗格朗　已经公布四天了。

俾　隆　让我们看看违禁的有些什么处分。“如有故违，割去该女之舌示儆。”这惩罚是谁定出来的？

朗格朗　不敢，是我。

俾　隆　好大人，请问您的理由？

朗格维　她们看见了这样可怕的刑罚，就会吓得不敢来了。

俾　隆　好一条野蛮的法律！“第二条，倘有人在三年之内，被发现与任何女子交谈，当由其他与盟者共同议定最严厉之办法，予以公开之羞辱。”这一条，陛下，您自己就要破坏的。您知道法国国王的女儿，一位端庄淑美的姑娘，就要奉命到这儿来，跟您交涉把阿奎丹归还给她的老迈衰弱、卧病在床的父亲。所以这一条戒律倘不是等于虚设，就只好让这位众人赞慕的公主白白跋涉这一趟。

国　王　你们怎么说，各位贤卿？这一件事情我全然忘了。

俾　隆　读书人总是这样舍近而求远，当他一心研究着怎样可以达到他的志愿的时候，却把眼前所应该做的事情忘了。等到志愿成就，正像用火攻夺取城市一样，得到的只是一堆灰烬。

国　王　为了事实上的必要，我们只好废止这一条法令，她必须寄宿在我们的宫廷之内。

俾　隆　事实上的必要将使我们在这三年之内毁誓三千次，因为每个人都是生来就有他自己的癖好，不是外力所能把它压制的。要是大家以“事实上的必要”为借口，什么都可以为所欲为，那我们还要发什么誓呢？我在这儿签下我的名字，全部接受这一切戒律；（签名）谁要是违反了戒约上最微细的一枝一节，让他永远不齿于人口。倘若别人受到诱惑，我也会同样受到诱惑。可是我相信，虽然今天你们看我这样不情不愿的，我一定是最后毁誓的一个。可是戒约上有没有允许我们可以找些有趣的消遣呢？

国　王　有，有。你们知道我们的宫廷里来了一个文雅的西班牙游客，他的身上包罗着全世界各地的奇腔异调，他的脑筋里收藏着取之不竭的古怪的辞句。从他自负不凡的舌头上吐出来的狂言，在他自己听起来就像迷人的音乐一样使他沉醉。这是一个富有才能、善于折中是非的人。这个幻想之人，名字叫作亚马多的，将要在我们读书的余暇，用一些夸张的字句，给我们讲述热带之国西班牙葬身疆场的骑士们的伟绩。我不知道你们喜不喜欢他，可是我自己很爱听他说谎，我要叫他做我的行吟诗人。

俾　隆　亚马多是一个最出色的家伙，他会用崭新的字句，他是个十足时髦的骑士。

朗格朗　考斯塔德那村夫和他配成一对，可以替我们制造无穷的笑料，这样读书三年也不会觉得太长。

巡丁德尔持信与考斯塔德同上。

德　尔　哪一位是王上本人？

俾　隆　这一位便是，家伙。你有什么事？

德　尔　我自己也是代表王上的，因为我是王上陛下的巡丁；可是我要看看王上本人。

俾　隆　这便是他。

德　尔　亚马，亚马，先生问候陛下安好。外边有人图谋不轨；这封信可以告诉您一切。

考斯塔德　陛下，这封信里所提起的事情是跟我有关系的。

国　王　伟大的亚马多写来的信！

俾　隆　不管内容多么啰唆，我希望它充满了夸大的字眼。

朗格朗 问题不大，希望倒满大的，上帝给我们忍耐吧！

俾 隆 耐着听，还是忍住笑？

朗格维 听一听，笑一笑，要不就不听也不笑。

俾 隆 好，诸位，该怎么乐听了再说吧。

考斯塔德 先生，事情是这样的：事是我和杰奎妮妲两人的事，情是我一时情不自禁被他们当场拿获。

俾 隆 啊，这究竟是怎样的一个情状呢？

考斯塔德 先生，其情、其状以及随后的一切，三者俱在，容我慢慢道来。首先“情”，那是我和她在庄上并坐谈情；其次“状”，那可真是不堪形状，他们瞧着眼睛里都要冒出火来；最后是“随后”，我随她之后钻入树丛深处，结果被当场拿获。这不是其情、其状以及随后三者俱在吗？唉，先生，说到头，这情不过是儿女私情，这状就是那么一种形状。

俾 隆 老弟，还少一个“欲知后事如何”呢。

考斯塔德 后事就要看怎样发落我了，老天可怜！

国 王 你们愿意用心听我读这一封信吗？

俾 隆 我们愿意洗耳恭听，就像它是天神的圣谕一般。

考斯塔德 俗人对淫秽的故事也是这样洗耳恭听的。

国 王 “上天的伟大的代理人，那瓦的唯一的统治者，我的灵魂的地上的真神，我的肉体的养育的恩主！”

考斯塔德 还没有一个字提起考斯塔德。

国 王 “事情是这样的——”

考斯塔德 也许是这样的。假如他说是这样的，那他也不过就是这样的。

国 王 闭嘴！

考斯塔德 像我这种安分守己的人，也只好闭嘴。

国 王 少说几句！

考斯塔德 别人的私事还是少说句，求求大爷了。

国 王 “事情是这样的，我因为被黑色的忧郁所包围，想要借着你的令人健康的空气的最灵效的医药，祛除这一种阴沉的重压的情绪，所以凭着我的绅士的身份，使我自己出外散步。是什么时间呢？大约在六点钟左右，正是畜类纷纷吃草、鸟儿成群啄食、人们坐下来享受那所谓晚餐的一种营养的时候：以上说明了时间。现在要说到什么场所，我的意思是说我散步的场所，那是称为你的御苑的所在。于是要说到什么地点，我的意思是说我在什么地点碰到这一桩最淫秽而荒谬的事件，使我从我的雪白的笔端注出了乌黑的墨水，成为现在你所看见、察阅、诵读或者浏览的这一封信。可是说到什么地点，那是在你的曲曲折折的花园里的西边角上东北偏北而略近东首的方向。就在那边我看见那卑鄙的村夫，那可发一笑的下贱的小人物。”

考斯塔德 是我。

国 王 “那没有教养的孤陋寡闻的灵魂。”

考斯塔德 是我。

国 王 “那浅薄的东西。”

考斯塔德 还是我。

国 王 “照我所记得，考斯塔德是他的名字。”

考斯塔德 啊，果真是我。

国 王 “公然违反你颁布晓谕的诏令和禁抑邪行的法典，跟一个，跟一个，啊！跟一个说起了就使我万分气愤的人结伴同行。”

考斯塔德 跟一个女人。

国 王 “跟一个我们祖母夏娃的孩儿，一个阴人；或者为了使你格外明白起见，一个女子。受着责任心的驱策，我把他交给陛下的巡丁安东尼·德尔，一个在名誉、态度、举止和信用方面都很优良的人，带到你的面前，领受应得的惩戒。”

德 尔 禀陛下，我就是安东尼·德尔。

国 王 “至于杰奎妮妲，因为这就是那和前述村夫同时被我捕获的脆弱的东西的名称，我让她等候着你的法律的威严；一得到你的最轻微的传谕，我就会把她带来受审。抱着毕恭毕敬燃烧全心的忠诚，你的仆人唐·阿德里安诺·德·亚马多敬上。”

俾 隆 这封信还不能适如我的预期，可是在我所曾经听到过的书信中间，这不失为最有趣的一封。

国 王 是的，这是古今恶札中的杰作。喂，你对于这封信有什么话说吗？

考斯塔德 陛下，我承认是有这么一个女人。

国 王 你听见谕告吗？

考斯塔德 听是听见了，不过没有十分注意。

国 王 谕告上说，和妇人在一起而被捕，处以一年的监禁。

考斯塔德 我不是和妇人在一起，陛下，我是跟一个姑娘在一起。

国　王　好，谕告上姑娘也是包括在内的。

考斯塔德　这也不是一个姑娘，陛下，她是个处女。

国　王　处女也包括在内。

考斯塔德　那么我就否认她是个处女，我是跟一个女孩子在一起。

国　王　女孩子不女孩子，随你怎么说都没有用。

考斯塔德　这女孩子对我很有用呢，陛下。

国　王　听我的判决：你必须禁食一星期，每天吃些糠、喝些水。

考斯塔德　我宁愿祈祷一个月，每天吃些羊肉、喝些粥。

国　王　唐·亚马多将要做你的看守人。俾隆贤卿，你监视着把他押送过去。各位贤卿，我们现在就去把我们彼此坚决立誓的事情实行起来。（国王、朗格朗、杜曼同下）

俾　隆　我敢用我这颗头赌任何一位的帽子，这些誓约和戒律不过是一场无聊的笑柄。喂，来。

考斯塔德　我是为了真理而受难，先生。因为我跟杰奎妮妲在一起而被他们捉住，这是一件真实的事实，而且杰奎妮坦也是一个真心的女孩子。所以欢迎，幸运的苦杯！痛苦也许会有一天露出笑容。现在，坐下来吧，悲哀！（同下）

## 第二场　同　前

亚马多及其侍童毛子上。

亚马多　孩子，一个精神伟大的人要是变得忧郁起来，会有些什么征兆？

毛　子　他会显出悲哀的神气，主人，这是一个伟大的征兆。

亚马多　忧郁和悲哀不是同样的东西吗，亲爱的小鬼？

毛　子　不，不，主啊！不，主人。

亚马多　你怎么可以把悲哀和忧郁分开，我的柔嫩的青年？

毛　子　我可以从作用上举出很普通的证明，我的粗硬的长老。

亚马多　为什么是粗硬的长老？为什么是粗硬的长老？

毛　子　为什么是柔嫩的青年？为什么是柔嫩的青年？

亚马多　我说你是柔嫩的青年，因为这是对于你的弱龄的一个适当的名称。

毛　子　我说您是粗硬的长老，因为这是对于您的老年的一个适宜的尊号。

亚马多　美哉，妙哉！

毛　子　您什么意思，主人？您说我的人美，我的话妙？还是我的人妙，我的话美？

亚马多　我是说你美，因为你小。

毛　子　要是小，就美不了。那么妙又从何说起？

亚马多　妙，因为你敏捷。

毛　子　主人，您的话可是夸我？

亚马多　发自肺腑。

毛　子　您这番发自肺腑的夸奖我可以转送给鳝鱼。

亚马多　什么！鳝鱼难道是聪明伶俐的？

毛　子　鳝鱼可是够敏捷的。

亚马多　我是说你应答敏捷，你又要让我动肝火了。

毛　子　主人，我没什么要说了。

亚马多　我最讨厌的是贫。

毛　子　（旁白）真叫他说着了，他口袋里一个子儿都没有。

亚马多　我已经答应陪着王上研究三年。

毛　子　主人，您用不到一会儿的工夫，就可以把它研究出来。

亚马多　不可能的事。

毛　子　一的三倍是多少？

亚马多　我不会计算，那是堂倌酒保们干的事。

毛　子　主人，您是一位绅士，也是一位赌徒。

亚马多　这两个名义我都承认，它们都是一个堂堂男子的标志。

毛　子　那么我相信您一定知道两点加一点一共几点。

亚马多　比两点多一点。

毛　子　那在下贱的俗人嘴里是称为三点的。

亚马多　不错。

毛　子　瞧，主人，这不是很容易的研究吗？您还没有眨过三次眼睛，我们已经把三字研究出来了；要是再在“三”字后面加上一个“年”字，一共两个字，不是一点不费力就可以把它们研究出来的吗？

亚马多　此论甚通。

毛　子　这说明您不通。

亚马多　我承认我是在恋爱了，一个军人谈恋爱是一件下流的事，所以我恋爱着一个下流的女人。要是我向爱情拔剑作战，可以把我从这种堕落的思想中间拯救出来的话，我就要把欲望作为我的俘虏，让无论哪一个法国宫廷里的朝士用一些新式的礼节把它赎去。我不屑于叹气，我想我应该发誓把丘比特克服。安慰我，孩子，哪几个伟大的人物是曾经恋爱过的？

毛　子　赫拉克勒斯，主人。

亚马多　最亲爱的赫拉克勒斯！再举几个例子，好孩子，再举几个，我的亲爱的孩子，你必须替我举几个深负众望、堪当重任的人。

毛　子　参孙，主人，要说勇挑重担，谁也比不上他。他曾经像一个脚夫似的，把城门负在背上，他也是恋爱过的。

亚马多　啊，结实的参孙！强壮的参孙！你在剑法上不如我，我在背城门这一件事情上不如你。我也在恋爱了。谁是参孙的爱人？

毛　子　一个女人，主人。

亚马多　是什么肤色的女人？

毛　子　一共四种肤色，也许她四种都有，也许她有四种之中的三种、两种或是一种颜色。

亚马多　正确一些告诉我，她的皮肤是什么颜色？

毛　子　是海水一样碧绿的颜色，主人。

亚马多　那也是四种肤色中的一种吗？

毛　子　我在书上是这样读过的，主人；最好看的女人都是这种颜色。

亚马多　绿色的确是情人们的颜色，可是我想参孙会爱上一个绿皮肤的女人，却是不可思议的。他一定看中了她有见识。

毛　子　主人，正是这样，她的见识也是绿莹莹的，嫩着呢。

亚马多　我的爱人的肤色是白白净净、红红嫩嫩的。

毛　子　最污秽的思想，主人，都是藏匿在这种颜色之下的。

亚马多　说出你的理由来，懂事的婴儿。

毛　子　我的父亲的智慧，我的母亲的舌头，帮助我！

亚马多　一个孩子的可爱的祷告，非常美妙而动人！

毛　子

要是她的脸色又红又白，
　你永远不会发现她犯罪，
因为白色表示惊恐惶迫，
　绯红的脸表示羞耻惭愧；

可是她倘若犯下了错误，
　你不能从她的脸上看出，
因为红的羞愧白的恐怖，
　都是她天然生就的颜色。

这几行诗句，主人，可以证明白和红是两种危险的颜色。

亚马多　孩子，不是有一支歌曲歌咏着国王恋爱丐女的故事吗？

毛　子　大概在三个世纪以前，曾经流行着这么一支恶劣的歌曲。可是我想它现在已经失传了，即使还有人记得，也是写不出来，而且不能歌唱的。

亚马多　我要把那题目重新写成一首诗，使它作为我的迷恋的一个有力的前例。孩子，我真的爱上了那个在御苑里跟那村夫考斯塔德在一起又被我捉住了的乡下姑娘，她应该有一个好好的人照顾她。

毛　子　（旁白）她应该好好抽一顿鞭子，可是她应该有一个比我的主人更好的情郎。

亚马多　唱吧，孩子，我的心灵因为爱情而沉重起来了。

毛　子　那是一件大大的奇事，因为您爱的是一个轻狂的女人。

亚马多　我说，唱吧。

毛　子　等这班人过去了再唱吧。

小丑考斯塔德、巡丁德尔及村姑杰奎妮妲上。

德　尔　先生，王上的旨意，叫你把考斯塔德看守起来，不许他寻欢作乐。他每星期必须禁食三天。讲到这一位姑娘，我必须让她留在御苑里挤牛奶。再会！

亚马多　我羞得满脸都红了。姑娘！

杰奎妮妲　男人？

亚马多　我要到你居住的地方来看看你。

杰奎妮妲　那就在附近。

亚马多　我知道它的所在。

杰奎妮妲　主啊，你是多么聪明！

亚马多　我要告诉你海外奇闻。

杰奎妮妲　凭着你这一副嘴脸吗？

亚马多　我爱你。

杰奎妮妲　我已经听见你说过了。

亚马多　再会！

杰奎妮妲　愿你平安！

德　尔　来，杰奎妮妲，去吧！（德尔及杰奎妮妲下）

亚马多　浑蛋，你干了这样的坏事，非让你禁食不可。

考斯塔德　呃，先生，我希望您让我在禁食以前先吃个饱。

亚马多　我要把你重重惩罚一下。

考斯塔德　那我可得对你深致谢意。你的手下就不会像我这样做，因为你对他们实在太吝啬了。

亚马多　把这浑蛋带下去，把他关起来。

毛　子　来，你这胡作非为的奴才，去！

考斯塔德　先生，别关我吧。您放了我，我一定禁食。

毛　子　放了你还能禁你吗？坐牢去吧！

考斯塔德　好，要是我有一天重见天日，我要叫有的人看看！

毛　子　叫有的人看看什么？

考斯塔德　不，没有什么，毛子少爷。他们爱看什么就看什么。做了囚犯是不能响一声的，所以，我还是不要多说什么的好。谢谢上帝我是个有耐心的人，所以我会安安静静住在牢里。（毛子及考斯塔德下）

亚马多　我爱上了那被她穿在她的卑贱的鞋子里的更卑贱的脚所践踏的最卑贱的地面。要是我恋爱了，我将要破坏誓约，那就是说了一句虚伪的谎。虚伪的谎言怎么可以换到真实的爱呢？爱情是一个魔鬼，是唯一的罪恶天使，可是参孙也曾被它引诱，他是个力气很大的人；所罗门也曾被它迷惑，他是个聪明无比的人。赫拉克勒斯的巨棍也敌不住丘比特的箭镞，一个西班牙人的宝剑怎么能够对抗得了呢？他才不顾交战的规则，他才不管你什么先礼后兵。他的耻辱是被人称为孩子；他的光荣却是征服成人。别了，勇气，锈了吧，宝剑！静下来，战鼓！因为你们的主人在恋爱。是的，他恋爱了。即景生情的诗神啊，帮助我！因为我相信我要写起十四行诗来了。想吧，智慧！写吧，笔！我有足够的诗情，可以写满几大卷的对开大本呢。（下）

# 第 二 幕

## 第一场 那瓦王御苑远处设大小帐幕

法国公主、罗瑟琳、玛莉娅、凯瑟琳及鲍益等三侍臣上。

鲍 益 现在，公主，振作您的最宝贵的精神吧。想想您的父王特意选择了一个什么人来充任他的使节，跟一个什么人接洽一件什么任务。他不派别人，却派他那为全世界所敬爱的女儿，您自己，来跟具备着一切人间完善的德性的、并世无双的那瓦国王进行谈判，而谈判的中心，又是适宜于作为一个女王的嫁奁的阿奎丹。造化不愿把才华丽色赋予庸庸碌碌的众人，大量地把天地间所有的灵秀钟萃于您的一身。您现在就该效法造化的大量，充分表现您的惊才绝艳。

公 主 好鲍益大人，我的美貌虽然卑不足道，却也不需要你的谀辞的渲染，美貌是凭着眼睛判断的，不是商人的利口所能任意抑扬。你这样搬弄你的智慧把我恭维，无非希望人家称赞你口齿伶俐。可是我听了你这一番褒美，却一点不觉得可以骄傲。现在我也要请你干一件事，好鲍益，你不会不知道，名誉广大的人，一举一动都会传遍世界。那瓦王已经立下誓言，要在这三年之内发愤读书，不让一个女人走近他的静肃的宫廷。所以我们在没有进入他的禁门以前，似乎应该先去探问他的意旨。我相信你的才干可以胜任这一项使命，所以选择你做我的代言人，向他陈述我们的来意，告诉他，法兰西国王的女儿因为有重要的事情，希望得到迅速的解决，要求和他当面接洽。快去对他这样说，我们就像一群谦卑的请愿人一般，等候着他的庄严的谕示。

鲍 益 能效犬马之劳深感荣耀，敢不踊跃拜命。（下）

公 主 追逐荣耀谁人不踊跃向前，你也是这样。（鲍益下）各位爱卿，你们知道哪几个人是和这位贤德的国王一同立誓守戒的信徒？

臣 甲 朗格朗勋爵是其中的一个。

公 主 你认识这个人吗？

玛莉娅 我认识他，公主。当配力各特勋爵和杰奎斯·福康勃立琪的美丽的息女在诺曼第举行婚礼的时候，我在宴席上见过这位朗格朗。他是一个公认为才能出众的人，文学固然是他的擅长，武艺方面也十分了得。他愿意与人为善时，言行举止无不得体。要是美德的光彩可以蒙上污点的话，那么他的唯一的缺点是一副尖刻的机智配上一种太直率的意志：他的机智能够出口伤人，他的意志使他一往直前，不为他人留一点余地。

公　主　听起来是一位善于戏谑的贵人，是不是？

玛莉娅　最熟悉他脾气的人都是这样说他。

公　主　这种浮华之士往往只是昙花一现。还有些什么人？

凯瑟琳　年少的杜曼，一个才德兼备的青年，受到一切敬爱美德的人士的爱戴；他的智慧可以使一个形貌丑陋的人容光焕发，可是即使他没有智慧，他的堂堂的仪表也可以博取别人的爱悦。我在阿朗松公爵的府中见过他一次；我对于他的伟大的品格的赞美，实在不能道出我在他身上所看到的美德于万一。

罗瑟琳　要是我所听到的话并不虚假，那时候在阿朗松公爵那儿还有一个他们的同学也跟他在一起，他们叫他俾隆，在我所交谈过的人们中间，从来不曾有一个比他更会说笑的，能够雅谑而不流于鄙俗。他的眼睛一看到什么事情，他的机智就会把它编成一段有趣的笑话，他的善于描述种种奇思妙想的舌头，会用那样灵巧而隽永的字句把它表达出来，使老年人听了娓娓忘倦，少年人听了手舞足蹈，他的口才是这样敏捷而巧妙。

公　主　上帝祝福我的姑娘们！她们都在恋爱了吗？怎么每一个人都用这种侈张的夸饰赞赏她自己中意的人？

臣　甲　鲍益来了。

鲍益重上。

公　主　国王怎样招待你，鲍益？

鲍　益　那瓦王已经知道您到来的消息，我还没有见他以前，他跟他那班一同立誓的学侣们已经准备来迎接您了。我听他的口气是这样的：他宁愿把您安顿在郊野里，就像你们是来围攻他的宫廷的一支军队一般，也不愿违反他的誓言，让您走进他的屋子。那瓦王来了。（众侍女戴脸罩）

国王、朗格朗、杜曼、俾隆及侍从等上。

国　王　美貌的公主，欢迎你光临那瓦的宫廷。

公　主　我把“美貌”两字归还陛下；至于说到“欢迎”，那么我还没有实受其惠。这高高的天宇不是您所能私有的，这辽阔的郊野也不是招待贵宾的所在。

国　王　公主，我们少不得有一天要请你到我们宫廷里屈驾一游。

公　主　那么我现在就接受您的邀请，请引我前往。

国　王　听我说，亲爱的公主，我曾经立下重誓。

公　主　圣母保佑陛下！您会有一天毁誓的。

国　王　凭着我的意志起誓，公主，我绝不毁誓。

公　主　啊，您的意志一发生动摇，您就要毁誓了。

国　王　公主，你不知道我发下的是个什么誓。

公　主　要是陛下也不知道您自己所发的誓，那倒是陛下的聪明，因为知道这样的誓，反而是一种愚昧。我听说陛下已经发誓不理家政；谨守那样一个无聊的誓，真是一桩极大的罪恶，虽然毁弃它也同样是一桩罪恶。可是饶恕我吧，我太放肆了，我不该向一个教师训诲。请您读一读我此来的目的，迅速赐给我一个答复。（以文件授国王）

国　王　公主，我愿意尽快答复你的赐教。

公　主　您更愿意尽快打发我走，因为要是您让我羁留在贵国，您一定会把您的誓言毁弃的。

俾　隆　我不是有一次在勃拉彦跟您跳过舞吗？

罗瑟琳　我不是有一次在勃拉彦跟您跳过舞吗？

俾　隆　我知道您跟我跳过舞的。

罗瑟琳　既然知道，何必多问！

俾　隆　您不要这样火辣辣的。

罗瑟琳　谁叫你用这种问题引起我的火性来？

俾　隆　您的舌头就像一匹快马，它奔得太快，会把力气都奔完的。

罗瑟琳　它不等到把骑马的人掀下在泥潭里，是不会止步的。

俾　隆　现在是什么时候了？

罗瑟琳　现在是傻瓜们向别人发问的时候。

俾　隆　愿幸运降在您的脸罩上！

罗瑟琳　愿脸罩下的脸能得此幸运！

俾　隆　愿它给你招来许多情人！

罗瑟琳　好啊，只要你不是其中的一个。

俾　隆　哎哟，那么我要走了。

国　王　公主，令尊在这封信上说起他已经付了我们十万克郎，那只是先父在日贵国所欠我们的战债的半数。这笔款子先父和我都从未收到。即使果有此事，那么也还有十万克郎的欠款没有清还。当初贵国同意把阿奎丹的一部分抵押给我们，作为这一笔欠款的保证，虽然拿土地的价值说起来，实在抵不上这一个数目。现在你的父王只要愿意把那未清偿的半数还给我们，我们也愿意放弃我们在阿奎丹的权利，和他永结盟好。可是他似乎一点没有这种意思，因为在这信上，他单单提出要我们偿还已付出的十万克郎，而绝口不提清付十万克郎余欠，以便收复他对阿奎丹的权利。其实我们只要收回先父在日出借的债款，对于阿奎丹这一块贫瘠的地方，倒是很乐于割舍的。亲爱的公主，倘不是令尊的要求太不近情理了，这次蒙你芳踪莅临，我一定不会让你失望而归。

公　主　家君从来没有弃约背信，不履行他的偿债的义务；陛下否认收到这一笔偿款，不但诬蔑家君，而且有失一国元首的器度；我不能不为陛下的名誉惋惜。

国　王　我郑重声明对于这一笔债款的归还未有所闻；你要是能够证明此事属实，我愿意把它全数奉还贵国，或者把阿奎丹交出。

公　主　敬遵台命。鲍益，你去把那些曾经他的父王查理手下的专任大员签署，上面载明着这么一笔数目的收据找出来。

国　王　给我看。

鲍　益　启禀陛下，这一类有关文件的包裹还没有送到，明天一定可以请您过目。

国　王　那很好，只要证据确凿，任何合理的要求我都可以允从。现在请你接受在不毁弃盟誓条件下我的荣誉能给予你尊贵地位的礼遇。虽然你不能走进我的宫门，美貌的公主，我一定尽力使你在这儿大自然的怀抱之中感到宾至如归的愉快。你觉得虽然我这样吝惜自己的屋宇，可是你已经栖息在我的心灵的深处了。一切失礼之处，请你加以善意的原谅。再会，明天早上我们一定再来奉访。

公　主　愿陛下康健，所愿皆偿！

国　王　我也愿意为你作同样的祝祷！（国王及朗格朗、杜曼及侍从下）

俾　隆　姑娘，我要把您放在我的心坎儿里温存。

罗瑟琳　那么请您把我放进去吧，我倒要看看您的心是怎样的。

俾　隆　我希望您听见它的呻吟。

罗瑟琳　这傻瓜害病了吗？

俾　隆　他害的是心痛。

罗瑟琳　唉！替它放放血吧。

俾　隆　放血可以把它医治吗？

罗瑟琳　我的医药知识说是可以的。

俾　隆　您愿意用您的眼睛刺我的心出血吗？

罗瑟琳　我的眼睛太钝，用我的刀吧。

俾　隆　哎哟，上帝保佑你不要死于非命！

罗瑟琳　上帝保佑你不得好死！

俾　隆　我不能待在这儿等你的祷告见效。（下）

杜曼上。

杜　曼　先生，请问您一句话，那位姑娘是什么人？

鲍　益　阿朗松的息女，凯瑟琳是她的名字。

杜　曼　一位漂亮的姑娘！先生，再会！（下）

朗格朗上。

朗格朗　请教一声，那位白衣的姑娘是什么人？

鲍　益　您在光天化日之下，可以看清楚她是一个女人。

朗格朗　看清楚了，怕是很轻浮。请把她的名字给我。

鲍　益　她只有一个名字，您不能问她要。

朗格朗　先生，请问她是谁的女儿？

鲍　益　我听说是她母亲的女儿。

朗格朗　上帝祝福您的胡子！

鲍　益　好先生，别生气。她是福康勃立家的女儿。

朗格维　我现在不生气了。她是一位最可爱的姑娘。

鲍　益　也许是的，先生，或者是这样。（朗格朗下）

俾隆上。

俾　隆　戴帽子的女人叫什么名字？

鲍　益　命运替她取名为罗瑟琳。

俾　隆　她结过婚了没有？

鲍　益　先生，她好像是和自己的意愿共结连理。

俾　隆　欢迎，先生。再会！

鲍　益　彼此彼此。（俾隆下；众女去脸罩）

玛莉娅　最后的一个就是俾隆，那爱开玩笑的贵人，他的每一句话都是一个笑话。

鲍　益　每一个笑话不过是一句话。

公　主　你一句不饶他，本事也不小。

鲍　益　他想冲过来，我正想杀过去，活像两艘交战的船。

凯瑟琳　不像船，倒像是两只发怒的公羊。

鲍　益　怎么不像？我的小羊羔，除非你让我们把你的芳唇当作嫩草，我们就不会变成公羊。

玛利娅　您是羊，我是牧场，是不是这个意思？

鲍　益　那么请让我到牧场上来寻食吧。（欲吻玛利娅）

玛利娅　不，我的好畜生，我的嘴唇不是公共的场地。

鲍　益　它们是属于谁的？

玛利娅　属于我的命运和我自己。

公　主　你们老是爱斗嘴，大家不要闹了。这种唇枪舌剑，不应该在自家人面前要弄，还是用来对付那瓦王和他的同学们吧。

鲍　益　我这一双眼睛可以看出别人心里的秘密，难得有时错误；要是这一回我的观察没有把我欺骗，那么那瓦王是染上病了。

公　主　染上什么病？

鲍　益　他染上的是我们情人们所说的相思病。

公　主　何以见得？

鲍　益　他的一切行为都集中于他的眼睛，透露出不可遏抑的热情；他的心像一颗刻着你小像的玛瑙，在他的眼里闪耀着骄傲；他的焦躁的舌头忘记了它的职守，想要平分他眼睛的享受；一切感觉都奔赴他的眼底，争看那绝世无双的秀丽。仿佛他眼睛里锁藏着整个的灵魂，正像玻璃柜内陈列着珠翠缤纷，放射它们晶莹夺目的光彩，招引你过路的行人购买。他脸上写满着无限的惊奇，谁都看得出他意夺神移。我可以给你阿奎丹和他所有的一切，只要你为了我的缘故吻一吻他的脸颊。

公　主　到我的帐里来，鲍益又在装疯卖傻了。

鲍　益　我不过把他的眼睛里所透露的意思，用说话表示出来。我使他的眼睛变成一张嘴，再替他安上一条不会说谎的舌头。

罗瑟琳　你是一个恋爱场中的老手，真会说话。

玛利娅　他是丘比特的外公，他的消息都是丘比特告诉他的。

罗瑟琳　那么维纳斯一定像她的母亲，因为她的父亲是很丑的。

鲍　益　你们听见吗，我的疯丫头们？

玛莉娅　没听见。

鲍　益　那么你们看见些什么没有？

罗瑟琳　嗯，看见我们回去的路。

鲍　益　我真把你们没有办法。（同下）

# 第 三 幕

## 第一场 那瓦王御苑

吹牛的军人亚马多及侍童毛子上。

亚马多 唱吧，孩子！让我的耳朵热血沸腾。

毛 子 （唱）康考里纳尔——

亚马多 这调子真美！去，稚嫩的青春；拿了这钥匙去，把那乡下人放了，带他到这儿来；我必须叫他替我送一封信去给我的爱人。

毛 子 主人，您愿意用法国式的喧哗得到您的爱人的欢心吗？

亚马多 你是什么意思？用法国话吵架吗？

毛 子 不，我敬爱的主人，我的意思是说，从舌尖上溜出一支歌来，用您的脚和着它跳舞，翻起您的眼皮，唱一个音符叹息一个音符。有时候从您的喉咙里滚出来，好像您一边歌唱爱情，一边要把它吞下去似的。有时候从您的鼻孔里哼出来，好像您在嗅寻爱情的踪迹，要把它吸进去似的。您的帽檐斜罩住您的眼睛，您的手臂交叉在您的胸前，像一头炙叉上的兔子。或者把您的手插在口袋里，就像古画上的人像一般。也不要老是唱着一支曲调，才唱了几句又换了一个调子。这是公子哥儿做派，这是风流才子的骨架，可以诱动好姑娘们的心，虽然没有这些她们也会被人诱动。而且，台下诸位听仔细了，这还可以使那些最擅长于这个调调儿的人成为一世的红人。

亚马多 你这种经验是怎么得来的？

毛 子 这是我一点一点观察得来的结果。

亚马多 但是不幸啊，不幸……

毛 子 柳条马被遗弃了。

亚马多 你叫我的爱人“柳条马”？

毛 子 不敢，主人。那“柳条马”只能孩子骑着玩儿。（旁白）您那爱人可是人人都能骑的母马啊。怎么，您把您的爱人给抛到脑后去了？

亚马多 我几乎忘了她了。

毛　子　健忘的学生！把她记住在您的心头。

亚马多　她不但在我的心头，而且在我的心坎儿里，孩子。

毛　子　而且还在您的心儿外面，主人，这三句话我都可以证明。

亚马多　你证明什么？

毛　子　我要是能长大成人，我一定能证明自己是一条好汉。我还能马上证明她在你的心头、心坎、心外。您在心头爱着她，因为您的心得不到她的爱。您在心坎儿爱着她，因为她已经占据了您的心。您在心儿外面爱着她，因为得不到她您已经失去了自己的心。

亚马多　我正是这样。把那乡下人带来，他必须替我送一封信。

毛　子　好得很，马儿替驴子送信。

亚马多　嘿，嘿！你说什么？

毛　子　呃，主人，您该叫那驴子骑了马去，因为他走得太慢啦，我去了。

亚马多　路是很近的，快去！

毛　子　像铅一般快，主人。

亚马多　什么意思，小精灵鬼儿？铅不是一种很沉重迟钝的金属吗？

毛　子　不是，主人。

亚马多　我说，铅是迟钝的。

毛　子　主人，您这结论下得太快了。从炮口里放出来的铅丸，难道还算慢吗？

亚马多　好巧妙的辞锋！他把我说成了一尊大炮，他自己是弹丸，好，我就把你向那乡下人轰过去。

毛　子　轰！我飞出去了。（下）

亚马多　一个乖巧的小子，又活泼又伶俐！对不起，亲爱的苍天，我要把我的叹息呵在你的脸上了。最粗暴的忧郁，勇敢见了你也要远远退避。我的使者回来了。

侍童毛子率小丑考斯塔德重上。

毛　子　奇闻，主人！这位“脑袋”把腿给摔坏了。

亚马多　真是疑团，真是谜语，来，给注释一下吧，讲吧。

考斯塔德　什么疑团、谜语、注释，只要是口袋里的药我都不用。啊，老爷，敷上一片车前草就凑合了！不要什么注释，不要！也不要膏药，老爷，车前草就行！

亚马多　凭美德起誓，你真是一个大活宝！你的蠢相触动了我的肝脏，鼓起了我的两肺，使我莫名其妙地开怀大笑。老天爷保佑！难道村夫竟把膏药当注释，把“注释”这个名词当作某种膏药吗？

毛　子　智者难道不这样？注释难道不是膏药？

亚马多　非也，童儿。“注释”乃是一种尾声，用以阐述前文晦涩的词句。试举一例明之：

　　狐狸、猴子、大马蜂，
　　三人吵闹不安宁。

这是寓言，现在是注释……

毛　子　让我来加注释，再说一遍寓言。

亚马多　狐狸、猴子、大马蜂，
　　三人吵闹不安宁。

毛　子　来了一只大呆鹅，
　　两两相伴结成双。

好，现在我来念正文，你接着念注释：

　　狐狸、猴子、大马蜂，
　　三人吵闹不安宁。

亚马多　来了一只大呆鹅，
　　两两相伴结成双。

毛　子　注释得真叫好，最后是呆鹅上场，这还不够好吗？

考斯塔德　这孩子把他给耍了，他卖给他一只呆鹅，这不是明白着吗。老爷，这鹅要不光呆还肥，那你可就赚了。会贱卖可是本事，和诈骗差不离。让我想一想，一只肥“注释”，好啊，那不就是一只肥呆鹅嘛。

亚马多　来，来，这一通议论是怎么开始的？

毛　子　一颗“头”把腿给摔坏了，以后你给他要一贴“注释”。

考斯塔德　对，以后我要车前草，以后就是你的议论，以后是这孩子的肥“注释”，以后你买了呆鹅；最后是孩子收了摊。

亚马多　可是这颗“头”是怎样摔坏了腿的呢？

毛　子　我来告诉你，一定活灵活现。

考斯塔德　你又没有切身体会，毛子。让我来说那个注释吧：我，脑袋，不肯安安稳稳坐囚屋，瞧准空子往外逃，不小心绊一跤，摔断了腿骨。

亚马多　这事就不必再说了。

考斯塔德　等我的腿有事了再说吧。

亚马多　考斯塔德，我要把你给放了。

考斯塔德　什么！把我送给婊子，这话里有几分注释，几分呆鹅的味道。

亚马多　以我美丽的灵魂保证，我是要恢复你的自由，解脱你的束缚，免除你的禁锢；我只要你替我干这一件事。（以信授考斯塔德）把这封书简送给那村姑杰奎妮妲。这是给你的酬劳，因为对底下人赏罚分明，是我的名誉的最大的保障。毛子，跟我来。（亚马多下，毛子随后）

毛　子　人家说狗尾续貂，我就像狗尾之貂。考斯塔德先生，再会！

考斯塔德　我的小心肝儿！我的可爱的小犹太人！（毛子下）现在我要看看他的酬劳。酬劳！啊！原来在他们读书人嘴里，三个铜子就叫作酬劳。“这条带子什么价钱？”“一便士。”“不，一个酬劳卖不卖？”啊，好得很！酬劳！这是一个比法国的克郎更好的名称。我再也不把这两个字转卖给别人。

俾隆上。

俾　隆　啊！我的好小子考斯塔德，咱们碰见得巧极了。

考斯塔德　请问先生，一个酬劳可以买多少淡红色的丝带？

俾　隆　怎么叫一个酬劳？

考斯塔德　呃，先生，一个酬劳就是三个铜子。

俾　隆　那么你就可以买到值三个铜子的丝带。

考斯塔德　谢谢您。上帝和您在一起！

俾　隆　不要走，家伙；我要差你干一件事。你要是希望得到我的恩宠，我的好小子，那么答应我这一个请托吧。

考斯塔德　您要我在什么时候干这件事，先生？

俾　隆　哦，今天下午。

考斯塔德　好，我一定给您办到，先生，再会！

俾　隆　啊，你还没有知道是件什么事哩。

考斯塔德　等我把它办好以后，先生，我就会知道是件什么事。

俾　隆　嗨，浑蛋，你该先知道了以后才去办呀。

考斯塔德　那么，我明儿早上来看您。

俾　隆　这事情必须在今天下午办好。听着，家伙，很简单的一回事，公主就要到这儿御苑里来打猎，她有一位随身侍从的贵女，粗俗的舌头轻易不敢提起她的名字，他们称她为罗瑟琳；你问清楚了哪一个是她，就把这一通密封的书信交在她的洁白的手里。（以一先令授考斯塔德）这是给你的犒赏，去。

考斯塔德　犒赏，啊，可爱的犒赏！比酬劳好得多啦，多了足足十一便士外加一个铜子。最可爱的犒赏！我一定给您送去，先生，决不有错。犒赏！酬劳！（下）

俾　隆　而我，确确实实，我是在恋爱了！我曾经鞭责爱情，我曾是抽打相思的掌鞭人。我把刻毒的讥刺加在那个比一切人类还要狂妄的孩子的身上，像一个守夜的警吏一般监视他的行动，像一个尊严的塾师一般呵斥他的错误！这个盲目的、哭笑无常的、淘气的孩子，这个年少的长辈，矮小的巨人，丘比特先生，左右着一切恋爱的诗句、交叉的手臂、叹息、呻吟、一切无聊的踯躅和怨望的悲愤的无上君主，总辖天下痴男怨女的唯一的主宰和统帅审理作奸犯科衙役的独一无二的将领。啊，我的小小的心！我却高擎他的旗帜效力于他的疆场，活脱脱像一个江湖把式。什么？我！我恋爱！我追求！我要寻找一个妻子！一个像一座永远需要修理的时钟般的女人，你不去留心她就会出毛病！嘿，最不该的是背弃了誓约；而且在三个之中，偏偏爱上了最坏的一个。一个伶俐风骚的姑娘，她的眼睛像两颗乌黑的弹丸；凭着上天起誓，即使百眼的巨人阿耳戈斯把她终日监视，她也会什么都干得出来。我却要为她叹息！为她整夜不睡！为她祷告神明！罢了，这是丘比特给我的惩罚，因为我藐视了他的全能而可怖的小小的威力。好，我要恋爱、写诗、叹息、祷告、追求和呻吟。谁都有他心爱的姑娘，我的爱人也该有个痴心的情郎。（下）

# 第 四 幕

## 第一场 那瓦王御苑

公主、罗瑟琳、玛莉娅、凯瑟琳、鲍益、群臣、侍从及一管林人上。

公　主　那向着峻峭的山崖加鞭疾驰的不是国王吗？

鲍　益　我不知道，可是我想那不是他。

公　主　不管他是谁，瞧上去倒是很雄心勃勃似的。好，各位贤卿，今天我们可以拿到信使送来的文件，星期六就可以回法国去了。管林子的朋友，你说我们应该到哪一丛树林里去杀害生灵？

管林人　这儿附近一簇小树林的边上有一座平台，您站在那里准可以百发百中。

公　主　人家说，美人有沉鱼落雁之容；我只要用美目的利箭射了出去，无论什么飞禽走兽都会应弦而倒。

管林人　宽恕我，公主，我不是这个意思。

公　主　什么，什么？你不愿恭维我吗？啊，一瞬间的骄傲！我不美吗？唉！

管林人　不，公主，您很美。

公　主　不，现在你不用把我装点了；不美的人，怎样的赞美都不能使她变得好看一点的。这儿，我的好镜子；（以钱给管林人）给你这些钱，因为你不说谎，骂了人反得厚赐，这是分外的重赏。

管林人　您所有的一切都是美好的。

公　主　瞧，瞧！只要行了好事，就可以保全美貌。啊，不可靠的美貌！正像这些覆雨翻云的时世；多花几个钱，丑女也会变成无双的佳丽。可是拿弓来，现在我们要不顾慈悲，杀生害命，显一显我们射猎的本领。要是射而不中，我可以饰词自辩，因为心怀不忍，才故意网开一面。要是射中了，那不是存心杀害，唯一的目的无非博取一声喝彩。人世间的煊赫光荣，往往产生在罪恶之中，为了身外的浮名，牺牲自己的良心。正像如今我去杀害一头可怜的麋鹿，只为了他人的赞美，并不为自己的怨毒。

鲍　益　凶悍的妻子拼命压制她们的丈夫，不也是为了博人赞美的缘故吗？

公　主　正是，无论哪一位太太，能够压倒她的老爷，总是值得赞美的。

小丑考斯塔德上。

鲍　益　来了一个老百姓。

考斯塔德　上帝安息你们的灵魂！请问这儿哪一位是头儿脑儿的小姐？

公　主　朋友，你只要看别人都是没有头颅脑袋的，就知道哪一个是她了。

考斯塔德　哪一位小姐是顶大的顶高的？

公　主　她就是顶胖的顶长的一个。

考斯塔德　顶胖的，顶长的！对了，没有一点差儿。小姐，要是您的腰身跟我的心眼儿一样细，您就可以套得上这几位小姐们的腰带。您不是她们的首领吗？您在这儿是顶胖的一个。

公　主　你有什么见教，先生？你有什么见教？

考斯塔德　俾隆先生叫我带封信来，给一位叫作罗瑟琳的小姐。

公　主　啊！你的信呢？你的信呢？他是我的一个好朋友。站在一旁，好信差。鲍益，你会切肉的，把这块鸡切一切吧。

鲍　益　遵命。这封信送错了，它跟这儿每一个人都没有关系，它是写给杰奎妮妲的。

公　主　我们也要读它一下。把封蜡打开了，大家听着。

鲍　益　（读）“凭着上天起誓，你是美貌的，这是一个绝无错误的事实。真的，你是娇艳的。真实的本身，你是可爱的。比美貌更美貌，比娇艳更娇艳，比真实更真实的，怜悯你的英雄的奴隶吧！慷慨知名的科菲多亚王看中了下贱污秽的丐女齐妮罗芳，他可以说，余来，余见，余胜。用俗语把它分析，啊，下流而卑劣的俗语！即为，他来了，他看见，他战胜。他来了，一是看见，二是战胜，三是谁来了？国王。他为什么来？因为要看见。他为什么看？因为要战胜。他到谁的地方来？到丐女的地方。他看见什么？丐女。他战胜谁？丐女。结果是胜利。谁的胜利？国王的胜利。俘虏因此而富有了。谁富有了？丐女富有了。收场是结婚。谁结婚？国王结婚。不，两人合而为一，一人化而为二。我就是国王，因为在比喻上是这样的。你就是丐女，你的卑贱可以证明。我应该命令你爱我吗？我可以。我应该强迫你爱我吗？我能够。我应该请求你爱我吗？我愿意。你的褴褛将要换到什么？锦衣。你的灰尘将要换到什么？

富贵。你自己将要换到什么？我。我让你的脚玷污我的嘴唇，让你的小像玷污我的眼睛，让你的每一部分玷污我的心，等候着你的答复。你的最忠实的唐·阿德里安诺·德·亚马多。”

你听那雄狮咆哮的怒响，
　你已是他爪牙下的羔羊；
俯伏在他足前不要反抗，
　他不会把你的生命损伤；
倘若妄图挣扎，那便怎样？
　免不了充他饥腹的食粮。

公　主　写这信的是一片什么羽毛，一头什么风信标？你们有没有听见过比这更妙的文章？

鲍　益　这文章的风格，我记得好像看见过似的。

公　主　读过了这样的文章还会忘记，那你的记性真是太坏了。

鲍　益　这亚马多是这儿宫廷里豢养的一个西班牙人；他是一个荒唐古怪的家伙，一个疯子，常常用他的奇腔异调逗国王和他的同学们发笑。

公　主　喂，家伙，我问你一句话，谁给你这封信？

考斯塔德　我早对您说过了，是一位大人。

公　主　他叫你把信送给谁的？

考斯塔德　从一位大人寄给一位小姐。

公　主　从哪一位大人寄给哪一位小姐？

考斯塔德　从俾隆大人，我的一位很好的大爷，寄给一位法国的小姐，他说她名叫罗瑟琳。

公　主　你把他的信送错了。来！各位贤卿，我们走吧。好人，把这信收起来；总有一天会轮到你的。（同下）

鲍　益　那个猎手是谁？是谁？

罗瑟琳　我来告诉你好不好？

鲍　益　请，我的美人。

罗瑟琳　那边开弓打猎的女郎便是。看你还有什么说的！

鲍　益　公主开弓是要鹿儿的命；你要结了婚，非得要了你丈夫的命，你要是不给他戴上一摞绿头巾，我死去。看你还有什么说的！

罗瑟琳　好吧，就算我是那个猎手。

鲍　益　谁个又是你的鹿儿？

罗瑟琳　就选那头顶发绿的，所以您赶快躲远一点。看你还有什么说的！

玛莉娅　谁叫你老跟她斗嘴，老鲍，怎么样，遭到迎头痛击了吧？

鲍　益　她遭痛击的地方总是比头要往下。怎么样，这下打中你了吧？

罗瑟琳　要说打中，法王培平还是孩子时，就流行着一首歌谣，我转赠给你好不好？

鲍　益　要说打中，英国王后姬尼佛还是孩子时，就流行着另一首歌谣，我转赠给你好不好？

罗瑟琳　你打不中，打不中，打不中，你就是打不中，我的好先生。

鲍　益　我打不中，打不中，打不中，我要是打不中，总有人打得中。（罗瑟琳及凯瑟琳下）

考斯塔德　说真的，真好玩，两边真是针尖对麦芒。

玛莉娅　不偏不倚，两人都射中了靶子。

鲍　益　射中了靶子！听听这姑娘说了什么！她说靶子！靶上最好有一条缝，好让人瞄准了射。

玛莉娅　太不着边际了，你的手法实在糟。

考斯塔德　他是应该站近一些才好，要不连靶子都沾不着。

鲍　益　我的手法不行，也许你自己的手法行。

考斯塔德　那她射的一定比谁都好，非把靶心给劈裂了不成。

玛莉娅　行了，行了，油嘴滑舌的，越说越荤。

考斯塔德　射箭你比不过。先生，跟她滚球吧。

鲍　益　滚是滚不动了。晚安，我的夜猫子。（鲍益及玛莉娅下）

考斯塔德　好一个傻情人，好一个小丑！老天爷，瞧我和几位小姐说得他落荒而逃。好痛快，真好玩，一来一往，滴水不漏，真叫下流，真叫流利！瞧瞧那边的亚马多，多风流倜傥的一个男人，手托小姐的香扇，走在前面替她开道，一路吻着手，满口新名词，这么多誓言顺着嘴流。另一边跟着走的是他的童儿，人不大，心眼多，真是一个小可爱！（内行猎声）索拉，索拉！（下）

## 第二场　同　前

霍罗福尼斯、纳森聂尔及德尔上。

纳森聂尔　真是一种敬畏神明的游戏，而且是很合人道的。

霍罗福尼斯　那头鹿，您知道，沐浴于血泊之中；像一颗烂熟的苹果，刚才还是明珠般悬在太虚、穹苍、天空的耳边，一下子就落到平陆、原壤、土地的面上。

纳森聂尔　真的，霍罗福尼斯先生，您的字眼变化得非常巧妙，不愧为学者。可是先生，相信我，它是一头新出角的牡鹿。

霍罗福尼斯　纳森聂尔牧师，信哉！

德　尔　它不是信哉；它是一头两岁的公鹿。

霍罗福尼斯　最愚昧的指示！然而这也是他用他那种不加修饰、未经琢磨，既无教育，又少训练，或者不如说是浑噩无知，或者更不如说是诞妄无稽的方式，反映或者不如说是表现他的心理状态的一种解释性的暗示，把我的信哉说成了一头鹿。

德　尔　我说那鹿不是信哉，它是一头两岁的公鹿。

霍罗福尼斯　蠢而又蠢的蠢物，愚哉愚哉！啊！你无知的魔鬼，你的容貌多么粗俗！

纳森聂尔　先生，他不曾饱餐过书本中的美味。他没有吃过纸张，喝过墨水。他的智力是残缺破碎的。他不过是一头畜生，只有下等的感觉。这种愚鲁的木石放在我们的面前，我们这些有情趣有灵性的人，应该感谢上帝赐给我们如许的智慧才能，使我们不至于像他一样。倘若我自傲、鲁莽、愚昧，自然有失身份，但若要他治学或读书进取，那也是枉费心机。但是，我尽可怡然自得。因为正如某先哲所言：不管八方风雨，吾自安之若素。

德　尔　你们两位都是读书人，你们能不能用你们的智慧告诉我，什么东西在该隐出世的时候已经有一个月大，到现在还没有长满五星期？

霍罗福尼斯　狄克丁娜，德尔好伙计。狄克丁娜，德尔好伙计。

德　尔　狄克丁娜是什么？

纳森聂尔　狄克丁娜是菲苾，也就是琉娜，也就是月亮的别名。

霍罗福尼斯　亚当生下一个月以后，月亮已经长满了一个月。可是他到了一百岁的时候，月亮还是一百年前的月亮，不曾多老了一个星期。举一反三，实际是同一个道理。

德　尔　可不是，举三反一。

霍罗福尼斯　愿上帝照看你的头脑！我说的是举一反三。

德　尔　我说的就是举四反五，因为月亮再老也老不过一个月。我还要说，公主射死的不是别的，正是一头两岁公鹿。

霍罗福尼斯　纳森聂尔牧师，我可不可以用一首信口吟成的咏鹿诗亵渎尊听？为了使群氓易解，姑名之为鹿，亦无伤大雅。

纳森聂尔　在下洗耳恭听，好霍罗福尼斯先生，洗耳恭听；然君子出言当避俚俗。

霍罗福尼斯　我要试当敷以文采，这样方能见出词人才情：

公主弯弓处，
小鹿应弦倒，
昔日蹄生风，
今日卧尘土。
猎犬齐声吠，
鹿儿夺路逃。
四龄三龄鹿，
嗷嗷二龄鹿，
命归黄泉路。

纳森聂尔　真奇才也！

德　尔　（旁白）“奇才”一定是挠痒的耙子，一下子搔得他浑身舒服。

霍罗福尼斯　雕虫小技，何足挂齿？为诗之道在于神思、情采、物色、熔裁、声律、章句、丽辞、比兴、夸饰，体之于心，厚之以虑，发之以时。此虽笔墨游戏，然志足而言文，情信而辞巧，每念及此，余心甚怡。

纳森聂尔　先生，我为您赞美天主，我的教区里的全体居民也都要为您赞美天主，因为他们的儿子受到您很好的教诲，他们的女儿也从您那儿得益不少；您是社会上的功臣。

霍罗福尼斯　他们的儿子如果是天真纯朴的，不怕得不到我的教诲。他们的女儿如果是聪慧可教的，我也愿意尽力开导她们，可是哲人寡言。有一个妇道人家找我们来了。

杰奎妮妲及考斯塔德上。

杰奎妮妲　早安，牧师先生，愿您心宽体胖、笑口常开！

霍罗福尼斯　君子不苟言笑，焉能笑口常开！

考斯塔德　塾师老爷，您不愿常开笑口，就常开酒瓶吧。

霍罗福尼斯　出言诙谐！可称火花迸于顽石，明珠出于鱼目，小有才思，深堪嘉许。

杰奎妮妲 早安，牧师先生！牧师先生，谢谢您把这一封信读给我听听，它是唐·亚马多叫考斯塔德送来给我的。请您读一读好不好？

霍罗福尼斯 “群牛树下趁风凉”云云……啊，田园诗人蒙图安脍炙人口的名句。游人称颂威尼斯的话正可借用：

威尼斯，威尼斯，
不曾见过你，
怎知你的靓丽。

此诗又何尝不然，读不懂你的白丁又怎能领会你的佳处？多、来、索、拉、密、发。对不起，先生，这里面写些什么？或者正像贺拉斯所说的，什么，一首诗吗？

纳森聂尔 正是，先生，而且写得非常优雅。

霍罗福尼斯 愿闻一二，先生其为余诵之乎？

纳森聂尔

为爱背盟，怎么向你自表寸心？
　啊！美色当前，谁不要失去操守？
虽然抚躬自愧，对你誓竭忠贞；
　昔日的橡树已化作依人弱柳：
请细读它一叶叶的柔情密爱，
　它的幸福都写下在你的眼中。
你是全世界一切知识的渊海，
　赞美你便是一切学问的尖峰；
倘不是蠢如鹿豕的冥顽愚人，
　谁见了你不发出惊奇的嗟叹？
你目藏闪电，声音里藏着雷霆；
　平静时却是天乐与星光灿烂。
你是天人，啊！赦免爱情的无知，
以尘俗之舌讴歌绝世的仙姿。

霍罗福尼斯 您没有把应该重读的地方读出来，所以完全失去了抑扬顿挫之妙。让我把这首小诗推敲一下，在韵律方面倒还不错。可是讲到高雅、流利和诗歌的铿锵的音调，此则尚有憾焉。奥维狄斯·奈索才是真正的诗人。然而奥维德之所以为奥维德者，不是因为他嗅出了想象的芬芳的花朵，那激发创作的动力吗？模拟算得了什么？猎犬也会追随他的主人，猴子也会效学他的饲养者，马儿也会听命他的骑师。可是姑娘，这封信是寄给你的吗？

杰奎妮妲 嗯，先生，这封信是一位俾隆先生寄给我的，他是那位外国女王手下的一位贵人。

霍罗福尼斯 我要看看那上面的题名："敬献于最美丽的罗瑟琳小姐的雪白的手中。"我还要看看信里面寄信人的署名："乐于供你驱使的俾隆。"纳森聂尔牧师，这俾隆是一个和王上一同发下誓愿的人。现在他却写了一封信给那外国女王手下的一个侍女，这封信偶然被送信的人送错了地方。快去，我的好人，把这封信给王上看，也许它是很有关系的。不必多礼，尽管去吧，再见！

杰奎妮妲 好考斯塔德，跟我去。先生，上帝保佑您！

考斯塔德 去吧，我的姑娘。（考斯塔德、杰奎妮妲下）

纳森聂尔 先生，您把这件事情干得非常严正，充分显示了敬畏上帝的精神。正像有一位神父说的——

霍罗福尼斯 先生，别对我提起什么神父不神父啦，我最怕那些似是而非的论调。可是让我们再来讨论讨论那首诗，纳森聂尔牧师，您觉得它怎么样？

纳森聂尔 写是写得非常之好。

霍罗福尼斯 今天我要到我的一个学生的父亲家里吃饭，要是您愿意在进餐之前替在座众人作一次祈祷，凭着该生家长对我的交情，我可以介绍您出席。在宴席上我愿意向您证明这首诗非常浅薄，既无诗趣，又无巧思，一点没有匠心独运之处。请您一定光临。

纳森聂尔 那真是多谢了，因为《圣经》上说，交际是人生的幸福。

霍罗福尼斯 不错，这是一句很恰当的结论。（向德尔）朋友，请你也一同出席，千万不要推却。毋多言！去！那些绅士们正在打猎，我们还是去满足我们口腹的享受。（同下）

## 第三场 同 前

俾隆持一纸上。

俾 隆 王上正在逐鹿，我却在追赶我自己。他们张罗设网，我却陷身在泥坑之中。“泥坑”，多不好的字眼。好，坐下来，悲哀！因为他们说那傻子曾经这样说，我这样说，我就是傻子。证明得很好，聪明人！天主啊，这恋爱疯狂得就像埃阿斯一样，它会杀死一只绵羊，它会杀死我，我就是绵羊，又是一个很好的证明！我不愿恋爱，要是我恋爱，把我吊死了吧，真的，我不愿。啊！可是她的眼睛，上帝在上，倘不是为了她的眼睛，我决不会爱她。是的，只是为了她的两只眼睛。唉，我这个人一味说谎，全然地胡说八道。天哪，我在恋爱，它已经教会我作诗，也教会我发愁。这儿是我的一部分的诗，这儿是我的愁。她已经收到我的一首十四行诗了。送信的是个蠢货，寄信的是个呆子，收信的是个佳人。可爱的蠢货，更可爱的呆子，最可爱的佳人！凭着全世界发誓，即使那三个家伙都落下了情网，我也不以为意。这儿有一个拿了一张纸头来了，求上帝让他呻吟吧！（爬登树上）

国王持一纸上。

国　王　唉！

俾　隆　（旁白）射中了，天哪！继续施展你的本领吧，可爱的丘比特，你已经用你的鸟箭从他的左乳下面射了进去了。当真他也有秘密！

国　王

旭日不曾以如此温馨的蜜吻
　给予蔷薇上晶莹的黎明清露，
有如你的慧眼以其灵辉耀映
　那淋下在我颊上的深宵残雨；
皓月不曾以如此璀璨的光箭
　穿过深海里透明澄澈的波心，
有如你的秀颜照射我的泪点，
　一滴滴荡漾着你冰雪的精神。
每一颗泪珠是一辆小小的车，
　载着你在我的悲哀之中驱驰；
那洋溢在我睫毛下的朵朵水花，
　从忧愁里映现你胜利的容姿；
请不要以我的泪做你的镜子，
你顾影自怜，我将要永远流泪。
啊，倾国倾城的仙女，你的颜容

使得我搜索枯肠也感觉词穷。

她怎么能够知道我的悲哀呢？让我把这纸丢在地上，可爱的草叶啊，遮掩我的痴心吧。谁到这儿来了？（退立一旁）什么，朗格朗！他在读些什么东西？听着！

即格维持一张纸上。

俾　隆　现在又有一个跟你同样的傻子来了！

朗格朗　唉！我破了誓了！

俾　隆　果然是个破誓之人，还带来了罪证呢。

国　王　我希望他也在恋爱，同病相怜的罪人！

俾　隆　一个酒鬼会把另一个酒鬼引为同调。

朗格朗　我是第一个违反誓言的人吗？

俾　隆　我可以给你安慰，照我所知道的，已经有两个人比你先破誓了，你来刚好凑成一个三分鼎足，一顶三角帽，一座三角形绞刑台，专吊爱情傻瓜。

朗格维　我怕这几行生硬的诗句缺少动人的力量。啊，亲爱的玛莉娅，我的爱情的皇后！所以还是废弃不用，直话直说吧！

俾　隆　（旁白）诗句是浪荡的爱神裤子上的装饰，废弃不用岂不毁坏，他的下身。

朗格朗　暂且如此吧！（读诗）

你眼睛里有天赋动人的辞令，
　能使全世界的辩士唯唯俯首，
不是它劝诱我的心寒盟背信？
　为了你把誓言毁弃不应遭咎。
我所舍弃的只是地上的女子，
　你却是一位美妙的天仙化身；
为了天神之爱毁弃人世的誓，
　你的垂怜可以洗涤我的罪名。
一句誓只是一阵口中的雾气，
　禁不起你这美丽的太阳晒蒸；
我脆弱的愿心既已被你勾起，
　这毁誓的过失怎能由我担承？
即使是我的错，谁会那样疯狂，

不愿意牺牲一句话换取天堂！

俾　隆　（旁白）一个人发起疯来，会把血肉的凡人敬若神明，把一头小鹅看作一个仙女；全然的、全然的偶像崇拜！上帝拯救我们，上帝拯救我们！我们都走到邪路上去了。

杜曼持一张纸上。

朗格朗　我应该叫谁把这首诗送去呢？有人来了！且慢。（退立一旁）

俾　隆　大家躲好了，大家躲好了，就像小孩子捉迷藏似的。我像一尊天神一般，在这儿高坐天空，察看这些可怜的愚人们的秘密。来啊，再来啊！老天爷真让我称心如意了！

杜曼持一张纸上。

俾　隆　杜曼也变了，一个盘子里盛着四只山鹬！

杜　曼　啊，最神圣的凯德！

俾　隆　啊，亵渎神圣的傻瓜！

杜　曼　凭着上天起誓，一个凡夫眼中的奇迹！

俾　隆　凭着土地起誓，她是个平平常常的女人，你在说谎。

杜　曼　她的琥珀般的头发黯淡了琥珀的颜色。

俾　隆　琥珀色的乌鸦倒是很少有的。

杜　曼　像杉树一般亭亭直立。

俾　隆　我说她身体有点弯屈，她的肩膀好像怀孕似的。

杜　曼　像白昼一般明朗。

俾　隆　（旁白）嗯，像有几天的白昼一般，不过是没有太阳的白昼。

杜　曼　啊！但愿我能够如愿以偿！

朗格维　但愿我也如愿以偿！

国　王　主啊，但愿我也如愿以偿！

俾　隆　阿门，但愿我也如愿以偿！这总算够客气了吧？

杜　曼　我希望忘记她，可是她像热病一般焚烧我的血液，使我再也忘不了她。

俾　隆　你血液里的热病！那么只要请医生开一刀，就可以把她放出来盛在盘子里了。

杜　曼　我还要把我所写的那首歌读一遍。

俾　隆　那么我就再听一次爱情怎样改变了一个聪明人。

杜　曼　（读）

有一天，唉，那一天！
爱永远是五月天，
见一朵好花娇媚，
在款款风前游戏；
穿过柔嫩的叶网，
风儿悄悄地来往。
憔悴将死的恋人，
羡慕天风的轻灵；
风能吹上你脸颊，
我只能对花掩泣！
我已向神前许愿，
不攀折鲜花嫩瓣；
少年谁不爱春红？
这种誓情理难通。
今日我为你叛誓，
请不要把我讥刺；
你曾经迷惑乔武，
使朱诺变成黑人，
放弃天上的威尊，
来做尘世的凡人。

我要把这首歌寄去，另外再用一些更明白的字句，说明我的真诚的恋情的痛苦。啊！但愿王上、俾隆和朗格维也都变成恋人！作恶的有了榜样，可以抹去我叛誓的罪名。大家都是一样有罪，谁也不能把谁怨怼。

朗格朗　（上前）杜曼，你希望别人分担你的相思的痛苦，你这种恋爱太自私了。你可以脸色发白，可是我要是也这样被人听见了我的秘密，我知道我一定会满脸通红的。

国　王　（上前）来，先生，你的脸红起来吧。你的情形和他正是一样，可是你明于责人，暗于责己，你的罪比他更加一等。你不爱玛莉娅，朗格朗从来不曾为她写过一首十四行诗，从来不曾绞着两手，按在他的多情的胸前，压下他那跳动的心。我躲在这一丛树木后面，已经完全窥破你们的秘密了，我为你们两人好不害羞！我听见你们罪恶的诗句，留心观察着你们的举止，看见你们长吁短叹，注意到你们的热情，一个说，唉！

一个说，天哪！一个说她的头发像黄金，一个说她的眼睛像水晶。（向朗格朗）你愿意为了天堂的幸福寒盟背信，（向杜曼）乔武为了你的爱人不惜毁弃誓言。要是俾隆听见你们已经把一个用极大的热心发下的誓这样破坏了，他会怎样说呢？他会把你们怎样嘲笑！他会怎样调弄他的刻毒的舌头！他会怎样高兴得跳起来！我宁愿失去全世界所有的财富，也不愿让他知道我有这样不可告人的心事。

俾　隆　现在我要挺身而出，揭破伪君子的面目了。（自树上跳下并）啊！我的好陛下，请你原谅我，好人！你自己沉浸在恋爱之中，您有什么权利责备这两个可怜虫？您的眼睛不会变成马车，您的泪珠里不会反映出一位公主的笑容，您不会毁誓，那是一件可憎的罪恶。咄！只有无聊的诗人才会写那些十四行的歌曲。可是您不害羞吗？你们三人一个个当场出丑，都不觉得害羞吗？您发现了他眼中的微尘，王上发现了你们的，可是我发现了你们每人眼中的梁木。啊！我看见了一幕多么愚蠢的活剧，不是这个人叹息呻吟，就是那个人捶胸顿足。哎哟！我好容易耐住我的心，看一位国王变成一只飞蝇，伟大的赫拉克勒斯抽弄陀螺，渊深的所罗门起舞婆娑，年老的涅斯托变成儿童的游伴，厌世的泰门玩弄无聊的面具！你的悲哀在什么地方？啊！告诉我，好杜曼。善良的朗格朗，你的痛苦在什么地方？陛下，您的又在什么地方？都在这心口里。喂，煮一锅稀粥来！这儿有很重的病人哩。

国　王　你太挖苦人了。那么我们的秘密都被你窥破了吗？

俾　隆　我算是受了你们的骗。我是个老实人，我以为违背一个自己所发的誓是一件罪恶，谁料竟会受一班虚有其表、反复无常的人们的欺骗。你们什么时候会见我写一句诗？或者为了一个女人而痛苦呻吟？或者费一分钟的时间把我自己修饰？你们什么时候会听见我赞美一只手、一只脚、一张脸、一双眼、一种姿态、一种风度、一副容貌、一个胸脯、一个腰身、一条腿、一条臂？

国　王　且慢！你的舌头又不是怕有人在后面追赶的小偷儿，用不着这样急急忙忙地奔跑。

俾　隆　我这样急急忙忙，是为要逃避爱情。好情人，放我去吧。

杰奎妮妲及小丑考斯塔德上。

杰奎妮妲　上帝祝福王上！

国　王　你有什么东西送来？

考斯塔德　一件叛逆的阴谋。

国　王　已经成事了吗？

考斯塔德　一事无成。

国　王　要是也没有败事。就请你和你那阴谋不要来败兴。

杰奎妮妲　陛下，请您读一读这封信，我们的牧师先生觉得它很是可疑，他说其中有叛逆的阴谋。

国　王　俾隆，你把它读一读。（俾隆读信）这封信是从什么地方得来的？

杰奎妮妲　考斯塔德给我的。

国　王　你从什么地方得来的？

考斯塔德　邓·阿特拉美狄奥，邓·阿特拉美狄奥给我的。（俾隆撕信）

国　王　怎么！你怎么啦？为什么把它撕碎？

俾　隆　无关重要，陛下，无关重要，您用不着担心。

朗格朗　这封信看得他面红耳赤，让我们听听吧。

杜　曼　（拾起纸片）这是俾隆的笔迹，这儿还有他的名字。

俾　隆　（向考斯塔德）啊，你这下贱的蠢货！你把我的脸丢尽了。我承认有罪，陛下，我承认有罪。

国　王　什么？

俾　隆　你们三个呆子加上了我，刚巧凑成一桌。他、他、您陛下，跟我，都是恋爱场中的扒手，我们都有该死的罪名。啊！把这两个人打发走了，我可以详详细细告诉你们。

杜　曼　现在大家都是一样的了。

俾　隆　不错，不错，我们是同道四人。叫这一双斑鸠去吧。

国　王　你们去吧！

考斯塔德　好人走了，让坏人留在这儿。（考斯塔德、杰奎妮妲下）

俾　隆　亲爱的朋友们，亲爱的情人们，啊！让我们拥抱吧。我们都是有血有肉的凡人；大海潮涨潮落，青天万古长新，陈腐的戒条不能约束少年的热情。我们不能反抗生命的意志，我们必须推翻不合理的盟誓。

国　王　什么！你也会在这些破碎的诗句之中表示你的爱情吗？

俾　隆　“我也会！”谁见了天仙一样的罗瑟琳，不会像一个野蛮的印度人，只要东方的朝阳一开始呈现它的奇丽，他就俯首拜伏，用他虔诚的胸膛贴附土地？哪一道鹰隼般威棱闪闪的眼光，不会炫耀她的娇艳，怎敢仰望她眉宇间的天堂？

国　王　什么狂热的情绪鼓动着你？我的爱人，她的女主人，是一轮美丽的明月，她只是月亮旁边闪烁着微光的一点小星。

俾　隆　那么我的眼睛不是眼睛，我也不是俾隆。啊！倘不是为了我的爱人，白昼都要失去它的光亮。她的娇好的颊上集合着一切出众的优点，她的华贵的全身找不出丝毫缺陷。借给我所有辩士们的生花妙舌，啊，不！她不需要夸大的辞藻；待沽的商品才需要赞美，任何赞美都比不上她自身的美妙。形容枯槁的一百岁的隐士，看了她一眼会变成五十之翁；美貌是一服换骨的仙丹，它会使扶杖的衰龄返老还童。啊！她就是太阳，万物都被她照耀得灿烂生光。

国　王　凭着上天起誓，你的爱人黑得就像乌木一般。

俾　隆　乌木像她吗？啊，神圣的树木！娶到乌木般的妻子才是无上的幸福。啊！我要按着《圣经》发誓，她那点漆的瞳人，泼墨的脸色，才是美的极致，不这样便够不上"美人"两字。

国　王　一派胡言！黑色是地狱的象征，囚牢的幽暗和暮夜的阴沉？美貌应该像天色一样清明。

俾　隆　魔鬼往往化装成光明的天使引诱世人。啊！我的爱人有两道黑色的修眉，因为她悲伤世人的愚痴，让涂染的假发以假乱真，她要向他们证明黑色的神奇。她的美艳转变了流行的风尚，因为脂粉的颜色已经混淆了天然的红白，自爱的女郎们都知道洗尽铅华，学着她把皮肤染成黝黑。

杜　曼　打扫烟囱的人也是学着她把煤烟涂满一身。

朗格朗　从此以后，炭坑夫都要得到俊美的名称。

国　王　非洲的黑人夸耀他们美丽的肤色。

杜　曼　黑暗不再需要灯烛，因为黑暗即是光明。

俾　隆　你们的爱人们永远不敢在雨中走路，她们就怕雨水洗去了脸上的脂粉。

国　王　我希望你的爱人不怕淋雨，让雨水把她的脸冲干净。

俾　隆　我要证明她的美貌，拼着舌敝唇焦，一直讲到世界末日的来临。

国　王　到那时候你就知道没有一个魔鬼不比她漂亮几分。

杜　曼　像你这样钟情丑妇的人真是世间少见。

朗格朗　瞧，这儿是你的爱人，（举鞋示俾隆）把她的脸多看两眼。

俾　隆　啊！要是把你的眼睛铺成道路，也会玷污了她的姗姗微步。

杜　曼　啊，好下流！要是她一迈步，满街眼睛都朝上看那会看见什么啊！

国　王　可是何必这样争论？我们不是大家都在恋爱吗？

俾　隆　一点不错，我们大家都毁了誓啦。

国　王　那么，不要作这种无聊的空谈。好俾隆，现在请你证明我们的恋爱是合法的。我们的信心并没有遭到损害。

杜　曼　对了，赞美赞美我们的罪恶。

朗格朗　啊！用一些充分的理由壮壮我们的胆，用一些巧妙的诡计把魔鬼轻轻骗过。

杜　曼　用一些娓娓动听的辩解减除我们叛誓的内疚。

俾　隆　啊，那是不必要的。好，那么，爱情的战士们，想一想你们最初发下的誓言，绝食、读书、不近女色，全然是对于绚烂的青春的重大的谋叛！你们能够绝食吗？你们的肠胃太娇嫩了，绝食会引起种种病症。你们虽然立誓发愤读书，要是你们已经抛弃了个人的一本最宝贵的书籍，你们还能在梦寐之中不废吟哦吗？因为除了一张女人的美丽的容颜以外，你，我的陛下，或是你，或是你，什么地方找得到学问的真正价值？从女人的眼睛里我得到这一个教训：它们是艺术的经典，知识的宝库，是它们燃起了智慧的神火。刻苦的钻研可以使活泼的心神变得迟钝，正像长途的跋涉消耗旅人的精力。你们不看女人的脸，不但放弃了眼睛的天赋的功用，而且根本违背你们立誓求学的原意。因为世上哪一个著作家能够像一个女人的眼睛一般把如许的美丽启示读者？学问是我们随身的财产，我们自己在什么地方，我们的学问也跟着我们在一起。那么当我们在女人的眼睛里看见我们自己的时候，我们不是也可以看到它里边存在着我们的学问吗？啊！朋友们，我们发誓读书，同时却抛弃了我们的书本。因为在你们钝拙的思索之中，您，我的陛下，或是你，或是你，几曾歌咏出像美人的慧眼所激发你们的那种火一般热烈的诗句？一切沉闷的学术都局限于脑海之中，它们因为缺少活动，费了极大的艰苦还是绝无收获。可是从一个女人的眼睛里学会了恋爱，却不会禁闭在方寸的心田，它会随着全身的血液，像思想一般迅速地通过五官四肢，使每一个器官发挥出双倍的效能。它使眼睛增加一重明亮，恋人眼中的光芒可以使猛鹰炫目；恋人的耳朵听得出最微细的声音，任何鬼祟的奸谋都逃不过他的知觉；恋人的感觉比戴壳蜗牛的触角还要微妙灵敏；恋人的舌头使善于辨味的巴克科斯显得迟钝。讲到勇力，爱情不是像赫拉克勒斯一般，永远爬到女孩子家园子的树上摘取金苹果吗？像斯芬克司一般狡狳；像那以阿波罗的金发为弦的天琴一般和谐悦耳。当爱情发言的时候，就像诸神的合唱，使整个的天界陶醉于仙乐之中。诗人不敢提笔抒写他的诗篇，除非他的墨水里调和着爱情的叹息。啊！那时候他的诗句就会感动野蛮的猛兽，激发暴君的天良。从女人的眼睛里我得到这一个教训：它们永远闪耀着智慧的神火；它们是艺术的经典，知识的宝库，装饰、涵容、滋养着整个的世界；没有它们，一切都会失去它们的美妙。那么你们真是一群呆子，甘心把这些女人舍弃；你们谨守你们的誓约，就可以证明你们的痴愚。为了智慧，这一个众人喜爱的名词，为了爱情，这一个喜爱众人的名词，为了男人，一切女人的创造者，为了女人，没有她们便没有男人，让我们放弃我们的誓约，找到我们自己，否则我们就要为了谨守誓约而丧失了自己。这样的毁誓是为神明所容许的。因为慈悲的本身可以代替法律，谁能把爱情和慈悲一分为二？

国　王　那么凭着圣丘比特的名字，兵士们，上阵呀！

俾　隆　竖起你们的旗杆来，向她们冲锋吧，诸位大爷！把她们杀翻在地，来它一场混战！

朗格维　把这些巧妙的字句搁在一旁，老老实实谈一谈吧。我们要不要决定去向这些法国女郎们求爱？

国　王　是的，而且我们一定要达到目的。所以让我们商量商量用些什么方法娱乐她们。

俾　隆　第一，让我们从御苑里护送她们到她们的帐幕之内。然后，每一个人握着他的美貌的恋人的纤手回来。在下午我们要计划一些短时间内可以筹备起来的新奇的娱乐安慰她们。因为饮酒、跳舞和狂欢是恋爱的先驱，是它们把缤纷的花朵铺成一道康衢。

国　王　去，去！我们现在必须利用每一秒钟的时间。

俾　隆　去，去！

种下莠草哪能收起佳禾？
那昭昭的天道从不会有私心，
轻狂的娘儿嫁给背信的丈夫，
是顽铜怎么换得到美玉精金？（同下）

# 第五幕

## 第一场 那瓦王御苑

学究霍罗福尼斯、纳森聂尔及德尔上。

霍罗福尼斯 已而者，已而而已矣。

纳森聂尔 先生，我为您赞美上帝。您在宴席上这一番议论，的确是犀利隽永，风趣而不俚俗，机智而不做作，大胆而不轻率，渊博而不固执，新奇而不乖僻。我前天跟一个王上手下的人谈话，他的雅篆，他的尊号，他的大名是唐·阿德里安诺·德·亚马多。

霍罗福尼斯 后生小子，何足道哉！这个人秉性傲慢，出言武断，满口虚文，目空一世，高视阔步，旁若无人，可谓狂妄之尤。他太拘泥不化，太矫揉造作，太古怪，也可以说太不近人情了。

纳森聂尔 一个非常确切而巧妙的断语。（取出笔记簿）

霍罗福尼斯 他从贫弱的论据中间抽出他的琐碎而繁缛的言辞。我痛恨这种荒唐的妄人，这种乖僻而苛刻的家伙，这种破坏文字的罪人，明明是 doubt，他却说是 dout；明明是 debt，d—e—b—t，他偏要读做 d，e，t，det；他把 calf 读成了 cauf，half 读成了 hauf；neighbour 变成 nebour，neigh 的音缩做了 ne。这简直是 abhominable，可是叫他说起来又是 abominable 了。此类谬误之读音，闻之殆于令人痫发；足下其知之乎？所谓痫发者，即发疯之谓也。

纳森聂尔 赞美上帝，真乃打开茅塞。

霍罗福尼斯 打开？该是“顿开”。遣词欠佳，尚可，尚可。

亚马多、毛子及考斯塔德上。

纳森聂尔 来者其谁耶？

霍罗福尼斯 此固余所乐见者也。

亚马多 （向毛子）崽子！

霍罗福尼斯 不曰小子，而曰崽子，何哉？

亚马多 两位文士，幸会了。

霍罗福尼斯　最英勇的骑士，敬礼。

毛　子　（向考斯塔德旁白）他们刚从一场文字的盛宴上，偷了些吃剩的肉皮鱼骨回来。

考斯塔德　啊！他们一向是靠着咬文嚼字生活的。我奇怪你家主人没有把你当作一个字吞了下去，因为你从头到脚，还没有 honorificabilitudinitatibus 这一个字那么长；把你吞下去，一点儿不费事。

毛　子　静些！钟声敲起来了。

亚马多　（向霍罗福尼斯）先生，你不是有学问的吗？

毛　子　是的，是的；他会教孩子们认字呢。请问把 a 和 b 颠倒拼起来，头上再加一只角，是个什么字？

霍罗福尼斯　孺子听之，这是一个 Ba 字，多了一只角。

毛　子　Ba，好一只出角的蠢羊。你们听听他的学问。

霍罗福尼斯　谁，谁，你说哪一个，你这没有母音的子音？

毛　子　你自己说起来，是五个母音中间的第三个；要是我说起来，就是第五个。

霍罗福尼斯　让我说说看，a，e，i，I 就是我。

毛　子　对了，你就是那头羊；让我接下去，o，u，You 就是你，那只羊还是你。

亚马多　凭着地中海里滚滚的波涛起誓，好巧妙的讽刺，好敏捷的才智！爽快，干脆，一剑就刺中了要害！它欣慰了我的心灵；真是一个小机灵鬼。

毛　子　我是小机灵鬼，那有人就是老黄牛了。

霍罗福尼斯　此话怎讲？

毛　子　又老又慢。

霍罗福尼斯　真是乳臭未干，去抽你的陀螺玩吧。

毛　子　把你的角借我当陀螺吧，我准保把你抽得滴溜溜转。牛角陀螺，真棒！要是我在这世上一共只剩了一个便士，我也要把它送给你买姜饼吃。拿去，这是你的主人给我的酬劳，你这智慧的小钱囊，你这伶俐的鸽蛋。啊！要是上天愿意让你做我的私生子，你将要使我成为一个多么快乐的爸爸！好，你正像人家说的，连屁股尖上都是聪明的。

霍罗福尼斯　哎哟！这是什么话？应该说手指尖上，他说成屁股尖上啦。

亚马多　学士先生，请了，我们不必理会那些无知无识的人。你不是在山顶上的那所学校里教授青年的吗？

霍罗福尼斯 亦即巅峰。

亚马多 山顶或巅峰，悉听尊便。

霍罗福尼斯 正是。

亚马多 先生，王上已经宣布他的最圣明的意旨，要在这一个白昼的尾间，那就是粗俗的群众所称为下午的，到公主的帐幕里访问佳宾。

霍罗福尼斯 最高贵的先生，用白昼的尾间代替下午，果然是再合适、确切、恰当不过的了。真的，先生，这一个名词拣选得非常佳妙。

亚马多 先生，王上是一位高贵的绅士，不瞒你说，他是我的至交，很好的朋友。讲到我们两人之间的交情，那可以不用提了。不必多礼，请戴上你的帽子吧。还有其他许多军机要事，可是那都不用提了。因为我必须告诉你，王上陛下往往靠在我的卑贱的肩上，用他的御指玩弄我的废物，我的胡子；可是好人，那可不用提了。我可以发誓我说的不是假话，他老人家曾经把特殊的恩宠赏给亚马多，一个军人，一个见过世面的旅行者，可是那也不用提了。一切的一切是这样的，可是好人儿，我要请你保守秘密，王上的意思，要我在那公主面前，可爱的小东西！表演一些有趣的节目，一些玩意儿，一些热闹的花样，一些滑稽的戏剧，或是一些焰火。我因为知道你跟牧师先生两位对于这种寻开心的事情是很来得的，所以特来跟你们商量商量，请你们帮帮我的忙。霍罗福尼斯先生，您可以在她面前表演九大伟人。纳森聂尔牧师，我们奉王上的命令，承这位最倜傥贵显而博学的绅士的嘱托，略效微劳，在这一个白昼的尾间，表演一些应时的娱乐于公主之前，照我说起来，没有比扮演九大伟人的事迹更适当的了。

纳森聂尔 您在什么地方可以找得到胜任愉快的人来扮演他们呢？

霍罗福尼斯 您自己扮约书亚，我自己或是这位倜傥的绅士扮犹大·麦卡俾斯，这乡下人手脚粗大，可以充庞贝大王，这童儿就叫他扮赫拉克勒斯。

亚马多 对不起，先生，你错了。他还没有那位伟人的拇指那么大，他的棍子的一头也要比他粗一些。

霍罗福尼斯 你们愿意听我说吗？他可以扮演幼年的赫拉克勒斯，上场下场都在绞弄一条蛇，我还可以预备一段话向观众解释。

毛 子 妙极了的设计！这样要是观众中间有人喝倒彩，你就可以嚷，“好呀，赫拉克勒斯！你把蛇勒死了！”这样就可以把错处遮掩过去，虽然没有什么人会有这么厚的脸皮。

亚马多　还有那五位伟人呢?

霍罗福尼斯　我一个人可以扮演三个。

毛　子　三重的伟人!

亚马多　我可以告诉你们一句话吗?

霍罗福尼斯　我们愿意洗耳恭听。

亚马多　伟人要是扮不成功，我们可以演一出滑稽戏。请你们跟我来。

霍罗福尼斯　来，德尔好伙计!你直到现在，还没有说过一句话哩。

德　尔　而且我一句话也没有听懂，先生。

霍罗福尼斯　来!我们也要叫你做些事情。

德　尔　我可以跟着人家跳跳舞，或者替伟人们打打小鼓，让别人去跳舞。

霍罗福尼斯　最笨的老实的德尔，来，我们去准备我们的玩意儿吧!(同下)

## 第二场　同前那瓦王御苑公主帐幕前

公主、玛莉娅、凯瑟琳、罗瑟琳同上。

公　主　好人们，要是每天有这么多的礼物源源而来，我们在回国以前，一定可以变成巨富了。一个被金刚钻包围的女郎!瞧这位多情的国王给我些什么东西。

罗瑟琳　公主，没有别的东西跟着它一起送来吗?

公　主　没有别的东西!怎么没有?他用塞满了爱情的诗句密密地写在一张纸的两面，连边上都不留出一点空白，他恨不得用丘比特的名字把它封起来呢。

罗瑟琳　只有这样这位小神仙才能长大，他已经做了五千年的孩子了。

凯瑟琳　嗯，他也是个倒霉的催命鬼。

罗瑟琳　你再也不会跟他要好，因为他杀死了你的姐姐。

凯瑟琳　他使她悲哀忧闷，她就是这样死的。要是她也像你一样轻狂，有你这样一副风流活泼的性情，她也许会做了祖母才死。你大概有做祖母的一天，因为无忧无虑的人是容易长命的。

罗瑟琳　小耗子，你言语这样轻浮，是何居心?

凯瑟琳　我是说黑美人绝不会性子稳。

罗瑟琳　你的黑心肠我一时还看不清。

凯瑟琳　你要是动了气就更看不清，所以我还是点到为止，干脆让你两眼一抹黑。

罗瑟琳　你就是爱黑灯瞎火干事。

凯瑟琳　你不用黑灯瞎火地干，你生来轻狂样。

罗瑟琳　我的身材就是很轻盈，你那一身肥肉我可不想称。

凯瑟琳　你不想称？那是因为你对我不上心。

罗瑟琳　说得好！“没救的事别上心。”

公　主　两张利嘴，真个是针尖对麦芒。可是罗瑟琳，你不是也收到一件礼物吗？是谁送来的？是什么东西？

罗瑟琳　我希望您知道，只要我的脸庞也像您一样娇艳，我也可以收到像您的一样贵重的礼物，瞧这个吧。嘿，我也有一首诗呢，谢谢俾隆，那音律倒是毫无错误，要是那诗句也没有说错，我就是地上最美的女神，他把我跟两万个美人比较。啊！他在这信里还替我描下一幅小像哩。

公　主　像不像呢？

罗瑟琳　字写得倒还漂亮，可惜内容华而不实。

公　主　就是说和墨水一样漂亮，这倒有几分像咧！

凯瑟琳　一准是一手黑墩墩的正楷。

罗瑟琳　嘿，听好了，怎么就不能是五彩丹青笔！瞧你那张大圆脸不像日历上的红礼拜天？你那头发不像招牌上明晃晃的金字？可惜你那一脸雀斑让人想起花柳病！

凯瑟琳　这种玩笑就是天龙！会把所有的悍妇都染上！

公　主　（向凯瑟琳）可是漂亮的杜曼送给你什么东西？

凯瑟琳　公主，他给我这一只手套。

公　主　他没有送你一双吗？

凯瑟琳　是的，公主，而且他还写了一千行表明他爱情忠实的诗句，全然是一大堆假惺惺的废话，非但拙劣不堪，而且无聊透顶。

玛莉娅　这个，还有这些珍珠，都是朗格朗送给我的，他的信写得足足有半里路长。

公　主　我完全同意。你心里不是希望这项链再长一些、这信再短一些吗？

玛莉娅　正是，否则愿我这双手合拢了再也分不开来。

公　主　我们都是聪明的女孩子，才会这样讥笑我们的爱人。

罗瑟琳　他们都是蠢透的傻瓜，才会出了这样的代价来买我们的讥笑。我要在我未去以前，把那个俾隆大大折磨一下。啊，要是我知道他在一星期内就会落下情网！我一定要叫他摇尾乞怜，殷勤求爱。叫他静候时机，耐心等待。叫他呕尽才华，写下无聊的诗句。叫他奉命驱驰，甘受诸般的辛苦。我尽管冷嘲热骂，他却是受宠若惊。他做了我手中玩物，我变成他司命灾星。

公　主　聪明人变成了痴愚，是一条最容易上钩的游鱼。因为他凭恃才高学广，看不见自己的狂妄。

罗瑟琳　中年人动了春心，比年轻的更要一发难禁。

玛莉娅　愚人的蠢事算不得稀奇，聪明人的蠢事才叫人笑痛肚皮。因为他用全副的本领证明他自己的愚笨。

鲍益上。

公　主　鲍益来了，他满脸都是高兴。

鲍　益　啊！我笑死了。公主殿下呢？

公　主　你有什么消息，鲍益？

鲍　益　预备，公主，预备！武装起来，姑娘们，武装起来！大队人马要来破坏你们的和平了。爱情用说辞做它的武器，乔装改扮，要来袭击你们了。集合你们的智慧，布置你们的防御。否则像懦夫一样缩紧了头，赶快逃走吧。

公　主　圣丘比特呀！那些用语言来向我们挑战的是什么人？说，探子，说。

鲍　益　在一株枫树的凉荫之下，我正想睡它半点钟的时间，忽然在树荫的对面，我看见了国王和他的一群同伴；我就小小心心地溜进了一丛附近的树林里，听听他们说些什么话；原来他们打算过一会儿就要化了装到这儿来呢。他们的先驱是一个刁钻伶俐的童儿，他已经背熟了他们叫他传达的使命。他们就在那边教他动作的姿势和说话的声调：“你必须这样说，你的身体必须站得这个样子。”他们又怕他当着贵人的面前会吓得说不出话来。“因为，”那国王说，“你将要看见一位天使，可是不用害怕，尽管放大胆子说，”那孩子却回答说，“天使又不是妖精；倘然她是一个魔鬼，我才应该怕她。”大家听了这句话，都笑起来，拍他的肩膀，那大胆的小油嘴得到他们的夸奖，便格外大胆了。一个高兴地掀着他的肘子，咧开了嘴，发誓说从来没有人说过一句比这更俏皮的话，一个翘起了手指嚷着“嘿！不管结果如何，我们一定要干一下”。一个边跳边嚷“一切顺利”。还有一个踮起脚趾旋了个身，一跤跌在地上。于是大家全都在地上打起滚来，疯了似的笑个不停，笑得连眼泪都淌下来了。

公　主　可是，可是，他们要来访问我们吗？

鲍　益　是的，是的。照我猜想起来，他们都要扮成俄罗斯人的样子。他们的目的是谈情求爱和跳舞；凭着他们赠送的礼物，认明个人恋爱的对象，倾吐自己倾慕的忠诚。

公　主　他们想要这样吗？我们倒要把这些情人们捉弄一下。姑娘们，我们每个人都要套上脸罩，无论他们怎样请求，我们都不让他们瞧见我们的脸。拿着，罗瑟琳，你把这一件礼物佩在身上，国王就会把你当作他心爱的人。你把这拿了去，我的好人，再把你的给我，俾隆就会把我当作罗瑟琳了。你们两人也个人交换了礼物，让你们的情人认错了求爱的对象。

罗瑟琳　那么，大家把礼物佩戴在最注目的地方。

凯瑟琳　可是这样交换了，您有什么目的呢？

公　主　我的目的就是要使他们不能达到目的。他们的用意不过是向我们开开玩笑，所以我们也要开开他们的玩笑。他们现在向认错了的爱人吐露心曲，下回我们用本来面目和他们相见的时候，便可以把他们尽情奚落。

罗瑟琳　可是假如他们要求我们跳舞，我们要不要陪他们跳呢？

公　主　不，我们死也不动一步。我们也不要理会他们预先写就的说辞，当他们开口的时候，个人都把脸扭转去。

鲍　益　哎哟，说话的人遭到了这样的冷淡，一定会伤心得忘记了他的词句。

公　主　那正是我的用意所在，我相信只要一个人讨了没趣，别人都会失去了勇气。最有意味的戏谑是以谑攻谑，让那存心侮弄的自取其辱。且看他们撞了一鼻子灰，乘兴而来，败兴而归。（内吹喇叭声）

鲍　益　喇叭响了，戴上脸罩，跳舞的人来啦。（众女戴脸罩）

众乐工扮黑人，毛子持朗诵词前行，国王、俾隆、朗格朗及杜曼各扮俄罗斯人戴面具上。

毛　子　万福，地上最富丽的美人们！

鲍　益　最美丽的黑面具。

毛　子　最娇艳的女郎的神圣之群，（众女转背）你们曼妙的——背影——为世人所瞻仰！

俾　隆　“你们曼妙的容华”，浑蛋，“你们曼妙的容华”。

毛　子　你们曼妙的容华为世人所瞻仰！天——

鲍　益　哭天抢地也没用。

毛　子　天仙们啊，愿你们大发慈悲，闭上你们——

俾　隆　“睁开你们——”浑蛋！

毛　子　睁开你们阳光普照的眼睛——阳光普照的眼睛——

鲍　益　这样形容她们完全不对。应该说：“黑夜笼罩的眼睛。”

毛　子　她们睬也不睬我，我念不下去了。

俾　隆　这就是你的好记性吗？滚开，你这浑蛋！（毛子下）

罗瑟琳　这些异邦人到这儿来有什么事？鲍益，你去问问他们，要是他们会讲我们的语言，就叫他们举出一个老老实实的人来说明他们的来意。你去问吧。

鲍　益　你们来见公主有什么事？

俾　隆　我们唯一的愿望，只是和平而善意的晋谒。

罗瑟琳　他们说他们有什么事？

鲍　益　他们唯一的愿望，只是和平而善意的晋谒。

罗瑟琳　那么他们已经谒见过了，叫他们走吧。

鲍　益　公主说，你们已经谒见过了，叫你们走吧。

国　王　对她说，我们为了希望在这草坪上和她跳一次舞，已经跋涉山川，用我们的脚步丈量了不少的路程。

鲍　益　他们说，他们为了希望在这草坪上和您跳一次舞，已经跋涉山川，用他们的脚步丈量了不少的路程。

罗瑟琳　没有的事。问他们一里路有多少寸，要是他们已经丈量过不少路程，一里路的吋数是很容易计算出来的。

鲍　益　要是你们迢迢来此，已经丈量过不少路程，公主问你们一里路有多少寸。

俾　隆　告诉她我们是用疲乏的脚步丈量的。

鲍　益　她已经听见了。

罗瑟琳　在你们所经过的许多疲乏的路程之中，走一里路需要多少疲乏的脚步？

俾　隆　我们从不计算我们为您所费的辛勤，我们的忠心是无限的富有，不能用数字估计的。愿您展现您脸上的阳光，让我们像一群野蛮人一样，可以向它顶礼膜拜。

罗瑟琳 我的脸不过是一个月亮，而且是遮着乌云的。

国 王 遮蔽着这样的明月，那乌云是幸福的！皎洁的明月，和你的灿烂的众星啊，愿你们扫去浮云，把你们的光明照射在我们的眼波之上。

罗瑟琳 愚妄的祈求者啊！你不要追寻镜里的空花、水中的明月，你应该请求一些更重要的事物。

国 王 那么请你陪我们跳一回舞。你叫我请求，这一个请求应该不算过分。

罗瑟琳 那么音乐，奏起来！你要跳舞必须赶快。（奏乐）不！不跳了！我正像月亮一般，一下子又有了更改。

国 王 您不愿跳舞吗？怎么又突然走开了？

罗瑟琳 你刚才看见的是满月，现在她已经变了。

国 王 可是她还是这一个月亮，我还是这一个人。音乐在奏着，请给它一些动作吧。

罗瑟琳 我们的耳朵在听着呢。

国 王 可是您必须提起您的腿来。

罗瑟琳 既然你们都是些异邦人，偶然来到这里，我们也不必过于拘谨。搀着我的手，我们不跳舞了。

国 王 那么为什么要搀手呢？

罗瑟琳 因为我们可以像朋友似的握手而别。好人们，行个礼，跳舞已经完了。

国 王 再跳两步吧，不要这样吝啬。

罗瑟琳 凭着这样的代价，我们不能满足你们超过限度的要求。

国 王 那么你们是有价格的吗？怎样的代价才可以买到你们伴舞的光荣？

罗瑟琳 唯一的代价是请你们离开这里。

国 王 那是永远不可能的。

罗瑟琳 那么我们是买不到的，再会！

国 王 要是您拒绝跳舞，让我们谈谈心怎么样？

罗瑟琳 那么找个僻静点儿的所在吧。

国 王 那好极了。（二人趋一旁谈话）

俾 隆 玉手纤纤的姑娘，让我跟你谈一句甜甜的话。

公　主　蜂蜜、牛乳、蔗糖，我已经说了三句了。

俾　隆　你既然这样俏皮，我也要回答你三句，百花露、麦芽汁、葡萄酒。好得很，我们个人都掷了个三点。现在是有六种甜啦。

公　主　第七种甜，再会吧。您既然是个无赖的赌徒，我不要再跟您玩啦。

俾　隆　让我悄悄地告诉你一句话。

公　主　可不要是句甜甜的话。

俾　隆　您让我肝胆俱裂啊！

公　主　原来是句胆汁一样的苦话。一点不错。（二人趋一旁谈话）

杜　曼　您愿意跟我交换一句话吗？

玛莉娅　说吧。

杜　曼　美貌的姑娘。

玛莉娅　您这样说吗？“漂亮的先生”；把这句话交换您的“美貌的姑娘”吧。

杜　曼　请您允许我跟您悄悄说句话，我就向您告辞。（二人趋一旁谈话）

凯瑟琳　怎么！您的假面上没有舌头吗？

朗格朗　姑娘，我知道您这样问我的原因。

凯瑟琳　啊！把您的原因说出来，快些，先生，我很想听一听呢。

朗格朗　在您的脸罩之内，您有两条舌头，所以要想借一条给我那不会说话的假面。

凯瑟琳　口条？荷兰人爱吃的口条？那不就是牛舌头吗？

朗格朗　牛！美人。

凯瑟琳　是牛先生。

朗格朗　这牛咱们就共享了吧。

凯瑟琳　我什么也不会同你共享。这牛你就全牵了去吧，养大了也许是条大公牛。

朗格朗　你这样顶撞我，简直就像一条牛。贞洁娴淑的女郎，你该不会在你夫君头上插上犄角吧？求你千万不要这样。

凯瑟琳　你这么怕头上长角，那最好在你还是一条牛犊子时就夭折了吧。

朗格朗　让我在未死以前，跟您悄悄儿说句话吧。

凯瑟琳　那么轻轻地叫吧，小牛儿；屠夫在听着呢。（二人趋一旁谈话）

鲍　益　姑娘们一张尖刻的利嘴，

就像无形的剃刀般锋锐，
任是最纤细的秋毫微末，
碰着它免不了迎刃而折；
她们的想象驾起了羽翼，
最快的风比不上它迅疾。

罗瑟琳 别再说下去了，我的姑娘们，停止，停止。

俾 隆 天哪，大家都被她们取笑得狼狈不堪！

国 王 再会，疯狂的姑娘们，你们真是稀有的刁钻。

公 主 二十个再会，我的冰冻的莫斯科人！（国王、众臣及扮黑人之乐工下）这些就是举世钦佩的聪明人吗？

鲍 益 他们的聪明不过是蜡烛的微光，被你们可爱的气息一吹就吹熄了。

罗瑟琳 他们都有一点小小的才情，可是粗俗不堪。

公 主 啊，贫乏的智慧！身为国王，受到这样无情地揶揄！你们想他们今晚会不会上吊？或者从此以后，不套假脸再也不敢见人？这放肆的俾隆今天丢尽了脸。

罗瑟琳 啊！他们全都狼狈万分。那国王因为想不出一句巧妙的答复，简直急得哭出来呢。

公 主 俾隆发了无数的誓；他越是发誓，人家越是不相信他。

玛莉娅 杜曼把他自己和他的剑呈献给我，愿意为我服役；我说："可惜你的剑是没有锋的。"我的仆人立刻闭住了嘴。

凯瑟琳 朗格朗大人说，我占据着他的心；你们猜他叫我什么？

公 主 是不是他的心病？

凯瑟琳 正是。

公 主 去，你这无药可治的恶症！

罗瑟琳 你们要不要知道？国王是我的信誓旦旦的爱人里。

公 主 伶俐的俾隆已经向我矢告他的忠诚。

凯瑟琳 朗格朗愿意终身供我的驱策。

玛莉娅 杜曼是我的，正像树皮长在树干上一般毫无疑问。

鲍 益 公主和各位可爱的姑娘们，听着，他们立刻就会用他们的本来面目再到这儿来，因为他们决不能忍受这样刻毒的侮辱。

公 主 他们还会回来吗？

鲍 益 他们会来的，他们会来的，上帝知道，虽然打跛了脚，他们也会高兴得跳起来。所以把你们的礼物各还原主，等他们回来的时候，像芬芳的蔷薇一般在薰风里开放吧。

公　主　怎么开放？怎么开放？说得明白一些。

鲍　益　美貌的姑娘们蒙着脸罩，是一朵朵含苞待放的蔷薇；卸下脸罩，露出她们娇媚的红颜，就像云中出现的天使，或是盈盈展瓣的鲜花。

公　主　不要说这种哑谜似的话！要是他们用他们的本来面目再来向我们求爱，我们应该怎么办呢？

罗瑟琳　好公主，他们改头换面地来，我们已经把他们取笑过了；要是您愿意采纳我的意见，他们明目张胆地来，我们还是要把他们取笑。让我们向他们诉苦，说是刚才来了一群傻瓜，装扮作俄罗斯人的样子，穿着不三不四的服饰，不知道究竟是些什么东西；他们凭着一股浅薄的腔调、一段恶劣的致辞和一副荒唐的形状，到我们帐里来显露他们的丑态，不知究竟有些什么目的。

鲍　益　姑娘们，进去吧，那些情人们就要来了。

公　主　像一群小鹿似的，跳进你们的帐里去吧。（公主及众侍女下）

国王及群臣各穿原服重上。

国　王　好先生，上帝保佑你！公主呢？

鲍　益　进帐去了。请问陛下有没有什么谕旨，要我向她传达？

国　王　请她允许我见见面，我有一句话要跟她谈谈。

鲍　益　遵命。我知道她一定会允许您的，陛下。（下）

俾　隆　这家伙惯爱拾人牙慧，就像鸽子啄食青豆，一碰到天赐的机会，就要卖弄他的伶牙俐齿。他是个智慧的稗贩，宴会里、集市上，到处向人兜卖；我们这些经营批发的，上帝知道，再也学不会他这一副油腔滑调。他是妇人的爱宠，娘儿们见了他都要牵裳挽袖；要是他做了亚当，夏娃免不了被他勾引。他会扭捏作态，他会吞吐其声；他会把她的手吻个不住，表示他礼貌的殷勤。他是文明的猴子，他是儒雅的绅士；他在赌博的时候，也不会用恶言怒骂他的骰子。对了，他还会唱，马马虎虎的中音嗓门。他还善于招待客人，礼数周到无人能比。“好人”是妇女们给他的名称；他走上楼梯，梯子也要吻他脚下的泥尘；他见了每一个人满脸生花，启开了那鲸骨一样洁白的齿牙；谁只要一提起鲍益的名字，都知道他是位舌头上涂蜜的绅士。

国　王　我咒他如簧巧舌上长满疔疮，就是他把亚马多的仆童奚落得前言不搭后语。

鲍益前导，公主、罗瑟琳、玛莉娅、凯瑟琳及侍从等重上。

俾　隆　瞧，他来了！礼貌啊，在这个人还没有把你表现出来以前，你是什么东西？现在你又是什么东西？

国　王　万福，亲爱的公主！祝您安康。

公　主　听起来你像在问候一个病人。

国　王　请不要曲解我的善意。

公　主　那就请陛下重新问候一下。

国　王　我们今天专诚拜访的目的，是要迎接你到我们宫廷里去盘桓盘桓，略尽地主之谊，愿你不要推辞。

公　主　这一块广场可以容留我，它也必须替您保全您的誓言，上帝和我都不喜欢背誓的人。

国　王　不要责备我，因为这不是我自己的过失，你的美目的魔力使我破坏了誓言。

公　主　美目可说错了，是恶目。因为美的东西不会引诱人背信弃义。凭着我那像一尘不染的莲花一般纯洁的处女的贞操起誓，即使我必须忍受无穷尽的磨难，我也不愿做您府上的客人。我不愿因为我的缘故，使您毁弃了立誓信守的神圣的盟约。

国　王　啊！你冷冷清清地住在这儿不让人家看见，也没有人来看你，实在使我感到莫大的歉疚。

公　主　不，陛下，我发誓您的话不符合事实；我们在这儿并不缺少消遣娱乐，刚才还有一队俄罗斯人来过，他们去得还不久哩。

国　王　怎么，公主！俄罗斯人？

公　主　是的，陛下，都是衣冠楚楚、神采轩昂、温文尔雅的风流人物。

罗瑟琳　公主，不要骗人。不是这样的，陛下，我家公主因为沾染了时尚，所以会作这样过分的赞美。我们四个人刚才的确碰见四个穿着俄罗斯装束的人，他们在这儿逗留了一小时的时间，啰里啰唆地讲了许多话。可是在那一小时之内，陛下，他们不曾让我们听到一句有意思的话。我不敢骂他们呆子，可是我想，当他们口渴的时候，呆子们一定很想喝一点水。

俾　隆　这一句笑话在我听起来很是干燥。温柔美貌的佳人，您的智慧使您把聪明看成了愚蠢。当我们仰望着天上的火眼的时候，无论我们自己的眼睛多么明亮，也会在耀目的金光之下失去它本来的光彩。您自己因为有了浩如烟海的才华，所以在您看起来，当然聪明也会变成愚蠢，富有也会变成贫乏啦。

罗瑟琳 这可以证明您是聪明而富有的，因为在我的眼中——

俾 隆 我是傻瓜，一个赤贫的傻瓜。

罗瑟琳 这个头衔倘不是本来属于您的，您就不该从我的舌头上夺去我的话。

俾 隆 啊！我是您的，我所有的一切也都是您的。

罗瑟琳 这一个傻瓜整个儿是属于我的吗？

俾 隆 我所给您的，不能更少于此了。

罗瑟琳 您本来套的是哪一张假面？

俾 隆 哪儿？什么时候？什么假面？您为什么问我这个问题？

罗瑟琳 当地，当时，就是那一张假面；您不是套着一具比您自己好看一些的脸壳，遮掩了一副比它更难看的尊容吗？

国 王 我们的秘密被她们发现了；她们现在一定要把我们取笑得体无完肤了。

杜 曼 我们还是招认了，把这回事情当作一场笑话过去了吧。

公 主 发呆了吗，陛下？陛下为什么这样不高兴？

罗瑟琳 哎哟，救命！按住他的额角！他要晕过去了。您为什么脸色发白？我想大概因为从莫斯科来，多受了些海上的风浪吧。

俾 隆 天上的星星因为我们发了伪誓，所以把这样的灾祸降在我们头上。哪一张铁铸的厚脸能够恬不知耻呢？姑娘，我站在这儿，把你的唇枪舌剑向我投射，用嘲笑把我伤害，用揶揄使我昏迷，用你锋锐的机智刺透我的愚昧，用你尖刻的思想把我寸寸解剖吧；我再也不穿着俄罗斯人的服装，希望你陪我跳舞了。啊！从此以后，我再也不信任那些预先拟就的说辞，像学童背书似的诉说我的情思；我再也不套着面具访问我的恋人，像盲师奏乐似的用诗句求婚。那些绢一般柔滑、绸一般细致的字句，三重的夸张、刻意雕琢的语言，还有那辞藻像一群下卵的苍蝇，让蛆一样的矜饰淹没了我的性灵，我从此要把这一切抛弃。凭着这洁白的手套，那手儿有多白，上帝知道！我发誓要用土布般坚韧的“是”，粗毡般质朴的“不”，把我恋慕的深情向你诉说。让我现在开始，姑娘，上帝保佑我！我对你的爱是完整的，没有一点残破。海枯石烂——

罗瑟琳 不要“海枯石烂”了，我求求你。

俾　隆　这是我积习未除。原谅我，我的病根太深了，必须把它慢慢除去。但是，且慢。给这三位打上“病危”的标记，他们都患上了心病，那是从你们的眼睛里染上的。几位先生虽是害上了病，可几位女士也并非安然无恙。瞧瞧你们佩戴的赠物，那难道不是病状？

公　主　送礼来的先生们看上去可是一无病态啊。

俾　隆　我们已经破产，请诸位小姐手下留情。

罗瑟琳　哪里。你们非要在这里讨还风流债，还要妄称输了本钱吗？

俾　隆　住口，我今后不再和你交战。

罗瑟琳　能这样最好，这正是我的心愿。

俾　隆　你们开言吧！我简直一筹莫展。

国　王　亲爱的公主，为了我们鲁莽的错误，指点我们一个巧妙的辩解吧。

公　主　坦白的供认是最好的辩解。您刚才不是改扮了到这儿来过的吗？

国　王　公主，是的。

公　主　您没有得到一番很好的教训吗？

国　王　我得到了，公主。

公　主　那时候您在您爱人的耳边轻轻地说过些什么来着？

国　王　我说我尊敬她甚于整个世界。

公　主　等到她要求您履行您对她的誓言的时候，您就要否认说过这样的话了。

国　王　凭着我的荣誉起誓，我决不否认。

公　主　且慢！且慢！不要随便发誓。一次背誓以后，什么誓都是靠不住的了。

国　王　我要是毁弃了这一个誓，你可以永远轻视我。

公　主　我要轻视您的，所以千万遵守着吧。罗瑟琳，那俄罗斯人在你的耳边轻轻地说过些什么来着？

罗瑟琳　公主，他发誓说他把我当作自己的瞳人一样珍爱，重视我甚于整个的世界。他还说他要娶我为妻，否则就要爱我而死。

公　主　上帝祝福你嫁到这样一位丈夫！这位高贵的君王是绝不食言的。

国　王　这是什么意思，公主？凭着我的生命和忠诚起誓，我从不曾向这位姑娘发过这样的盟誓。

罗瑟琳　苍天在上，您发过的。为了证明您的诚信，您还给我这一件东西。可是陛下，请您把它拿回去吧。

国　王　我把我的赤心和这东西一起献给公主，凭着她衣袖上佩带的宝石，我认明是她。

公　主　对不起，陛下，刚才佩带这宝石的是她呀。俾隆大人才是我的爱人，我得谢谢他。喂，俾隆大人，您还是要我呢，还是要我把您的珍珠还给您？

俾　隆　什么都不要，我全部放弃了。我懂得你们的诡计，你们预先知道了我们的把戏，有心捣乱，让它变成一本圣诞节的喜剧。哪一个鼓唇摇舌的家伙，哪一个逢迎献媚的佞人，哪一个无聊下贱的蠢物，哪一个搬弄是非的食客，哪一个侍候颜色的奴才，泄露了我们的计划。这些淑女们因为听到这样的消息，才把个人收到的礼物交换佩带，我们只知道认明标记，却不曾想到已经做了手脚。我们本来已经负上一重欺神背誓的罪名，现在又加上第二次的背誓。第一次是有意，这一次是无心。（向鲍益）看来都是你破坏了我们的兴致，使我们言而无信。你不是连我们公主的脚尺寸有多少长短也知道得清清楚楚，老是望着她的眼睛堆起了一脸笑容的吗？你不是常常靠着火炉，站在她的背后，手里捧了一盆食物，讲些逗人发笑的话吗？你把我们的侍童气得忘了词。好，你是个有特权的人，随你什么时候死，让一件女人的衬衫做你的殓衾吧。你把眼睛瞟着我吗？哼，你的眼睛就像一柄铅剑，伤不了人的。

鲍　益　这一场玩意儿安排得真好，怪有趣的。

俾　隆　听！他简直向我挑战。算了，我可不跟你斗嘴啦。

小丑考斯塔德上。

俾　隆　欢迎，纯粹的哲人！你来得正好，否则我们又要开始一场恶战了。

考斯塔德　主啊！先生，他们想要知道那三位伟人要不要就进来？

俾　隆　什么，只有三个吗？

考斯塔德　不，先生，好得很，因为每一个人都扮着三个哩。

俾　隆　三个的三倍是九个。

考斯塔德　不，先生，您错了，先生，我想不是这样。我们知道就知道，不知道就不知道。我希望，先生，三个的三倍——

俾　隆　不是九个。

考斯塔德　老爷，不怕您笑话，三乘三得几我们是知道的。

俾　隆　天哪，我一向总以为三个的三倍是九个。

考斯塔德　主啊，先生！您可不能靠着打算盘吃饭哩，先生。

俾　隆　那么究竟多少呀？

考斯塔德　主啊，先生！那班表演的人，先生，可以让您知道究竟一共有几个。讲到我自己，那么正像他们说的，我这个下贱的人，只好扮演一个。我扮的是庞贝大王，先生。

俾　隆　你也是一个伟人吗？

考斯塔德　他们以为我可以扮演庞贝大王，讲到我自己，我可不知道伟人是一个什么官衔，可是，他们要叫我扮演他。

俾　隆　去，叫他们预备起来。

考斯塔德　我们一定会演得好好的，先生，我们一定演得非常小心。（下）

国　王　俾隆，他们一定会丢尽我们的脸；叫他们不要来吧。

俾　隆　我们的脸已经丢尽了，陛下，还怕什么？让他们表演一幕比国王和他的同伴们所表演的更拙劣的戏剧，也可以遮遮我们的羞。

国　王　我说不要叫他们来。

公　主　不，我的好陛下，这一回让我做主吧。最有趣的游戏是看一群手足无措的人表演一些他们自己也不明白的玩意儿。他们拼命卖力，想讨人家的欢喜，结果却在过分卖力之中失去了原来的意义。虽然他们糟蹋了大好的材料，他们那慌张的姿态却很可以博人一笑。

俾　隆　陛下，这几句话把我们的游戏形容得确切之至。

吹牛的亚马多上。

亚马多　天命的君王，我请求你略微吐出一些芳香的御气，赐给我一两句尊严的圣语。（亚马多与国王谈话，以一纸呈国王）

公　主　这个人是敬奉上帝的吗？

饵　隆　您为什么问这个问题？

公　主　他讲的话不像是一个上帝造下的人所说的。

亚马多　那都一样，我的美好的、可爱的、蜜一般甜的王上。因为我要声明一句，那教书先生是太乖僻，太自负，太自负了。可是我们只好像人家说的，胜败各凭天命。愿你们心灵安静，最尊贵的一双！（下）

国　王　看来要有一场很出色的伟人表演哩。他扮演的是特洛亚的赫克托，那乡人扮庞贝大王，教区牧师扮亚历山大，亚马多的童儿扮赫拉克勒斯，那村学究扮犹大·麦卡俾斯；要是这四位伟人在第一场表演中得到成功，他们就要改换服装，再来表演其余的五个。

俾　隆　在第一场里有五个伟人。

国　王　你弄错了，不是五个。

俾　隆　一个学究，一个吹牛骑士，一个穷酸牧师，一个傻瓜，一个孩子，除了掷骰子能撞到相同的五个点，全世界再也找不出这样五个活宝。要是我们对于初次登场的人不要责望过奢，那么全世界也找不出同样的五个人来。

国　王　船已经扯起帆，乘风而来了。

考斯塔德扮庞贝重上。

考斯塔德　我是庞贝。

鲍　益　胡说，你不是他。

考斯塔德　我是庞贝。

鲍　益　扛着盾牌满地爬。

俾　隆　说得好，真是一张刀子嘴，咱们和好啦。

考斯塔德　我是庞贝，人称庞贝老大。

杜　曼　“大王”。

考斯塔德　是“庞贝大王”，先生。

在战场上挺起盾牌，杀得敌人流浆；
这回沿着海岸旅行，偶然经过贵邦，
放下武器，敬礼法兰西的可爱姑娘。

公主小姐要是说一声“谢谢你，庞贝”，我就可以下场了。

公　主　多谢多谢，伟大的庞贝。

考斯塔德　这不算什么，但愿我没闹笑话。我就是把“大王”念错了。

俾　隆　我把我的帽子跟别人打赌半便士，庞贝是最好的伟人。

纳森聂尔穿甲胄扮亚历山大上。

纳森聂尔

当我在世之日，我是世界的主人；
东西南北四方传布征服的威名，
我的盾牌证明我就是亚历山大。

鲍　益　你的鼻子说不，你不是，因为它太直了。

俾　隆　你的鼻子也会嗅出个“不”字来，真是一位嗅觉灵敏的骑士。

公　主　这位征服者在发怒了。说下去，好亚历山大。

纳森聂尔　当我在世之日，我是世界的主人。

鲍　益　不错，对的；你是世界的主人，亚历山大。

俾　隆　庞贝大王！

考斯塔德　您的仆人考斯塔德在此。

俾　隆　把这征服者，把这亚历山大摔下去。

考斯塔德　（向纳森聂尔）啊！先生，您丧尽了亚历山大的威风！从此以后，人家要把您的尊容从画布上擦掉，把您那衔着斧头坐在便桶上的狮子送给埃阿斯；他将要坐第九把伟人的交椅了。一个盖世的英雄，吓得不敢说话！赶快溜走吧，亚历山大，别丢脸啦！（纳森聂尔退下）各位看吧，一个又笨又和善的人。一个老实的家伙，你们瞧，一下子就会着慌！他是个很好的邻居，凭良心说，而且滚得一手好球，可是叫他扮亚历山大，唉，你们都看见的，实在有点儿不配。可是还有几个伟人就要来啦，他们会用另外一种样式说出他们的心思来的。

公　主　站开，好庞贝。

霍罗福尼斯穿甲胄扮犹大；毛子穿甲胄扮赫剌克勒斯上。

霍罗福尼斯

这小女鬼扮的是赫拉克勒斯，
　他一棍打死三个头的疯狗；
他在儿童孩稚像只小虾米之时，
　多少蛇死于他的铁腕。
由于他年幼无知，
我先来做一番交代，
现在请看他幼年的英雄气概。

（旁白）放出一些威势来，下去。（毛子退下）

我是犹大！

杜　曼　一个犹大！

霍罗福尼斯　不是犹大·伊斯凯里奥特，先生。

我是犹大，姓麦卡俾斯！

俾　隆　怎么样，我不是说了，你正是那当面亲吻，背后出卖基督的犹大。

霍罗福尼斯　我是犹大！

杜　曼　不要脸的犹大！

霍罗福尼斯　您是什么意思，先生？

鲍　益　他的意思是要叫你去上吊。

霍罗福尼斯　您先带个头，谁叫您是这儿的老大。

俾　隆　还是您先，老大再大也大不过犹大。

霍罗福尼斯　你们不能这样不给我一点面子。

俾　隆　因为你是没有面子的。

霍罗福尼斯　这是什么？

鲍　益　一个琵琶头。

杜　曼　一个针孔。

俾　隆　一个指环上的骷髅。

朗格朗　一张模糊不清的罗马古钱上的面孔。

鲍　益　恺撒的剑柄。

杜　曼　水瓶上的骨雕人面。

俾　隆　别针上半面的圣乔治。

杜　曼　嗯，这别针还是铅的。

俾　隆　嗯，插在一个拔牙齿人的帽子上。现在说下去吧，因为我们已经给你许多面子了。

霍罗福尼斯　你们叫我丢尽了面子。

俾　隆　胡说，我们给了你好几张面子。

霍罗福尼斯　可你们又羞红了所有的面子。

俾　隆　谁叫你是伊索寓言里那只假扮狮子的驴子，你要是只真狮子我们一定给足你面子。

鲍　益　可是既然是只驴子，还是叫他走。再见，犹大。怎么，你还等什么？

杜　曼　等吆喝呢。

俾　隆　怎么？还非得叫他一声犹大驴？那好，听好了，犹大驴！哦，哦，快挪蹄子！

霍罗福尼斯　这太刻薄、太欺负人、太不客气啦。

鲍　益　替犹大先生拿一个火来！天黑下来了，他也许会跌跤。

公　主　唉，可怜的麦卡俾斯！他给你们捉弄得好苦！

小亚马多披甲胄扮赫克托重上。

俾　隆　藏好你的头，阿喀琉斯，赫克托全身甲胄来了。

杜　曼　虽然嘲笑别人常常伤了自己，但眼下我要先找一个乐。

国　王　跟这个人一比，赫克托不过是一个凡夫俗子。

鲍　益　可是这是赫克托吗？

国　王　我想赫克托不会有这样好的身材。

朗格朗　赫克托的小腿不会有这么粗。

杜　曼　确实很粗。

鲍　益　一双脚脖子尤其矫健，逃起来一定是脚底生风。

俾　隆　这个人绝不是赫克托。

杜　曼　他不是一个天神，就是一个画师，因为他会制造千变万化的脸。

亚马多　玛斯，那长枪万能的无敌战神，赐予赫克托……

杜　曼　一颗镀金的豆蔻。

俾　隆　一只柠檬。

朗格朗　里头塞着丁香。

杜　曼　不，塞着茴香。

亚马多　不要吵！

玛斯，那长枪万能的无敌战神，
赐予赫克托，伊里恩的后人，
无限的勇力，
使他百战不怠，从清晨到黄昏。
我就是那战士之花。

杜　曼　那薄荷花。

朗格朗　那白鸽花。

亚马多　亲爱的朗格朗大人，请你把你的舌头收一收。

朗格朗　我该放一放缰绳才是，好让它冲向赫克托。

杜　曼　是啊，赫克托也是一条好猎狗。

亚马多　这位可爱的骑士久已死去烂掉了。好人们，不要敲死人的骨头。当他在世的时候，他也是一条汉子。可是我要继续念我的台词。（向公主）亲爱的公主，请你俯赐垂听。

公　主　说吧，勇敢的赫克托，我们很喜欢听着哩。

亚马多　我崇拜你的可爱的纤履。

鲍　益　只准在脚底下崇拜。

杜　曼　绝不许往上爬一寸。

亚马多　这赫克托压倒汉尼拔千百倍，她怀孕了？考斯塔德　她是怀上了；赫克托朋友，她已经怀了两个月的身孕了。

亚马多　你说什么？

考斯塔德　真的，您要是不做一个老老实实的特洛亚人，这可怜的丫头就要从此完啦。她有了身孕，那孩子已经在她的肚子里说话了，它是您的。

亚马多　你要在这些君主贵人之前破坏我的名誉吗？我要叫你死。

考斯塔德　赫克托害杰奎妮妲有了身孕，本该抽一顿鞭子。要是他再犯了杀死庞贝的人命重案，绞刑是免不了的。

杜　曼　举世无双的庞贝！

鲍　益　闻名遐迩的庞贝！

俾　隆　比伟大更伟大，伟大的、伟大的、伟大的庞贝！庞大绝伦的庞贝！

杜　曼　赫克托发抖了。

俾　隆　庞贝也动怒了。打！打！叫他们打起来！叫他们打起来！

杜　曼　赫克托会向他挑战的。

俾　隆　嗯，即使他肚子里所有的男人的血，也喂不饱一只跳蚤。

亚马多　凭着北极起誓，我要向你挑战。

考斯塔德　我不知道什么北极不北极；我只知道拿起一柄剑就砍。请你让我再去借那身盔甲穿上。

杜　曼　伟人发怒了，让开！

考斯塔德　我就穿着衬衫跟你打。

杜　曼　最坚决的庞贝！

毛　子　主人，让我给您解开一个纽扣。您不看见庞贝已经脱下衣服，准备厮杀了吗？您是什么意思？您这样会毁了您的名誉的。

亚马多　各位先生和骑士，原谅我，我不愿穿着衬衫决斗。

杜　曼　你不能拒绝，庞贝已经向你挑战了。

亚马多　好人们，我可以拒绝，我必须拒绝。

俾　隆　你凭什么理由拒绝？

亚马多　赤裸裸的事实是，我没有衬衫。我因为忏悔罪孽，贴身只穿着一件羊毛的衣服。

鲍　益　真的，罗马因为缺少麻布，所以向教徒们下了这样的命令。自从那时候起，我可以发誓，他只有一方杰奎妮妲的手帕系在他的胸前，作为一件纪念的礼物。

法国使者马凯德上。

马凯德　上帝保佑您，公主！

公　主　欢迎，马凯德，可是你打断我们的兴致了。

马凯德　我很抱歉，公主，因为我给您带来了一个我所不愿意出口的消息。您的父王——

公　主　死了，一定是的！

马凯德　正是，我的话已经被您代说了。

俾　隆　各位伟人，大家去吧！这场面被愁云笼罩起来了。

亚马多　可是我，我却呼吸到了自由的空气。我已经窥见了自己的过失，我要像一个军人般弥补我的错误。（众伟人下）

国　王　公主安好吗？

公　主　鲍益，准备起来，我今天晚上就要动身。

国　王　公主，不；请你再少留几天。

公　主　我说，准备起来。殷勤的陛下和各位大人，我感谢你们一切善意的努力。我还要用我这一颗新遭惨变的心灵向你们请求，要是我们在语言之间有什么放肆失礼之处，愿你们运用广大的智慧，多多包涵我们的任性；是你们的宽容纵坏了我们。再会，陛下！一个人在悲哀之中，说不出娓娓动听的话。原谅我用这样菲薄的感谢，交换您的慷慨的允诺。

国　王　人生的种种目标，往往在最后关头达到了完成的境界。长期的艰辛所不能取得结果的，却会在紧急的一刹那间得到决定。虽然天伦的哀痛打断了爱情的温柔的礼仪，使它不敢提出那萦绕心头的神圣的请求，可是这一个论题既然已经开始，让悲伤的暗云不要压下它的心愿吧。因为欣幸获得新交的朋友，是比哀悼已故的亲人更为有益的。

公　主　我不懂您的意思，我的悲哀是双重的。

俾　隆　坦白直率的语言，最容易打动悲哀的耳朵，让我替王上解释他的意思。为了你们的缘故，我们蹉跎了大好的光阴，毁弃了神圣的誓言。你们的美貌，女郎们，使我们神魂颠倒，违反了我们本来的意志。恋爱是充满了各种失态的怪癖的，它会使我们表现出荒谬的举止，像孩子一般无赖、淘气而自大；它是产生在眼睛里的，因此它像眼睛一般，充满了无数迷离、变幻多端的形象，正像眼珠的转动反映着它所观看的事物一样。要是恋爱加于我们身上的这一种轻佻狂妄的外表，在你们天仙般的眼睛里看来，是不适宜于我们的誓言和身份的，那么你们必须知道，就是这些看到我们的缺点的天仙般的眼睛，使我们造成了这些缺点。所以，女郎们，我们的爱情既然是你们的，爱情所造成的错误也都是你们的。我们一度不忠于自己，从此以后，永远把我们的一片忠心，紧系在那能使我们变心也能使我们尽忠的人的身上。美貌的女郎们，我们要对你们永远忠实。凭着这一段耿耿的至诚，洗净我们叛誓的罪过。

公　主　我们已经收到你们充满了爱情的信札，并且拜领了你们的礼物，那些爱情的使节，在我们这几个少女的心目中看来，这一切不过是调情的游戏、风雅的玩笑和酬酢的虚文，有些夸张过火而适合时俗的习尚，可是我们却没有看到比这更挚诚的情感。所以我们才用你们自己的方式应付你们的爱情，只把它当作了一场玩笑。

杜　曼　公主，我们的信里并不只是一些开玩笑的话。

朗格维　我们的眼神里也流露着真诚的爱慕。

罗瑟琳　我们却不是这样解释。

国　王　现在在这最后一分钟的时间，把你们的爱给了我们吧。

公　主　我想这是一个太短促的时间，缔结这一注天长地久的买卖。不，不，陛下，您毁过太多的誓，您的罪孽太深重啦；所以请您听我说，要是您为了我的爱，愿意干无论什么事情。我知道这种情形是不会有的，您就得替我做这一件事：我不愿相信您所发的誓，你必须赶快找一处荒凉僻野的隐居的所在，远离一切人世的享乐，在那边安心住下，直到天上的列星终结了它们一岁的行程。要是这种严肃而孤寂的生活，改变不了您在一时热情冲动之中所作的提议；要是霜雪和饥饿、粗劣的居室和菲薄的衣服，摧残不了您的爱情的绚艳的花朵；它经过了这一番磨炼，并没有憔悴而枯萎；那么在一年终了的时候，您就可以来见我，凭着您已经实践以上条件，来向我提出要求。我现在和您握手为盟，那时候我一定愿意成为您的。在那时以前，我将要在一所惨淡凄凉的屋子里闭户幽居，为了纪念死去的父亲而流着悲伤的泪雨。要是这一个条件你不能接受，让我们从此分手；分明不是姻缘，要请您另寻佳偶。

国　王　倘若为了贪图身体的安乐，我拒绝了你这一番提议，愿死亡的魔手闭上我的双目！从今以往，我的心永远和你在一起。

俾　隆　你对我有什么话说，我的爱人？有什么话说？我能得到一个妻子吗？

罗瑟琳　你也必须洗涤你的罪恶，你的身上沾染着种种恶德，而且还负着叛誓的重罪，所以要是你希望得到我的好感，你必须在这一年之内，昼夜不休地服侍那些呻吟床榻的病人。

杜　曼　可是你对我有什么话说，我的爱人？有什么话说？

凯瑟琳　一把胡须、一个健康的身体、一颗正直的良心；我用三重的爱希望你有这三种东西。

杜　曼　啊！我可不可以说，谢谢你，温柔的妻子？

凯瑟琳　不，我的大人。在这一年之内，无论哪一个小白脸来向我求婚，我都一概不理睬他们。等你们的国王来看我们公主的时候，你也来看我。要是那时候我有很多的爱，我会给你一些的。

杜　曼　我一定对你恪尽忠诚，等候那一天的到来。

凯瑟琳　不要发誓了，免得再背誓。

朗格朗　玛莉娅怎么说？

玛莉娅　一年过去以后，我愿意为了一个忠心的朋友脱下我的黑衣。

朗格朗　我愿意耐心等候；可是这时间太长了。

玛莉娅　正像你自己；年轻轻的，个子却很长。

俾　隆　我的爱人在想些什么？姑娘，瞧着我吧。瞧我的心灵的窗户，我的眼睛，在多么谦恭而恳切地等候着你的答复，吩咐我为了你的爱干些什么事吧。

罗瑟琳　俾隆大人，我在没有认识你以前，就常常听到你的名字。世间的长舌妇说你是一个玩世不恭的人物，满嘴都是借题影射的讥讽和尖酸刻薄的嘲笑。无论贵贱贫富，只要触动了你的灵机，你都要把他们挖苦得不留余地。要是你希望得到我的爱，第一就得把这种可恶的习气从你的脑海之中根本除去。为了达到这一个目的，你必须在这一年的时期之内，不许有一天间断，去访问那些无言的病人，和那些痛苦呻吟的苦命人谈话。你的唯一的任务就是竭力运用你的才智，逗那受着疾病折磨的人们一笑。

俾　隆　在濒死者的喉间激起哄然的狂笑来吗？那可是办不到，绝对不可能的，谐谑不能感动一个痛苦的灵魂。

罗瑟琳　这是克服口头上的轻薄的唯一办法。自恃能言的弄臣，倘没有浅薄的听众随声哗笑，就只好收起他的如簧之舌。所以说，可笑不可笑取决于听者之耳，而非言者之舌。如其耳朵里充满了自己的呻吟惨叫的病人，能够忘却本身的痛苦，来听你的无聊的讥讽，那么继续把你的笑话说下去吧，我愿意连同你这一个缺点把你接受下来；可是如果他们没有那样的闲情听你说笑，那么还是赶快丢掉这种习气的好，我看见你这样勇于改过，一定会非常高兴的。

俾　隆　十二个月！好，不管命运怎样把人玩弄，我要把一岁光阴，三寸妙舌，在病榻之前葬送。

公　主　（向国王）是的，我的好陛下；我就此告别了。

国　王　不，公主，我们要送你一程。

俾　隆　我们的求婚结束得不像一本旧式的戏剧；有情人未成眷属，好好的喜剧缺少一幕团圆的场面。

国　王　算了，老兄，只要挨过一年就完了。

俾　隆　那么这本戏演得又太长了。

亚马多重上。

亚马多　亲爱的陛下，准许我——

公　主　这不是赫克托吗？

杜　曼　特洛亚的可尊敬的骑士。

亚马多　我要敬吻你的御指，然后向你告别。我已经许下愿心，向杰奎妮妲发誓，为了她的爱，我要帮助她耕种三年。可是，最可尊敬的陛下，你们要不要听听那两位有学问的人所写的赞美鸱鸮和杜鹃的一段对话？它本来是预备放在我们的表演以后歌唱的。

国　王　快叫他们来，我们倒要听听。

亚马多　喂！进来！

全体上。

亚马多　这一边是冬天，这一边是春天。鸱鸮代表冬天，杜鹃代表春天。春天，你先开始。

**春　之　歌**

当杂色的雏菊开遍牧场，
　蓝的紫罗兰，白的美人衫，
还有那杜鹃花吐蕾娇黄，
　描出了一片广大的欣欢；
听杜鹃在每一株树上叫，

把那娶了妻的男人讥笑：
　　　　咯咕！
咯咕！咯咕！啊，可怕的声音！
害得做丈夫的肉跳心惊。
当无愁的牧童口吹麦笛，
　清晨的云雀惊醒了农人，
斑鸠乌鸦都在觅侣求匹，
　女郎们漂洗夏季的衣裙；
听杜鹃在每一株树上叫，
把那娶了妻的男人讥笑：
　　　　咯咕！
咯咕！咯咕！啊，可怕的声音！
害得做丈夫的肉跳心惊。

## 冬之歌

当一条条冰柱檐前悬吊，
　汤姆把劈柴向屋内搬送，
牧童狄克呵着他的手指，
　挤来的牛乳凝结了一桶，
刺骨的寒气，泥泞的路途，
大眼睛的鸱鸮夜夜高呼：
　　　　哆呵！
哆呵！它歌唱着欢喜，
当油垢的琼转她的锅子。

当怒号的北风漫天吹响，
　咳嗽打断了牧师的箴言，
鸟雀们在雪里缩住颈项，
　玛莉恩冻得红肿了鼻尖，
炙烤的螃蟹在锅内吱喳，
大眼睛的鸱鸮夜夜喧哗：
　　　　哆呵！

哆喂，哆呵！它歌唱着欢喜，
当油垢的琼转她的锅子。

亚马多 听罢了阿波罗的歌声，麦鸠利的语言是粗糙的。你们向那边去；我们向这边去。（全体下）

# 皆大欢喜

## 剧中人物

公　爵　在放逐中
弗雷特里克　其弟，篡位者
阿米恩斯
杰克斯　}流亡公爵的从臣
勒·波　雷特德里克的侍臣
查尔斯　拳师
奥列佛
贾克斯
奥兰多　}罗兰·德·鲍埃爵士之子
亚　丹
丹尼斯　}奥列佛的仆人
试金石　小丑
奥列佛·马坦克斯特师傅　牧师
柯　林
西尔维斯　}牧人
威　廉　乡人，恋奥德蕾

扮许门者
罗瑟琳　流亡公爵之女
西莉霞　弗雷特里克之女
菲　琵　牧女
奥德蕾　村姑

众臣、侍童、林居人及侍从等

## 地　点

奥列佛宅旁庭园；篡位者的宫廷；亚登森林

# 第　一　幕

## 第一场　奥列佛宅旁园中

奥兰多及亚丹上。

奥兰多　亚丹，我记得遗嘱上只给了我区区一千块钱，而且正像你所说的，吩咐我的大哥把我好生教养，否则他就不能得到我父亲的祝福，我的不幸就这样开始了。他把我的二哥贾克斯送进学校，据说成绩很好。可是我呢，他却叫我像个村汉似的住在家里，或者再说得确切一点，把我当作牛马似的关在家里：你说像我这种身份的良家子弟，就可以像一头牛那样养着的吗？他的马匹也还比我养得好些。因为除了食料充足之外，还要对它们加以训练，因此用重金雇下了骑师。可是我，他的兄弟，却不曾在他手下得到一点好处，除了让我徒然地傻长，这是我跟他那些粪堆上的畜生一样要感激他的。他除了给我大量的乌有之外，还要剥夺去我固有的一点点天分。他叫我和佃工在一起生活，不把我当兄弟看待，尽力用这种教育来摧毁我的高贵的素质。这是使我伤心的缘故，亚丹。我觉得在我身体之内的我的父亲的精神已经因为受不住这种奴隶的生活而反抗起来了。我一定不能再忍受下去，虽然我还不曾想到怎样避免它的妥当的方法。

亚　丹　大爷，您的哥哥从那边来了。

奥兰多　走旁边去，亚丹，你就会听到他会怎样欺侮我。

奥列佛上。

奥列佛　嘿，少爷！你来做什么？

奥兰多　不做什么。我不曾学习过做什么。

奥列佛　那么你在作践些什么呢，少爷？

奥兰多　哼，大爷，我在帮您的忙，把一个上帝造下来的、您的可怜得没有用处的兄弟用游荡来作践着哩。

奥列佛　那么你给我做事去，别站在这儿吧，少爷。

奥兰多 我要去看守您的猪，跟它们一起吃糠吗？我浪费了什么了，才要受这种惩罚？

奥列佛 你知道你在什么地方吗，少爷？

奥兰多 噢，大爷，我知道得很清楚；我是在这儿，您的园子里。

奥列佛 你知道你是当着谁说话吗，少爷？

奥兰多 欧，我知道我面前这个人要比他知道我清楚得多。我知道你是我的大哥。但是说起高贵的血统，你也应该知道我是谁。按照世间的常礼，你的身份比我高些，因为你是长子。可是同样的礼法却不能取去我的血统，即使我们之间还有二十个兄弟。我的血液里有着跟你一样多的我们父亲的素质，虽然我承认你既出生在先，就应得到更多的尊敬。

奥列佛 什么？孩子！

奥兰多 算了吧，算了吧，大哥，你不用这样倚老卖老啊。

奥列佛 你要向我动起手来了吗，浑蛋？

奥兰多 我不是浑蛋，我是罗兰·德·鲍埃爵士的小儿子，他是我的父亲。谁敢说这样一位父亲会生下浑蛋儿子来的，才是个大浑蛋。你倘不是我的哥哥，我这只手一定不放松你的喉咙，直到我那另一只手拔出了你的舌头为止，因为你说了这样的话。你骂的是你自己。

亚 丹 （上前）好老爷们，别生气。看在去世老爷的脸上，大家和和气气的吧！

奥列佛 放开我！

奥兰多 等我高兴放你的时候再放你，你一定要听我说话，父亲在遗嘱上吩咐你好好教育我，你却把我培育成一个农夫，不让我具有或学习上流人士的本领。父亲的精神在我心中炽烈燃烧，我再也忍受不下去了。你得允许我去学习那种适合上流人身份的技艺。否则把父亲在遗嘱里指定给我的那笔小小数目的钱给我，也好让我去自寻生路。

奥列佛 等到那笔钱用完了，你便怎样？去做叫花子吗？哼，少爷，给我进去吧，别再跟我找麻烦了。你可以得到你所要的一部分。请你走吧。

奥兰多 我不愿过分冒犯你，除了为我自身的利益。

奥列佛 你跟着他去吧，你这老狗！

亚 丹 “老狗”便是您给我的谢意吗？一点不错，我服侍你已经服侍得牙齿都落光了。上帝和我的老爷同在！他是绝不会说出这种话来的。（奥兰多、亚丹。)

奥列佛　竟有这种事吗？你不服我管了吗？我要把你的傲气去掉，不给你那一千块钱。喂，丹尼斯！

丹尼斯上。

丹尼斯　大爷叫我吗？

奥列佛　公爵手下那个拳师查尔斯不是在这儿要跟我说话吗？

丹尼斯　禀大爷，他就在门口，要求见您哪。

奥列佛　叫他进来。(丹尼斯下)这是一个妙计，明天就是摔跤的日子。

查尔斯上。

查尔斯　早安，大爷！

奥列佛　查尔斯好朋友，新朝廷里有些什么新消息？

查尔斯　朝廷里没有什么消息，大爷，只有一些老消息，那就是说老公爵给他的弟弟新公爵放逐了。三四个忠心的大臣自愿跟着他，他们的地产收入都给新公爵没收了去，因此他巴不得他们一个个滚蛋。

奥列佛　你知道公爵的女儿罗瑟琳是不是也跟她的父亲一起放逐了？

查尔斯　啊，不，因为新公爵的女儿，她的族妹，自小便跟她在一个摇篮里长大，非常爱她，一定要跟她一同逃亡，否则便要寻死。所以她现在仍旧在宫里，她的叔父把她像自家女儿一样看待，从来不曾有两位小姐像她们这样要好的了。

奥列佛　老公爵预备住在什么地方呢？

查尔斯　据说他已经住在亚登森林了，有好多人跟着他，他们在那边过着昔日英国罗宾汉那样的生活。据说每天有许多年轻贵人投奔到他那儿去，逍遥自得地把时间消磨过去，像是置身在古昔的黄金时代里一样。

奥列佛　喂，你明天要在新公爵面前表演摔跤吗？

查尔斯　正是，大爷，我来就是要通知您一件事情。我得到了一个风声，大爷，说您的令弟奥兰多想要假扮了明天来跟我交手。明天这一场摔跤，大爷，是与我的名誉有关的；谁想不断一根骨头而安然出逃，必须好好留点儿神才行。令弟年纪太轻，顾念着咱们的交情，我不能下手把他打败。可是如果他一定要来，为了我自己的名誉起见，我却非得给他一点儿厉害不可。为此看在咱们的交情分上，我特地来通报您一声：您或者劝他打断了这个念头；或者请您不用为了他所将要遭到的羞辱而生气，这全然是他咎由自取，并非我的本意。

奥列佛　查尔斯，多谢你对我的好意，我一定会重重报答你的。我自己也已经注意到舍弟的意思，曾经用婉言劝阻过他，可是他执意不改。我告诉你，查尔斯，他是在全法国顶不可理喻的一个兄弟，野心勃勃，一见人家有什么好处，心里总是不服，而且老是在阴谋设计陷害我，他的同胞的兄长。一切悉听你的尊意吧，我巴不得你把他的头颈和手指一起扭断了呢。你得留心一些；要是你略微削了他一点面子，或者他不能大大地削你的面子，他就会用毒药毒死你，用奸谋陷害你，非把你的性命用卑鄙的手段除掉了才肯罢休。不瞒你说，我一说起也忍不住要流泪，在现在世界上没有比他更奸恶的年轻人了。因为他是我自己的兄弟，我不好怎样说他；假如我把他的真相完全告诉了你，那我一定要惭愧得痛哭流涕，你也要脸色发白，大吃一惊的。

查尔斯　我真幸运上您这儿来。假如他明天来，我一定要给他一顿教训。倘若不叫他瘸了腿，我以后再不跟人家摔跤赌锦标了。好，上帝保佑您大爷！（下）

奥列佛　再见，好查尔斯。现在我要去挑拨这位好勇斗狠的家伙了。我希望他送了命。我自己也不明白我为什么要那么恨他，说起来他很善良，从来不曾受过教育，然而却很有学问，充满了高贵的思想，无论哪一等人都爱戴他。真的，大家都是这样喜欢他，尤其是我自己手下的人，以致我倒给人家轻视起来。可是情形不会长久是这样的，这个拳师可以给我解决一切。现在我只消把那孩子激动前去就是了，我就去。（下）

## 第二场　公爵宫门前草地

罗瑟琳及西莉霞上。

西莉霞　罗瑟琳，我的好姐姐，请你快活些吧。

罗瑟琳　亲爱的西莉霞，我已经强作欢容，你还要我再快活一些吗？除非你能够教我怎样忘掉一个放逐的父亲，否则你总不能叫我想起有趣的事情的。

西莉霞　我看出你爱我的程度不及我爱你那样深。要是我的伯父，你的放逐的父亲，放逐了你的叔父，我的父亲，只要你仍旧跟我在一起，我可以爱你的父亲就像我自己的父亲一样。假如你爱我也像我爱你一样纯真，那么你也一定会这样的。

罗瑟琳　好，我愿意忘记我自己的处境，为了你而高兴起来。

西莉霞　你知道我父亲只有我一个孩子，看来也不见得会再有了，等他去世之后，你便可以继承他；因为凡是他用暴力从你父亲手里夺来的东西，我都要怀着爱心归还给你。凭着我的名誉起誓，我一定会这样。要是我背弃了誓言，让我变成个妖怪。所以，我的好罗瑟琳，我的亲爱的罗瑟琳，快活起来吧。

罗瑟琳　妹妹，从此以后我要高兴起来，想出一些消遣的法子。让我看，你想来一下子恋爱怎样？

西莉霞　好的，不妨作为消遣，可是不要认真爱起人来，而且玩笑也不要开得过度，羞答答地脸红了一下子就算了，不要弄到丢了脸摆脱不了。

罗瑟琳　那么，我们作什么消遣呢？

西莉霞　让我们坐下来嘲笑那位好管家太太命运之神，叫她羞得离开了纺车，免得她的赏赐老是不公平。

罗瑟琳　我希望我们能够这样做，因为她的恩典完全是滥给的。这位慷慨的瞎眼婆子在给女人赏赐的时候尤其是乱来。

西莉霞　一点不错，因为她给了美貌，就不给贞洁；给了贞洁，就只给丑陋的相貌。

罗瑟琳　不，现在你把命运的职务拉扯到造物身上去了；命运管理着人间的赏罚，可是管不了天生的相貌。

试金石上。

西莉霞　管不了吗？造物生下了一个美貌的人儿来，命运不会把她推到火里去从而毁坏她的容颜吗？造物虽然给我们智慧，可以把命运取笑，可是命运不已经差这个傻瓜来打断我们的谈话了吗？

罗瑟琳　真的，那么命运太对不起造物了，她会叫一个天生的傻瓜来打断天生的智慧。

西莉霞　也许这也不干命运的事，而是造物的意思，因为看到我们天生的智慧太迟钝了，不配议论神明，所以才叫这傻瓜来做我们的砺石。因为傻瓜的愚蠢往往是聪明人的砺石。喂，聪明人！你到哪儿去？

试金石　小姐，快到您父亲那儿去。

西莉霞 你做起差人来了吗？

试金石 不，我以名誉起誓，我是奉命来请您去的。

罗瑟琳 傻瓜，你从哪儿学来的这一句誓？

试金石 从一个骑士那儿学来，他以名誉起誓说煎饼很好，又以名誉起誓说芥末不行。可是我知道煎饼不行，芥末很好。然而，那骑士却也不曾发假誓。

西莉霞 你怎样用你那一大堆的学问证明他不曾发假誓呢？

罗瑟琳 哦，对了，请把你的聪明施展出来吧。

试金石 你们两人都站出来，摸摸你们的下巴，以你们的胡须起誓说我是个坏蛋。

西莉霞 以我们的胡须起誓，要是我们有胡须的话，你是个坏蛋。

试金石 以我的坏蛋的身份起誓，要是我有坏蛋的身份的话，那么我便是个坏蛋。可是假如你们用你们所没有的东西起誓，你们便不算是发的假誓。这个骑士用他的名誉起誓，因为他从来不曾有过什么名誉，所以他也不算是发假誓。即使他曾经有过名誉，也早已在他看见这些煎饼和芥末之前发誓发掉了。

西莉霞 请问你说的是谁？

试金石 是您的父亲老弗雷特里克所喜欢的一个人。

西莉霞 我的父亲欢喜他，他也就够有名誉的了。够了，别再说起他，你总有一天会因为把人讥诮而吃鞭子的。

试金石 这就可发一叹了，聪明人可以做傻事，傻子却不准说聪明话。

西莉霞 真的，你说得对。自从把傻子的一点点小聪明禁止发表之后，聪明人的一点点小小的傻气却大大地显起身手来了。勒·波先生来啦。

罗瑟琳 含着满嘴的新闻。

西莉霞 他会把他的新闻向我们倾吐出来，就像鸽子哺雏一样。

罗瑟琳 那么，我们要塞满一肚子的新闻了。

西莉霞 那再好不过，塞得胖胖的，更好卖啦。

勒·波上。

西莉霞 您好，勒·波先生。有什么新闻？

勒·波 好郡主，您错过一场很好的玩意儿了。

西莉霞 玩意儿！什么花色的？

勒·波　什么花色的，小姐！我怎么回答您呢？

罗瑟琳　凭着您的聪明和您的机缘吧。

试金石　或者按照命运女神的旨意。

西莉霞　说得好，极堆砌之能事了。

试金石　本来嘛，如果我说的话不够味儿。

罗瑟林　你的口臭病大概就好了。

勒·波　两位小姐，你们叫我莫名其妙。我是要来告诉你们有一场很好的摔跤，你们错过机会了。

罗瑟琳　可是把那场摔跤的情形讲给我们听吧。

勒·波　我可以把开场的情形告诉你们。假如两位小姐听着乐意，收场的情形你们可以自己看一个明白，精彩的部分还不曾开始呢，他们就要到这儿来表演了。

西莉霞　好，就把那个老套的开场说来听听。

勒·波　有一个老人带着他的三个儿子到来。

西莉霞　我可以把这开头接上一个老故事去。

勒·波　三个漂亮的青年，长得一表人才。

罗瑟琳　头颈里挂着招贴："特此布告，俾众周知。"

勒·波　老大跟公爵的拳师查尔斯摔跤，查尔斯一下子就把他摔倒了，打断了三根肋骨，生命已无希望，老二老三也都这样给他对付过去。他们都躺在那边，那个可怜的老头子，他们的父亲，在为他们痛哭，惹得旁观的人都陪他落泪。

罗瑟琳　哎哟！

试金石　但是，先生，您说小姐们错过了的玩意儿是什么呢？

勒·波　那么，就是我说过的这件事啊。

试金石　所以人们每天都可以增进一些见识。我今天才第一次听见折断肋骨是小姐们的玩意儿。

西莉霞　我也是第一次呢。

罗瑟琳　可是还有谁想要听自己肋下清脆动人的一声吗？还有谁喜欢让他的肋骨给人敲断吗？妹妹，我们要不要去看他们摔跤？

勒·波　要是你们不走开去，那么不看也得看。因为这儿正是指定摔跤的地方，他们就要来表演了。

西莉霞　真的，他们从那边来了，让我们不要走开，看一下子吧。

喇叭奏花腔。弗雷特里克公爵、众臣、奥兰多、查尔斯及侍从等上。

弗雷特里克　来吧，那年轻人既然不肯听劝，就让他吃些苦楚，也是他自不量力的报应。

罗瑟琳　那边就是那个人吗？

勒·波　就是他，小姐。

西莉霞　唉！他太年轻啦。可是瞧上去他倒好像很有得胜的神气。

弗雷特里克　啊，吾儿和侄女！你们也溜到这儿来看摔跤吗？

罗瑟琳　是的，殿下，请您准许我们。

弗雷特里克　我可以断定你们一定不会感兴趣的，两方的实力太不平均了。我因为可怜这个挑战的人年纪轻轻，想把他劝阻了，可是他不肯听劝。小姐们，你们去对他说说，看能不能说服他。

西莉霞　叫他过来，勒·波先生。

弗雷特里克　好吧，我就走开去。（退至一旁）

勒·波　挑战的先生，两位郡主有请。

奥兰多　敢不从命。

罗瑟琳　年轻人，你向拳师查尔斯挑战了吗？

奥兰多　不，美貌的郡主，他才是向众人挑战的人。我不过像别人一样来到这儿，想要跟他较量较量我的青春的力量。

西莉霞　年轻的先生，照您的年纪而论，您的胆量是太大了。您已经看见了这个人的无情的蛮力。要是您能够用您的眼睛瞧见您自己的形状，或者用您的理智判断您自己的能力，那么您对于这回冒险所怀的戒惧，一定会劝您另外找一件比较适宜于您的事情来做。为了您自己的缘故，我们请求您顾虑您自身的安全，放弃了这种尝试吧。

罗瑟琳　是的，年轻的先生，您的名誉不会因此受到损失，我们可以去请求公爵停止这场摔跤。

奥兰多　我要请你们原谅，我觉得我自己十分有罪，胆敢拒绝这么两位美貌出众的小姐的要求。可是让你们的美目和好意伴送着我去做这场决斗吧。假如我打败了，那不过是一个从来不曾给人看重过的人丢了脸。假如我死了，也不过死了一个自己愿意寻死的人。我不会辜负我的朋友们，因为没有人会哀悼我；我不会对世间有什么损害，因为我在世上一无所有；

我不过在世间占了一个位置，也许死后可以让更好的人来补充。

罗瑟琳　我但愿我所有的一点点微弱的气力也加在您身上。

西莉霞　我也愿意把我的气力再加在她的气力上面。

罗瑟琳　再会。但愿我错看了您！

西莉霞　愿您的希望能实现！

查尔斯　来，这个想要来送死的哥们儿在什么地方？

奥兰多　已经预备好了，朋友，可是他却不像你这样傲慢自负。

弗雷特里克　你们斗一个回合就够了。

查尔斯　殿下，既然这头一个回合您已经竭力劝他不要参加，我想您不会再有第二个回合可劝他了。

奥兰多　你要在以后嘲笑我，可不必事先就嘲笑起来。来啊。

罗瑟琳　赫拉克勒斯默佑着你，年轻人！

西莉霞　我希望我有隐身术，去拉住那强徒的腿。（查尔斯、奥兰多二人摔跤）

罗瑟琳　啊，出色的青年！

西莉霞　假如我的眼睛里会打雷，我知道谁是要被打倒的。（查尔斯被摔倒；欢呼声。）

弗雷特里克　算了，算了。

奥兰多　请殿下准许我再试，我的一口气还不曾透完哩。

弗雷特里克　你怎样啦，查尔斯？

勒·波　他说不出话来了，殿下。

弗雷特里克　把他抬出去。你叫什么名字，年轻人？（查尔斯被抬。）

奥兰多　禀殿下，我是奥兰多，罗兰·德·鲍埃的幼子。

弗雷特里克　我希望你是别人的儿子。世间都以为你的父亲是个好人，但他却是我的永远的仇敌；假如你是别族的子孙，你今天的行事一定可以使我更喜欢你一些。再见吧，你是个勇敢的青年，我愿你向我说起的是另外一个父亲。（弗雷特里克、勒·波及随从下）

西莉霞　姐姐，假如我在我父亲的地位，我会做这种事吗？

奥兰多　我以做罗兰爵士的儿子为荣，即使只是他的幼子。我不愿改变我的地位，过继给弗雷特里克做后嗣。

罗瑟琳　我的父亲宠爱罗兰爵士，就像他的灵魂一样，全世界都抱着和我父亲同样的意见。要是我本来就已经知道这位青年便是他的儿子，我一定含着眼泪谏劝他不要做这种冒险。

西莉霞　好姐姐，让我们到他跟前去鼓励鼓励他。我父亲的无礼猜忌的脾气，使我十分痛心。先生，您很值得尊敬。您的本事确是出人意料，要是您在恋爱上也像在别的事情上一样守信，那么您的情人一定是很有福气的。

罗瑟琳　先生，（自颈上取下项链赠奥兰多）为了我的缘故，请戴上这个吧。我是个失爱于命运的人，心有余而力不足，不过略表微忱而已。我们去吧，妹妹。

西莉霞　好。再见，好先生。

奥兰多　我不能说一句谢谢您吗？我的心神都已摔倒，站在这儿的只是一个人形的枪垛，一块没有生命的木石。

罗瑟琳　他在叫我们回去。我的矜傲早随着我的命运一起丢光了，我且去问他有什么话说。您叫我们吗，先生？先生，您摔跤摔得很好，给您征服了的，不单是您的敌人。

西莉霞　去吧，姐姐。

罗瑟琳　你先走，我跟着你。再会。（罗瑟琳、西莉霞下）

奥兰多　是怎样一种情感重压住我的舌头？虽然她想跟我交谈，我却想不出话来对她说。可怜的奥兰多啊，你被征服了！战胜了你的不是查尔斯，却是比他更柔弱的人儿。

勒·波重上。

勒·波　先生，我好意劝您还是离开这地方吧。虽然您很值得恭维、赞扬和敬爱，但是公爵的脾气太坏，他会把您一切的行事都误会的。公爵的心性有点捉摸不定；他的为人怎样我不便说，还是您自己去揣度揣度吧。

奥兰多　谢谢您，先生。我还要请您告诉我，这两位小姐中间哪一位是在场的公爵的女儿？

勒·波　要是我们照行为举止上看起来，两个可说都不是他的女儿。但是，那位矮小一点的是他的女儿。另外一位便是放逐在外的公爵所生，被她这位篡位的叔父留在这儿陪伴他的女儿。她们两人的相爱是远胜于同胞姐妹的。但是我可以告诉您，新近公爵对于他这位温柔的侄女有点不满意。毫无理由，只是因为人民都称赞她的品德，为了她那位好父亲的缘故而同情她。我可以断定他对于这位小姐的恶意不久就会突然显露出来的。再会吧，先生，我希望在另外一个较好的世界里可以再跟您多多结识。

奥兰多 我非常感谢您的好意，再会。（勒·波下）才穿过浓烟，又钻进烈火。一边是专制的公爵，一边是暴虐的哥哥。可是天仙一样的罗瑟琳啊！（下）

## 第三场 宫中一室

西莉霞及罗瑟琳上。

西莉霞 喂，姐姐！喂，罗瑟琳！爱神哪！没有一句话吗？

罗瑟琳 连可以丢给一条狗的一句话也没有。

西莉霞 不，你的话是太宝贵了，怎么可以丢给贱狗呢？丢给我几句吧。来，讲一些道理来叫我浑身瘫痪。

罗瑟琳 那么姐妹两人都害了病了，一个是给道理害得浑身瘫痪，一个是因为想不出什么道理来而发了疯。

西莉霞 但这是不是全然为了你的父亲？

罗瑟琳 不，一部分是为了我的孩子的父亲。唉，这个平凡的世间是多么布满荆棘呀！

西莉霞 姐姐，这不过是些有刺的果壳，为了取笑玩玩而丢在你身上的。要是我们不在道上走，我们的裙子就要给它们抓住。

罗瑟琳 在衣裳上的，我可以把它们抖去，但是这些刺是在我的心里呢。

西莉霞 你咳嗽一声就咳出来了。

罗瑟琳 要是我咳嗽一声，他就会应声而来，那么我倒会试一下的。

西莉霞 算了算了，使劲地把你的爱情克服下来吧。

罗瑟琳 唉！我的爱情比我气力大得多哩！

西莉霞 啊，那么我替你祝福吧！即使失败，你也得试一下。但是把笑话搁在一旁，让我们正正经经地谈谈。你真的会突然这样猛烈地爱上老罗兰爵士的小儿子吗？

罗瑟琳 我的父亲和他的父亲非常要好呢。

西莉霞 因此你也必须和他的儿子非常要好吗？照这样说起来，那么我的父亲非常恨他的父亲，因此我也应当恨他了。可是我却不恨奥兰多。

罗瑟琳 不，看在我的面子上不要恨他。

西莉霞 为什么不呢？他不是值得恨的吗？

罗瑟琳 因为他是值得爱的，所以让我爱他。因为我爱他，所以你也要爱他。瞧，公爵来了。

西莉霞 他满眼都是怒气。

弗雷特里克公爵率从臣上。

弗雷特里克 姑娘，为了你的安全，你得赶快收拾起来，离开我们的宫廷。

罗瑟琳 我吗，叔父？

弗雷特里克 你，侄女。在这十天之内，要是发现你在离我们宫廷二十里之内，就得把你处死。

罗瑟琳 请殿下启示我，我犯了什么罪过。要是我有自知之明，要是我并没有做梦，也不曾发疯，那么，亲爱的叔父，我从来不曾起过半分触犯您老人家的念头。

弗雷特里克 一切叛徒都是这样的。要是他们凭着口头的话便可以免罪，那么他们都是再清白的不过了。可是我不能信任你，这一句话就够了。

罗瑟琳 但是您的不信任不能便使我变成叛徒，请告诉我您有什么证据？

弗雷特里克 你是你父亲的女儿，还用得着说别的话吗？

罗瑟琳 当殿下您夺去了我父亲的公国的时候，我就是他的女儿；当殿下您把他放逐的时候，我也还是他的女儿。叛逆并不是遗传的，殿下；即使我们受到亲友的牵连，那与我又有什么相干？我的父亲并不是个叛徒呀。所以，殿下，别看错了我，把我的窘迫看作了奸猾。

西莉霞 好殿下，听我说。

弗雷特里克 嗯，西莉霞，我让她留在这儿，只是为了你的缘故，否则她早已跟她的父亲流浪去了。

西莉霞 那时我没有请您让她留下。那是您自己的主意，因为您自己觉得不好意思。那时我还太小，不曾知道她的好处，但现在我知道她了。要是她是个叛逆，那么我也是。我们一直都睡在一起，同时起床，一块儿读书，同游同食，无论到什么地方去，都像朱诺的一双天鹅，永远成对，拆不开来。

弗雷特里克 她这人太阴险，你敌不过她。她的和气、她的沉默和她的忍耐，都能感动人心，叫人民可怜她。你是个傻子，她已经夺去了你的名誉。她去了之后，你就可以显得格外光彩而贤德了。所以闭住你的嘴；我对她所下的判决是确定而无可挽回的，她必须被放逐。

西莉霞　那么您把这句判决也加在我身上吧，殿下，我没有她作做便活不下去。

弗雷特里克　你是个傻子。侄女，你得端整起来，假如误了期限，凭着我的名誉和我的言出如山的命令，要把你处死。(偕众臣下)

西莉霞　唉，我的可怜的罗瑟琳！你到哪儿去呢？你肯不肯换一个父亲？我把我的父亲给了你吧。请你不要比我更伤心。

罗瑟琳　我比你有更多的伤心的理由。

西莉霞　你没有，姐姐。请你高兴一点，你知道不知道，公爵把他的女儿也放逐了？

罗瑟琳　他没有。

西莉霞　没有？那么罗瑟琳还没有那种爱情，使你明白你我两人有如一体。我们难道要拆散吗？我们难道要分手吗，亲爱的姑娘？不，让我的父亲另外找一个后嗣吧。你应该跟我商量我们应当怎样飞走，到哪儿去，带些什么东西。不要因为环境的变迁而独自伤心，让我分担一些你的心事吧。我对着因为同情我们而惨白的天空起誓，无论你怎样说，我都要跟你一起走。

罗瑟琳　但是我们到哪儿去呢？

西莉霞　到亚登森林找我的伯父去。

罗瑟琳　唉，像我们这样的姑娘家，走这么远路，该是多么危险！美貌比金银更容易引起盗心呢。

西莉霞　我可以穿了破旧的衣裳，用些黄泥涂在脸上，你也这样，我们便可以通行过去，不会遭人家算计了。

罗瑟琳　我的身材特别高，完全穿得像个男人岂不更好？腰间插一把出色的匕首，手里拿一柄刺野猪的长矛，心里尽管隐藏着女人家的胆怯，也要在外表上装出一副雄赳赳气昂昂的样子来，正像那些冒充好汉的懦夫一般。

西莉霞　你做了男人之后，我叫你什么名字呢？

罗瑟琳　我要取一个和乔武的侍童一样的名字，所以你叫我盖尼米德吧。但是你叫什么呢？

西莉霞　我要取一个可以表示我的境况的名字，我不再叫西莉霞，就叫爱莲娜吧。

罗瑟琳 但是妹妹，我们设法去把你父亲宫廷里的小丑偷来好不好？他在我们的旅途中不是很可以给我们解闷儿吗？

西莉霞 他要跟着我走遍广大的世界，让我独自去对他说吧。我们且去把珠宝钱物收拾起来。我出走之后，他们一定要追寻，我们该想出一个顶适当的时间和顶安全的方法来避过他们。现在我们是满心的欢畅，去寻找自由，不是流亡。（同下）

# 第 二 幕

## 第一场 亚登森林

老公爵、阿米恩斯及众臣作林居人装束上。

公 爵 我的流放生涯中的同伴和弟兄们，我们不是已经习惯了这种生活，觉得它比虚饰的浮华有趣得多吗？这些树林不比猜忌的朝廷更为安全吗？我们在这儿所感觉到的，只是时序的改变，那是上帝加于亚丹的惩罚。冬天的寒风张舞着冰雪的爪牙，发出暴声的呼啸，即使当它砭刺着我的身体，使我冷得发抖的时候，我也会微笑着说："这不是谄媚啊，它们就像是忠臣一样，谆谆提醒我所处的地位。"逆运也有它的好处，就像丑陋而有毒的蟾蜍，它的头上却顶着一颗珍贵的宝石。我们的这种生活，虽然与世隔离，却可以听树木的谈话，溪中的流水便是大好的文章，一石之微，也暗寓着教训。每一件事物中间，都可以找到些益处来。我不愿改变这种生活。

阿米恩斯 殿下真是幸福，能把命运的顽逆说这样恬静而可爱。

公 爵 来，我们打鹿去吧。可是我心里却有些不忍，这种可怜的花斑的蠢物，本来是这荒凉的城市中的居民，现在却要在它们自己的领地中让它们的肥圆的腰身受到箭镞的刺伤。

臣 甲 不错，那忧愁的杰克斯很为此伤心，发誓说在这件事上跟您那篡位的兄弟相比是个更大的篡位者。今天阿米恩斯大人跟我两人悄悄地躲在背后，瞧他躺在一株橡树底下，那古老的树根露出在沿着林旁潺潺流去的溪水上面，有一只可怜的失群的牡鹿中了猎人的箭受伤，奔到那边去喘气。真的，殿下，这头不幸的畜生发出了那样的呻吟，真要把它的皮囊都胀破了，一颗颗又大又圆的泪珠怪可怜地争先恐后流到它的无辜的鼻子上。忧愁的杰克斯瞧着这头可怜的毛畜这样站在急流的小溪边，用眼泪添注在溪水里。

公 爵 但是杰克斯怎样说呢？他见了此情此景，不又要讲起一番道理来了吗？

臣 甲 啊，是的，他作了一千种的譬喻。起初他看见那鹿把眼泪浪费地流下了水流之中，便说："可怜的鹿，他就像世人立遗嘱一样，把他所有的一切给了那已经有得太多的人。"于是，看它孤苦伶仃，被它那些皮毛柔滑的朋友们所遗弃，便说："不错，人倒了霉，朋友也不会理睬你了。"不久又有一群吃得饱饱的、无忧无虑的鹿跳过它的身边，也不停下来向它打个招呼。"嗯，"杰克斯说，"奔过去吧，你们这批肥胖而富于脂肪的市民们。世事无非如此，那个可怜的破产的家伙，瞧他做什么呢？"他这样用最恶毒的话来辱骂着乡村、城市和宫廷的一切，甚至于骂着我们的这种生活。发誓说我们只是些篡位者、暴君或者比这更坏的人物，到这些畜生们的天然的居处来惊扰它们，杀害它们。

公 爵 你们就在他做这种思索的时候离开了他吗？

臣 甲 是的，殿下，就在他为了这只啜泣的鹿而流泪发议论的时候。

公 爵 带我到那地方去，我喜欢趁他发愁的时候去见他，因为那时他最富于见识。

臣 甲 我就领您去见他。（同下）

## 第二场 宫中一室

弗雷特里克公爵、众臣及侍从上。

弗雷特里克 难道没有一个人看见她们吗？决不会的，一定在我的宫廷里有奸人知情串通。

臣 甲 我不曾听见谁说曾经看见她。她寝室里的侍女们都看她上了床，可是一早就看见床上没有她们的郡主了。

臣 乙 殿下，那个常常逗您发笑的下贱小丑也失踪了。郡主的侍女希丝比利娅供认她曾经偷听到郡主跟她的姐姐常常称赞最近在摔跤赛中打败了强有力的查尔斯的那个汉子的技艺和人品，她说她相信不论她们到哪里去，那个少年一定是跟她们在一起的。

弗雷特里克 差人到他哥哥家里去，把那家伙抓来。要是他不在，就带他的哥哥来见我，我要叫他去找他。马上去，这两个逃去的傻子一定要用心搜寻探访，非把她们寻回来不可。（众下）

## 第三场 奥列佛家门前

奥兰多及亚丹自相对方向上。

奥兰多 那边是谁？

亚 丹 啊！我的少爷吗？啊，我的善良的少爷！我的好少爷！啊，您叫人想起了老罗兰爵爷！唉，您为什么到这里来呢？您为什么这样好呢？为什么人家要爱您呢？为什么您是这样仁慈、这样健壮、这样勇敢呢？为什么您这么傻，要去把那乖僻的公爵手下那个力大如牛的拳师打败呢？您的声誉是来得太快了。您不知道吗，少爷，有些人常会因为他们太好了，反而害了自己？您也正是这样。您的好处，好少爷，就是陷害您自身的圣洁的叛徒，唉，这算是一个什么世界，怀德的人会因为他们的德行反遭毒手！

奥兰多 啊，怎么一回事？

亚 丹 唉，不幸的青年！不要走进这扇门来，在这屋子里潜伏着您一切美德的敌人呢。您的哥哥，不，不是哥哥，然而却是您父亲的儿子，不，他也不能称为他的儿子，他听见了人家称赞您的话，预备在今夜放火烧去您所住的屋子。要是这计划不成功，他还会想出别的法子来除掉您。他的阴谋给我偷听到了。这儿不是安身之处，这屋子不过是一所屠场，您要回避，您要警戒，别走进去。

奥兰多 什么，亚丹，你要我到哪儿去？

亚 丹 随您到哪儿去都好，只要不在这儿。

奥兰多 什么，你要我去做个要饭的吗？还是在大路上用下贱无耻的剑做一个强盗？我只好走这种路，否则我就不知道怎么办。可是不论怎样，我也不愿这样干。我宁愿忍受一个不念手足之情的凶狠的哥哥的恶意。

亚 丹 可是不要这样。我在您父亲手下侍候了这许多年，曾经辛辛苦苦把工钱省下了五百块。我把那笔钱存下，本来是预备等我没有气力做不动事的时候做养老之本，人一老，不中用了，是会给人踢在角落里的。您把这钱拿了去吧，上帝既然给食物于乌鸦，也不会忘记把麻雀喂饱的，我这一把年纪，就悉听他的慈悲吧！钱就在这儿，我把它全都给了您吧。让我做您的仆人。我虽然瞧上去这么老，可是我的气力还不错。因为我在年轻时候从不曾灌下过一滴猛烈的酒，也不曾鲁莽地贪欲伤身，所以我的老年好比生气勃勃的冬天，虽然结着严霜，却并不惨淡。让我跟着您去，我可以像一个年轻人一样，为您照料一切。

奥兰多　啊，好老人家！在你身上多么明白地表现出来古时那种义胆侠肠，不是为着报酬，只是为了尽职而流着血汗！你是太不合时宜了。现在的人们努力工作，只是为着希望高升，等到目的一达到，便耽于安逸。你却不是这样。但是，可怜的老人家，你虽然这样辛辛苦苦地费尽培植的工夫，给你培植的却是一株不成材的树木，开不出一朵花来酬答你的殷勤。可是赶路吧，我们要在一块儿走。在我们没有把你年轻时的积蓄花完之前，一定要找到一处小小的安身的地方。

亚　丹　少爷，走吧。我愿意忠心地跟着您，直至喘尽最后一口气。从十七岁起我到这儿来，到现在快八十了，却要离开我的老地方。许多人们在十七岁的时候都去追求幸运，但八十岁的人是不济的了。可是我只要能够有个好死，对得住我的主人，那么命运对我也不算无恩。（同下。）

## 第四场　亚登森林

罗瑟琳男装、西莉霞作牧羊女装束及试金石上。

罗瑟琳　天哪！我的精神多么疲乏啊。

试金石　假如我的两腿不疲乏，我可不管我的精神。

罗瑟琳　我简直想丢了我这身男装的脸，而像一个女人一样哭起来。可是我必须安慰安慰这位小娘子，穿褐衫短裤的，总该向穿裙子的显出一点勇气来才是。好，提起精神来吧，好爱莲娜。

西莉霞　请你担待担待我吧，我再也走不动了。

试金石　我可以担待你，只是别再叫我担你。就是我担着你，也没什么，因为我想你钱包里已没有什么了。

罗瑟琳　好，这儿就是亚登森林了。

试金石　欧，现在我到了亚登了。我真是个大傻瓜！在家里要舒服得多哩；可是旅行人只好知足一点。

罗瑟琳　对了，好试金石。你们瞧，谁来了，一个年轻人和一个老头子在一本正经地讲话。

柯林及西尔维斯上。

柯　林　你那样不过叫她永远把你笑骂而已。

西尔维斯　啊，柯林，你要知道我是多么爱她！

柯　林　我有点猜得出来，因为我也曾经恋爱过呢。

西尔维斯　不，柯林，你现在老了，也就不能猜想了。虽然在你年轻的时候，你也像那些半夜三更在枕上翻来覆去的情人们一样真心。可是假如你的爱情也跟我的差不多，我想一定没有人会有我那样的爱情，那么你为了你的痴心梦想，一定做出过不知多少可笑的事情呢！

柯　林　我做过一千种傻事，现在都已忘记了。

西尔维斯　噢！那么你就是不曾诚心爱过。假如你记不得你为了爱情而做出来的一件最琐细的傻事，你就不算真的恋爱过。假如你不曾像我现在这样坐着絮絮讲你的姑娘的好处，使听的人不耐烦，你就不算真的恋爱过。假如你不曾突然离开你的同伴，像我的热情现在驱使着我一样，你也不算真的恋爱过。啊，菲琵！菲琵！菲琵！（下）

罗瑟琳　唉，可怜的牧人！我在诊断你的痛处的时候，却不幸地找到我自己的创伤了。

试金石　我也是这样。我记得我在恋爱的时候，曾经把一柄剑在石头上摔断，叫那趁夜里来和琴·史美尔幽会的家伙留心着我。我记得我曾经吻过她的洗衣棒，也吻过被她那双皲裂的玉手挤过的母牛乳头。我记得我曾经把一颗豌豆荚权当作她而向她求婚，我剥出了两颗豆子，又把它们放进去，边流泪边说："为了我的缘故，请您留着作个纪念吧。"我们这种多情种子都会做出一些古怪事儿来，但是我们既然都是凡人，一着了情魔是免不得要大发其痴劲的。

罗瑟琳　你的话聪明得出乎你自己意料之外。

试金石　嗯，我总不知道自己的聪明，除非有一天我给它绊了一跤，跌断了我的腿骨。

罗瑟琳　天神，天神！这个牧人的痴心，很有几分像我自己的情形。

试金石　也有点像我的情形，可是在我似乎有点儿陈腐了。

西莉霞　请你们随便哪一位去问问那边的人，肯不肯让我们用金子向他买一点吃的东西，我简直晕得要死了。

试金石　喂，你这蠢货！

罗瑟琳 别叫，傻子，他并不是你的一家人。

柯 林 谁叫？

试金石 比你好一点的人，朋友。

柯 林 要是他们不比我好一点，那可寒酸得太不成话啦。

罗瑟琳 对你说，别叫。您晚安，朋友。

柯 林 晚安，好先生，各位晚安。

罗瑟琳 牧人，假如人情或是金银可以在这种荒野里换到一点款待的话，请你带我们到一处可以休息一下吃些东西的地方去好不好？这一位小姑娘赶路疲乏，快要晕过去了。

柯 林 好先生，我可怜她，不是为我自己打算，只是为了她的缘故，但愿我有能力帮助她。可是我只是给别人看羊，羊儿虽然归我饲养，羊毛却不归我剪。我的东家很小气，从不会修修福做点儿好事。而且他的草屋、他的羊群、他的牧场，现在都要出卖了。现在我们的牧舍里因为他不在家，没有一点可以给你们吃的东西。但是别管它有些什么，请你们来瞧瞧，我是极其欢迎你们的。

罗瑟琳 他的羊群和牧场预备卖给谁呢？

柯 林 就是刚才你们看见的那个年轻男人，他是从来不想要买什么东西的。

罗瑟琳 要是没有什么不对的地方，我请你把那草屋牧场和羊群都买下了，我们给你出钱。

西莉霞 我们还要加你的工钱。我喜欢这地方，很愿意在这儿消度我的时光。

柯 林 这份家产一定可以卖掉。跟我来，要是你们打听过后，对于这块地皮、这种收益和这样的生活觉得中意，我愿意做你们十分忠心的仆人，马上用你们的钱去把它买来。（同下）

## 第五场 林中的另一部分

阿米恩斯、杰克斯及余人等上。

阿米恩斯 （唱）

绿树高张翠幕，
谁来偕我偃卧，
翻将欢乐心声，

学唱枝头鸟鸣：
盍来此？盍来此？盍来此？
目之所接，
精神契一，
唯忧雨雪之将至。

杰克斯　再来一个，再来一个，请你再唱下去。

阿米恩斯　那会叫您发起愁来的，杰克斯先生。

杰克斯　再好没有。请你再唱下去！我可以从一曲歌中抽出愁绪来，就像黄鼠狼吮啜鸡蛋一样。请你再唱下去吧！

阿米恩斯　我的喉咙很粗，我知道一定不能讨您的欢喜。

杰克斯　我不要你讨我的欢喜，我只要你唱。来，再唱一阕，你是不是把它们叫作一阕一阕的？

阿米恩斯　随您高兴怎样叫吧，杰克斯先生。

杰克斯　不，我倒不去管它们叫什么名字，它们又不借我的钱。你唱起来吧！

阿米恩斯　既蒙敦促，我就勉为其难了。

杰克斯　那么好，要是我会感谢什么人，我一定会感谢你。可是人家所说的恭维就像是两只狗猿碰了头，倘使有人诚心感谢我，我就觉得好像我给了他一个铜子，所以他像一个叫花子似的向我道谢。来，唱起来吧，你们不唱的都不要作声。

阿米恩斯　好，我就唱完这支歌。列位，铺起食桌来吧，公爵就要到这株树下来喝酒了。他已经找了您整整一天啦。

杰克斯　我已经躲避了他整整一天啦。他太喜欢辩论了，我不高兴跟他在一起。我想到的事情像他一样多，可是谢谢天，我却不像他那样会斗嘴。来，唱吧。

阿米恩斯　（唱，众和）

孰能敝屣尊荣，
来沐丽日光风，
觅食自求果腹，
一饱欣然意足，
盍来此？盍来此？盍来此？
目之所接，

精神契一，
唯忧雨雪之将至。

杰克斯 昨天我曾经按着这调子顺口作了一节，倒要献丑了。

阿米恩斯 我可以把它唱出来。

杰克斯 是这样的：

倘有痴愚之徒，
忽然变成蠢驴，
趁着心性癫狂，
撇却财富安康，
特达米，特达米，特达米，
何为来此？
举目一视，
唯见傻瓜之遍地。

阿米恩斯 “特达米”是什么意思？

杰克斯 这是希腊文里召唤傻子们排起圆圈来的一种咒语。假如睡得成觉的话，我要睡觉去；假如睡不成，我就要把埃及地方一切头胎生的痛骂一顿。

阿米恩斯 我可要找公爵去，他的点心已经预备好了。（各下）

## 第六场 林中的另一部分

奥兰多及亚丹上。

亚 丹 好少爷，我再也走不动了。唉！我要饿死了。让我在这儿躺下挺尸吧。再会了，好心的少爷！

奥兰多 啊，怎么啦，亚丹！你再没有勇气了吗？再活一些时候，提起一点精神来，高兴点儿。要是这座古怪的林中有什么野东西，那么我倘不是给它吃了，一定会把它杀了来给你吃的。你并不是真就要死了，不过是在胡思乱想而已。为了我的缘故，提起精神来吧。把死神拖住一会儿，我去一去就回来看你，要是我找不到什么可以给你吃的东西，我一定答应你死去。可是假如你在我没有回来之前便死去，那你就是看不起我的辛苦了。说得好！你瞧上去有点振作了。我立刻就来。可是你躺在寒风

里呢。来，我把你背到有遮荫的地方去。只要这块荒地里有活东西，你一定不会因为没有饭吃而饿死。振作起来吧，好亚丹。(同下)

## 第七场　林中的另一部分

食桌铺就。老公爵、阿米恩斯及流亡诸臣上。

公　爵　我想他一定已经变成一只畜生了，因为我到处找不到他的人影。

臣　甲　殿下，他刚刚走开去。方才他还在这儿很高兴地听人家唱歌。

公　爵　要是浑身都不和谐的他，居然也会变得爱好起音乐来，那么大体上不久就要大起骚乱了。去找他来，对他说我要跟他谈谈。

臣　甲　他自己来了，省了我一番跋涉。

杰克斯上。

公　爵　啊，怎么啦，先生！这算什么，您的可怜的朋友们一定要千呼万唤才把您请来吗？啊，您的神气很高兴哩！

杰克斯　一个傻子，一个傻子！我在林中遇见一个傻子，一个身穿彩衣的傻子。唉，苦恼的世界！我的确是遇见了一个傻子，正如我是靠着食物而活命一样。他躺着晒太阳，用头头是道的话辱骂着命运女神，然而他仍然不过是个身穿彩衣的傻子。"早安，傻子。"我说。"不，先生，"他说，"等到老天保佑我发了财，您再叫我傻子吧。"于是他从袋里掏出一个表来，用没有光彩的眼睛瞧着它，很聪明地说："现在是十点钟了，我们可以从这里看出世界是怎样在变迁着：一小时之前还不过是九点钟，而再过一小时便是十一点钟了。照这样一小时一小时过去，我们越长越老，越老越不中用，这上面真是大有感慨可发。"我听了这个穿彩衣的傻子对时间发挥的这一段玄理，我的胸头就像公鸡一样叫起来了，奇怪着傻子居然会有这样深刻的思想。我笑个不停，在他的表上整整笑去了一个小时。啊，高贵的傻子！可敬的傻子！彩衣是最好的装束。

公　爵　这是个怎么样的傻子？

杰克斯　啊，可敬的傻子！他曾经出入宫廷，他说凡是年轻貌美的小姐们，都是有自知之明的。他的头脑就像航海回来剩下的饼干那样干燥，其中的每一个角落却塞满了人生的经验，他都用杂乱的话随口说了出来。啊，我但愿我也是个傻子！我想要穿一件花花的外套。

公　爵　你可以有一件。

杰克斯　这是我唯一的请求；只要您别把我当聪明人看待。同时要准许我有像风那样广大的自由，高兴吹着谁便吹着谁，傻子们是有这种权利的，那些最被我的傻话所挖苦的人也最应该笑。殿下，为什么他们必须这样呢？这理由正和到教区礼拜堂去的路一样清楚，被一个傻子用俏皮话讥讽了的人，即使刺痛了，假如不装出一副若无其事的样子来，那么就显出聪明人的傻气，可以被傻子不经意一剑就刺穿，未免太傻了。给我穿一件彩衣，准许我说我心里的话。我一定会痛痛快快地把这染病的世界的丑恶的身体清洗个干净，假如他们肯耐心接受我的药方。

公　爵　算了吧！我知道你会做出些什么来。

杰克斯　我可以拿一根筹码打赌，我做的事会不好吗？

公　爵　最坏不过的罪恶，就是指斥他人的罪恶。因为你自己也曾经是一个放纵你的兽欲的浪子。你要把你那身因为你的荒唐而长起来的臃肿的脓疮、溃烂的恶病，向全世界播散。

杰克斯　什么，呼斥人间的骄傲，难道便是对于个人的攻击吗？奢侈的习俗不是像海潮一样浩瀚地流着，直到力竭而消退吗？假如我说城里的那些小户人家的妇女打扮得像王公大人的女眷一样，我指明是哪一个女人吗？谁能挺身出来说我说的是她，假如她的邻居也是和她一个样子？一个操着最微贱行业的人，假如心想我讥讽了他，说他的好衣服不是我出的钱，那不是恰恰把他的愚蠢合上了我说的话吗？照此看来，又有什么关系呢？指给我看我的话伤害了他什么地方，要是说得对，那是他咎由自取；假如他问心无愧，那么我的责骂就像是一只野鸭飞过，不干谁的事。可是，谁来了？

奥兰多拔剑上。

奥兰多　停住，不准吃！

杰克斯　嘿，我还不曾吃过呢。

奥兰多　而且也不会再给你吃，除非让饿肚子的人先吃过了。

杰克斯　这只公鸡是哪儿来的？

公　爵　朋友，你是因为落难而变得这样强横吗？还是因为生来就是瞧不起礼貌的粗汉子，一点儿不懂得规矩？

奥兰多　你第一下就猜中我了，困苦逼迫着我，使我不得不把温文的礼貌抛在一旁。可是我却是在都市生长，受过一点儿教养的。但是我吩咐你们停住，在我的事情没有办完之前，谁碰一碰这些果子，就得死。

杰克斯　你要是不可理喻，那么我准得死。

公　爵　你要什么？假如你不用暴力，客客气气地向我们说，我们一定会更客客气气地对待你的。

奥兰多　我快饿死了，给我吃的。

公　爵　请坐请坐，随意吃吧。

奥兰多　你说得这样客气吗？请你原谅我，我以为这儿的一切都是野蛮的，因此才装出这副暴横的威胁神气来。可是不论你们是些什么人，在这儿人踪不到的荒野里，躺在凄凉的树荫下，不理会时间的消逝。假如你们曾经见过较好的日子，假如你们曾经到过鸣钟召集礼拜的地方，假如你们曾经参加过上流人的宴会，假如你们曾经揩过你们眼皮上的泪水，懂得怜悯和被怜悯的，那么让我的温文的态度格外感动你们，我抱着这样的希望，惭愧地藏好我的剑。

公　爵　我们确曾见过好日子，曾经被神圣的钟声召集到教堂里去，参加过上流人的宴会，从我们的眼上揩去过被神圣的怜悯所感动而流下的眼泪。所以你不妨和和气气地坐下来，凡是我们可以帮忙满足你需要的地方，一定愿意效劳。

奥兰多　那么请你们暂时不要把东西吃掉，我就去像一只母鹿一样找寻我的小鹿，把食物喂给他吃。有一位可怜的老人家，全然出于好心，跟着我一跷一拐地走了许多疲乏的路，双重的劳瘁，他的高龄和饥饿累倒了他。除非等他饱餐了之后，我决不接触一口食物。

公　爵　快去找他，我们绝对不把东西吃掉，等着你回来。

奥兰多　谢谢！愿您好心有好报！（下）

公　爵　你们可以看到不幸的不只是我们，这个广大的宇宙的舞台上，还有比我们所演出的更悲惨的场景呢。

杰克斯　全世界是一个舞台，所有的男男女女不过是一些演员。他们都有下场的时候，也都有上场的时候。一个人的一生中扮演着好几个角色，他的表演可以分为七个时期。最初是婴孩，在保姆的怀中啼哭呕吐。然后是背着书包、满脸红光的学童，像蜗牛一样慢腾腾地拖着脚步，不情愿地呜咽着上学堂。然后是情人，像炉灶一样叹着气，写了一首悲哀的诗歌咏着他恋人的眉毛。然后是一个军人，满口发着古怪的誓，胡须长得像豹子一样，爱惜着名誉，动不动就要打架，在炮口上寻求着泡沫一样的荣名。然后是法官，胖胖圆圆的肚子塞满了阉鸡，凛然的眼光，整洁的胡须，满嘴都是格言和老生常谈。他这样扮了他的一个角色。第六个时期变成了精瘦的趿着拖鞋的龙钟老叟，鼻子上架着眼镜，腰边悬着钱袋。他那年轻时候节省下来的长袜子套在他皱瘪的小腿上显得宽大异常。他那琅琅的男子的口音又变成了孩子似的尖声，像是吹着风笛和哨子。终结着这段古怪的多事的历史的最后一场，是孩提时代的再现，全然的遗忘，没有牙齿，没有眼睛，没有口味，没有一切。

奥兰多背亚丹重上。

公　爵　欢迎！放下你背上那位可敬的老人家，让他吃东西吧。

奥兰多　我代他向您竭诚道谢。

亚　丹　您真该代我道谢；我简直不能为自己向您开口道谢呢。

公　爵　欢迎，请用吧。我还不会马上就来打扰你，问你的遭遇。给我们奏些音乐。贤卿，你唱吧。

阿米恩斯　（唱）

不惧冬风凛冽，
风威远难逮及
　人世之寡情；
其为气也虽厉，
其牙尚非甚锐，
　风体本无形。
嘻嘻乎！且向冬青歌一曲：
友交皆虚妄，恩爱痴人逐。
　嘻嘻乎冬青！
　可乐唯此生。

不愁冱天冰雪，
其寒尚难逮及
　受施而忘恩；

风皱满池碧水，
利刺尚难遽比
　捐旧之友人。
噫嘻乎！且向冬青歌一曲：
友交皆虚妄，恩爱痴人逐。
　噫嘻乎冬青！
　可乐唯此生。

公　爵　照你刚才悄声老老实实告诉我，你说你是好罗兰爵士的儿子，我看你的相貌也真的十分像他。如果不是假的，那么我真心欢迎你到这儿来。我便是敬爱你父亲的那个公爵。关于你其他的遭遇，到我的洞里来告诉我吧。好老人家，我们欢迎你像欢迎你的主人一样。搀扶着他。把你的手给我，让我明白你们一切的经过。（众下）

# 第 三 幕

## 第一场 宫中一室

弗雷特里克公爵、奥列佛、众臣及侍从等上。

弗雷特里克 以后没有见过他！哼，哼，不见得吧。倘不是因为仁慈在我的心里占了上风，有着你在眼前，我尽可以不必找一个不在的人出气的。可是你留心着吧，不论你的兄弟在什么地方，都得去给我找来。点起灯笼去寻访吧，在一年之内，要把他不论死活找到，否则你不用再在我们的领土上生活了。你的土地和一切你自命为属于你的东西，值得没收的我们都要没收，除非等你能够凭着你兄弟的招供洗刷去我们对你的怀疑。

奥列佛 求殿下明鉴！我从来就不曾喜欢过我的兄弟。

弗雷特里克 这可见你更是个坏人。好，把他赶出去，吩咐官吏把他的房屋土地没收。赶快把这事办好，叫他滚蛋。（众下）

## 第二场 亚登森林

奥兰多携纸上。

奥兰多 悬在这里吧，我的诗，证明我的爱情：

　你三重王冠的夜间的女王，请临视，
从苍白的昊天，用你那贞洁的眼睛，
　那支配我生命的，你那猎伴的名字。
啊，罗瑟琳！这些树林将是我的书册，
　我要在一片片树皮上镂刻下相思，
好让每一个来到此间的林中游客，
　任何处见得到颂赞她美德的言辞。
走，走，奥兰多；去在每株树上刻着伊，
那美好的、幽娴的、无可比拟的人。（下）

柯林及试金石上。

柯　林　您喜欢不喜欢这种牧人的生活，试金石先生？

试金石　说老实话，牧人，按照这种生活的本身说起来，倒是一种很好的生活。可是按照这是一种牧人的生活说起来，那就毫不足取了。照它的清静而论，我很喜欢这种生活。可是照它的寂寞而论，实在是一种很坏的生活。看到这种生活是在田间，很使我满意。可是看到它不是在宫廷里，那简直很无聊。你瞧，这是一种很经济的生活，因此倒怪合我的脾胃。可是它未免太寒碜了，因此我过不来。你懂不懂得一点哲学，牧人？

柯　林　我只知道这一点儿，一个人越是害病，他越是不舒服。钱财、资本和知足，是人们缺少不来的三位好朋友。雨湿淋衣，火旺烧柴。好牧场产肥羊，天黑是因为没有了太阳。生来愚笨怪祖父，学而不慧师之惰。

试金石　这样一个人是天生的哲学家了。有没有到过宫廷里，牧人？

柯　林　没有，不瞒您说。

试金石　那么你这人就该死了。

柯　林　我希望不至于吧？

试金石　真的，你这人该死，就像一个煎得不好的一面焦的鸡蛋。

柯　林　因为没有到过宫廷里吗？请问您的理由。

试金石　喏，要是你从来没有到过宫廷里，你就不曾见过好礼貌。要是你从来没有见过好礼貌，你的举止一定很坏。坏人就是有罪的人，有罪的人就该死。你的情形很危险呢，牧人。

柯　林　一点不，试金石。在宫廷里算作好礼貌的，在乡野里就会变成可笑，正像乡下人的行为一到了宫廷里就显得寒碜一样。您对我说过你们在宫廷里并不打躬作揖，却是要吻手。要是宫廷里的老爷们都是牧人，那么这种礼貌就要嫌太龌龊了。

试金石　有什么证据？简单地说。来，说出理由来。

柯　林　喏，我们的手常常要去碰着母羊。它们的毛，您知道，是很油腻的。

试金石　嘿，廷臣们的手上不是也要出汗的吗？羊身上的脂肪比起人身上的汗腻来，不是一样干净的吗？浅薄！浅薄！说出一个好一点的理由来，说吧。

柯　林　而且，我们的手很粗糙。

试金石　那么，你们的嘴唇格外容易感到它们。还是浅薄！再说一个充分一点的理由，说吧。

柯　林　我们的手在给羊们包扎伤处的时候总是涂满了焦油，您要我们跟焦油接吻吗？宫廷里的老爷们手上都是涂着麝香的。

试金石　浅薄不堪的家伙！把你跟一块好肉比起来，你简直是一块给蛆虫吃的臭肉！用心听聪明人的教训吧，麝香是一只猫身上流出来的龌龊东西，它的来源比焦油脏得多呢。把你的理由修正修正吧，牧人。

柯　林　您太会讲话了，我说不过您，我不说了。

试金石　你就甘心该死吗？上帝保佑你，浅薄的人！上帝把你好好针砭一下！你太不懂世事了。

柯　林　先生，我是一个地道的干活的，我用自己的力量换饭吃换衣服穿。不跟别人结怨，也不妒羡别人的福气，瞧着人家得意我也高兴，自己倒了霉就自宽自解，我的最大的骄傲就是瞧我的母羊吃草，我的羔羊啜奶。

试金石　这又是你的一桩因为傻气而造下的孽，你把母羊和公羊拉拢在一起，靠着它们的配对来维持你的生活。给挂铃的羊当龟奴，替一头歪脖子的老王八公羊把才一岁的雌儿骗诱失身，也不想到合配不合配。要是你不会因此而下地狱，那么魔鬼也没有人给他牧羊了。我想不出你有什么豁免的希望。

柯　林　盖尼米德大官人来了，他是我的新主妇的哥哥。

罗瑟琳读一张字纸上。

罗瑟琳

从东印度到西印度找遍奇珍，
没有一颗珠玉比得上罗瑟琳。
她的名声随着好风播满诸城，
整个世界都在仰慕着罗瑟琳。
画工描摹下一幅幅倩影真真，
都要黯然无色一见了罗瑟琳。
任何的相貌都不用铭记在心，
单单牢记住了美丽的罗瑟琳。

试金石　我可以给您这样凑韵下去凑它整整的八年，吃饭和睡觉的时间除外。这好像是一连串上市去卖奶油的好大娘。

罗瑟琳　啐，傻子！

试金石 试一下看：

要是公鹿找不到母鹿很伤心，
不妨叫它前去寻找那罗瑟琳。
倘说是没有一只猫儿不叫春，
心同此情有谁能责怪罗瑟琳？
冬天的衣裳棉花应该衬得温，
免得冻坏了娇怯怯的罗瑟琳。
割下的田禾必须捆得端端整，
一车的禾捆上装着个罗瑟琳。
最甜蜜的果子皮儿酸痛了唇，
这种果子的名字便是罗瑟琳。
有谁看见了玫瑰花开香喷喷，
留心着爱情的棘刺和罗瑟琳。

这简直是胡扯的歪诗，您怎么也会给这种东西沾上了呢？

罗瑟琳 别多嘴，你这傻瓜！我在一株树上找到它们的。

试金石 真的，这株树生的果子太坏。

罗瑟琳 那我就把它和你接种在一起，把它和爱乱缠的枸杞接种在一起，这样它就是地里最早的果子了。因为你没等半熟就会烂掉的，这正是爱乱缠的枸杞的特点。

西莉霞读一张字纸上。

罗瑟琳 静些！我的妹妹读着些什么来了，站旁边去。

西莉霞

为什么这里是一片荒碛？
　因为没有人居住吗？不然，
我要叫每株树长起喉舌，
　吐露出温文尔雅的语言；
或是慨叹着生命一何短，
　匆匆跑完了游子的行程，
只须把手掌轻轻翻个转，
　便早已终结人们的一生；
或是感怀着旧盟今已冷，

同心的契友忘却了故交；
但我要把最好树枝选定，
缀附在每行诗句的末梢，
罗瑟琳三个字小名美妙，
向普世的读者遍告周知。
莫看她苗条的一身娇小，
宇宙间的精华尽萃于兹；
造物当时曾向自然诏示，
吩咐把所有的绝世姿才，
向纤纤一躯中合炉熔制，
累天工费去不少的安排：
负心的海伦醉人的脸蛋，
克莉奥佩特拉威仪丰容。
阿塔兰忒的柳腰儿款摆，
鲁克丽西娅的节操贞松：
劳动起玉殿上诸天仙众，
造成这十全十美罗瑟琳；
荟萃了各式的妍媚万种，
选出一副俊脸目秀精神。
上天给她这般恩赐优渥，
我命该终身做她的臣仆。

罗瑟琳 啊，最温柔的宣教师！您的恋爱的说教啰唆得叫您的教民听了厌烦，可是您却也不喊一声：“请耐心一点，好人们。”

西莉霞 啊！朋友们，退后去！牧人，稍微走开一点。跟他去，小子。

试金石 来，牧人，让我们堂堂退却，大小箱笼都不带，只带一个头陀袋。

（柯林、试金石下）

西莉霞 你有没有听见这种诗句？

罗瑟琳 啊，是的，我都听见了。还不仅于此，有些诗句里的韵脚多得拖都拖不动。

西莉霞 那没关系，多出的脚可以拖着诗走。

罗瑟琳 不错，但是这些脚自己就不是四平八稳的，没有诗韵简直寸步难行。

所以很蹩脚。

西莉霞　但是你听见你的名字被人家悬挂起来，还刻在这种树上，不觉得奇怪吗？

罗瑟琳　人家说一件奇事过了九天便不足为奇，在你没有来之前，我已经过来第七天了。瞧，这是我在一株棕榈树上找到的。自从毕达哥拉斯的时候以来，我从不曾被人这样用诗句咒过。那时我是一只爱尔兰的老鼠，现在简直记也记不起来了。

西莉霞　你想这是谁干的？

罗瑟琳　是个男人吗？

西莉霞　而且有一根链条，是你从前带过的，套在他的颈上。你脸红了吗？

罗瑟琳　请你告诉我是谁？

西莉霞　主啊！主啊！朋友们见面真不容易；可是两座高山也许会被地震搬了家而碰头。

罗瑟琳　哎，但是究竟是谁呀？

西莉霞　真的猜不出来吗？

罗瑟琳　哎，我使劲地央求你告诉我他是谁。

西莉霞　奇怪啊！奇怪啊！奇怪到无可再奇怪的奇怪！奇怪而又奇怪！说不出来的奇怪！

罗瑟琳　我要脸红起来了！你以为我打扮得像个男人，就会在精神上也穿起男装来吗？你再耽延一刻不再说出来，就要累我在汪洋大海里做茫茫的探索了。请你快快告诉我他是谁，不要吞吞吐吐。我倒希望你是个口吃的，那么你也许会把这个保守着秘密的名字不期然而然地打你嘴里吐出来，就像酒从狭口的瓶里倒出来一样，不是一点都倒不出，就是一下子出来了许多。求求你拔去你嘴里的塞子，让我饮着你的消息吧。

西莉霞　那么你要把那人一口气吞下肚子里去是不是？

罗瑟琳　他是上帝造下来的吗？是个什么样子的人？他的头戴上一顶帽子显不显得寒碜？他的下巴留着一把胡须像不像样？

西莉霞　不，他只有一点点儿胡须。

罗瑟琳　哦，要是这家伙知道好歹，上帝会再给他一些的。要是你立刻就告诉我他的下巴是怎么一个样子，我愿意等候他长起须来。

西莉霞　他就是年轻的奥兰多，一下子把那拳师的脚跟和你的心一起绊跌了个跟头的。

罗瑟琳　哎，取笑人的让魔鬼抓了去。像一个老老实实的好姑娘似的，规规矩矩说吧。

西莉霞　真的，姐姐，是他。

罗瑟琳　奥兰多？

西莉霞　奥兰多。

罗瑟琳　哎哟！我这一身大衫短裤该怎么办呢？你看见他的时候他在做些什么？他说些什么？他瞧上去怎样？他穿着些什么？他为什么到这儿来？他问起我吗？他住在哪儿？他怎样跟你分别的？你什么时候再去看他？用一个字回答我。

西莉霞　你一定先要给我向卡冈都亚借一张嘴来才行。像我们这时代的人，一张嘴里是装不下这么大的一个字的。要是一句句都用“是”和“不”回答起来，也比考问教理还麻烦呢。

罗瑟琳　可是他知道我在这林子里，打扮做男人的样子吗？他是不是跟摔跤的那天一样有精神？

西莉霞　回答情人的问题，就像数微尘的粒数一般为难。你好好听我讲我怎样找到他的情形，静静地体味着吧。我看见他在一株树底下，像一颗落下来的橡果。

罗瑟琳　树上会落下这样果子来，那真可以说是神树了。

西莉霞　好小姐，听我说。

罗瑟琳　讲下去。

西莉霞　他直挺挺地躺在那儿，像一个受伤的骑士。

罗瑟琳　虽然这种样子有点可怜相，可是地上躺着这样一个人，倒也是很合适的。

西莉霞　喊你的舌头停步吧，它简直随处乱跳。他穿得像个猎人。

罗瑟琳　哎哟，糟了！他要来猎取我的心了。

西莉霞　我唱歌的时候不要别人和着唱，你缠得我弄错拍子了。

罗瑟琳　你不知道我是个女人吗？我心里想到什么，便要说出口来。好人，说下去吧。

西莉霞　你已经打断了我的话头。且慢！他不是来了吗？

罗瑟琳　是他，我们躲在一旁瞧着他吧。

奥兰多及杰克斯上。

杰克斯 多谢相陪。可是说老实话，我倒是喜欢一个人清静些。

奥兰多 我也是这样。可是为了礼貌的关系，我多谢您的陪伴。

杰克斯 上帝和您同在！让我们越少见面越好。

奥兰多 我希望我们还是不要相识的好。

杰克斯 请您别再在树皮上写情诗糟蹋树木了。

奥兰多 请您别再用难听的声调念我的诗，把它们糟蹋了。

杰克斯 您的情人的名字是罗瑟琳吗？

奥兰多 正是。

杰克斯 我不喜欢她的名字。

奥兰多 她取名的时候，并没有打算要您喜欢。

杰克斯 她的身材怎样？

奥兰多 恰恰够得到我的心头那样高。

杰克斯 您惯会说俏皮的回答。您是不是跟金匠们的妻子有点儿交情，因此把戒指上的警句都默记下来了？

奥兰多 不，我都是用彩画的挂帷上的话儿来回答您。您的问题也是从那儿学来的。

杰克斯 您的口才很敏捷，我想是用阿塔兰忒的脚跟做成的。我们一块儿坐下来好不好？我们两人要把世界痛骂一顿，大发一下牢骚。

奥兰多 我不愿责骂世上的有生之伦，除了我自己；因为我知道自己的错处最明白。

杰克斯 您的最坏的错处就是要恋爱。

奥兰多 我不愿把这个错处来换取您的最好的美德。您真叫我腻烦。

杰克斯 说老实话，我遇见您的时候，本来是在找一个傻子。

奥兰多 他掉在溪水里淹死了，您向水里一望，就可以瞧见他。

杰克斯 我只瞧见我自己的影子。

奥兰多 那我以为倘不是个傻子，定然是个废物。

杰克斯 我不想再跟您在一起了。再见，多情的公子。

奥兰多 我巴不得您走。再会，忧愁的先生。（杰克斯下）

罗瑟琳 我要像一个无礼的小厮一样去向他说话，跟他捣捣乱。听见我的话了吗，树林里的人？

奥兰多　很好，你有什么话说？

罗瑟琳　请问现在是几点钟？

奥兰多　你应该问我现在是什么时辰，树林里哪来的钟？

罗瑟琳　那么树林里也不会有真心的情人了。否则每分钟的叹气，每点钟的呻吟，该会像时钟一样计算出时间的懒懒的脚步来的。

奥兰多　为什么不说时间的快步呢？那样说不对吗？

罗瑟琳　不对，先生。时间对于各种人有各种的步法。我可以告诉你时间对于谁是走慢步的，对于谁是跨着细步走的，对于谁是奔着走的，对于谁是立定不动的。

奥兰多　请问他对于谁是跨着细步走的？

罗瑟琳　呃，对于一个订了婚还没有成礼的姑娘，时间是跨着细步有气无力地走着的。即使这中间只有一星期，也似乎有七年那样难过。

奥兰多　对于谁时间是走着慢步的？

罗瑟琳　对于一个不懂拉丁文的牧师，或是一个不害痛风的富翁，一个因为不能读书而睡得很酣畅，一个因为没有痛苦而活得很高兴。一个可以不必辛辛苦苦地钻研，一个不知道有贫穷的艰困。对于这种人，时间是走着慢步的。

奥兰多　对于谁他是奔着走的？

罗瑟琳　对于一个上绞架的贼子。因为虽然他尽力放慢脚步，他还是觉得到得太快了。

奥兰多　对于谁他是静止不动的？

罗瑟琳　对于在休假中的律师，因为他们在前后开庭的时期之间，完全昏睡过去，觉不到时间的移动。

奥兰多　可爱的少年，你住在哪儿？

罗瑟琳　跟这位牧羊姑娘，我的妹妹，住在这儿的树林边，就像裙子的花边一样。

奥兰多　你是本地人吗？

罗瑟琳　跟那只你看见的兔子一样，它的住处就是它生长的地方。

奥兰多　住在这种穷乡僻壤，你的谈吐却很高雅。

罗瑟琳　好多人都曾经这样说我，其实是因为我有一个修行的老伯父，他本来是在城市里生长的，是他教导我讲话。他曾经在宫廷里闹过恋爱，因此很懂得交际的门槛。我曾经听他发过许多反对恋爱的议论。多谢上帝，我不是个女人，不会犯到他所归咎于一般女性的那许多心性轻浮的罪恶。

奥兰多　你记不记得他所说的女人的罪恶当中主要的几桩？

罗瑟琳　没有什么主要不主要的。跟两个铜子相比一样，全差不多。每一件过失似乎都十分严重，可是立刻又有一件出来可以赛过它。

奥兰多　请你说几件看。

罗瑟琳　不，我的药是只给病人吃的。这座树林里常常有一个人来往，在我们的嫩树皮上刻满了“罗瑟琳”的名字，把树木糟蹋得不成样子。山楂树上挂起了诗篇，荆棘枝上吊悬着哀歌，说来说去都是把罗瑟琳的名字捧作神明。要是我碰见了那个卖弄风情的家伙，我一定要好好给他一番教训，因为他似乎害着相思病。

奥兰多　我就是那个给爱情折磨的他。请你告诉我你有什么医治的方法。

罗瑟琳　我伯父所说的那种记号在你身上全找不出来，他曾经告诉我怎样可以看出来一个人是在恋爱着，我可以断定你一定不是那个草扎的笼中的囚人。

奥兰多　什么是他所说的那种记号呢？

罗瑟琳　一张瘦瘦的脸庞，你没有。一双眼圈发黑的凹陷的眼睛，你没有。一副懒得跟人家交谈的神气，你没有。一脸忘记了修薙的胡子，你没有。可是那我可以原谅你，因为你的胡子本来就像小兄弟的产业一样少得可怜。而且你的袜子上应当是不套袜带的，你的帽子上应当是不结帽纽的，你的袖口的纽扣应当是脱开的，你的鞋子上的带子应当是松散的，你身上的每一处都要表示出一种不经心的疏懒。可是你却不是这样一个人。你把自己打扮得这么齐整，瞧你倒有点顾影自怜，全不像在爱着什么人。

奥兰多　美貌的少年，我希望我能使你相信我是在恋爱。

罗瑟琳　我相信！你还是叫你的爱人相信吧。我可以断定，她即使容易相信你，她嘴里也是不肯承认的。这也是女人们不老实的一点。可是说老实话，你真的便是把恭维着罗瑟琳的诗句悬挂在树上的那家伙吗？

奥兰多　少年，我凭着罗瑟琳的玉手向你起誓，我就是他，那个不幸的他。

罗瑟琳　可是你真的像你诗上所说的那样热恋着吗？

奥兰多　什么也不能表达我的爱情的深切。

罗瑟琳　爱情不过是一种疯狂。我对你说，有了爱情的人，是应该像对待一个疯子一样，把他关在黑屋子里用鞭子抽一顿的。那么为什么他们不用这种处罚的方法来医治爱情呢？因为那种疯病是极其平常的，就是拿鞭子的人也在恋爱哩。可是我有医治它的法子。

奥兰多　你曾经医治过什么人吗？

罗瑟琳　是的，医治过一个。法子是这样的：他假想我是他的爱人，他的情妇，我叫他每天都来向我求爱；那时我是一个善变的少年，便一会儿伤心，一会儿温存，一会儿翻脸，一会儿思慕，一会儿欢喜；骄傲、古怪、刁钻、浅薄、轻浮，有时满眼的泪，有时满脸的笑。什么情感都来一点儿，但没有一种是真切的，就像大多数的孩子们和女人们一样。有时欢喜他，有时讨厌他，有时讨好他，有时冷淡他，有时为他哭泣，有时把他唾弃。我这样把我这位求爱者从疯狂的爱逼到整个疯狂起来，以至于抛弃人世，做起隐士来了。我用这种方法治好了他，我也可以用这种方法把你的心肝洗得干干净净，像一颗没有毛病的羊心一样，再没有一点爱情的痕迹。

奥兰多　我不愿意治好，少年。

罗瑟琳　我可以把你治好，假如你把我叫作罗瑟琳，每天到我的草屋里来向我求爱。

奥兰多　凭着我的恋爱的真诚，我愿意。告诉我你住在什么地方。

罗瑟琳　跟我去，我可以指点给你看；一路上你也要告诉我你住在林中的什么地方。去吗？

奥兰多　很好，好孩子。

罗瑟琳　不，你一定要叫我罗瑟琳。来，妹妹，我们去吧。（同下）

## 第三场　林中的另一部分

试金石及奥德蕾上；杰克斯随后。

试金石　快来，好奥德蕾，我去把你的山羊赶来。怎样，奥德蕾？我还不曾是你的好人吗？我这副粗鲁的神气你中意吗？

奥德蕾　您的神气！天老爷保佑我们！什么神气？

试金石　我陪着你和你的山羊在这里，就像那最会梦想的诗人奥维德在一群哥特人中间一样。

杰克斯 （旁白）唉，学问装在这么一副躯壳里，比乔武住在草棚里更坏！

试金石 要是一个人写的诗不能叫人懂，他的才情不能叫人理解，那比之小客栈里开出一张大账单来还要命。真的，我希望神们把你变得诗意一点。

奥德蕾 我不懂得什么叫作“诗意一点”。那是一句好话，一件好事情吗？那是诚实的吗？

试金石 老实说，不，因为最真实的诗是最虚妄的。情人们都富于诗意，他们在诗里发的誓，可以说都是情人们的假话。

奥德蕾 那么，您愿意天老爷把我变得诗意一点吗？

试金石 是的，不错。因为你发誓说你是贞洁的，假如你是个诗人，我就可以希望你说的是假话了。

奥德蕾 您不愿意我贞洁吗？

试金石 对了，除非你生得难看。因为贞洁跟美貌碰在一起，就像在糖里再加蜜。

杰克斯 （旁白）好一个有见识的傻瓜！

奥德蕾 好，我生得不好看，因此我求求天老爷让我贞洁吧。

试金石 真的，把贞洁丢给一个丑陋的懒女人，就像把一块好肉盛在龌龊的盆子里。

奥德蕾 我不是个懒女人，虽然我谢谢天老爷我是丑陋的。

试金石 好吧，感谢天老爷把丑陋赏给了你！懒惰也许会跟着来的。可是不管这些，我一定要跟你结婚；为了这事我已经去见过邻村的牧师奥列佛·马坦克斯特师傅，他已经答应在这儿树林里会我，给我们配对。

杰克斯 （旁白）我倒要瞧瞧这场热闹。

奥德蕾 好，天老爷保佑我们快活吧！

试金石 阿门！倘使是一个胆小的人，也许不敢贸然从事。因为这儿没有庙宇，只有树林，没有宾众，只有一些出角的畜生。但这有什么要紧呢？放出勇气来！角虽然讨厌，却也是少不来的。人家说：“许多人有数不清的家私。”对了，许多人也有数不清的好角。好在那是他老婆陪嫁来的妆奁，不是他自己弄到手的。出角吗？有什么要紧？只有苦命人才出角吗？不，不，最高贵的鹿和最寒碜的鹿长的角一样大呢。那么，单身汉便算是好福气吗？不，城市总比乡村好些，已婚者隆起的额角，也要比未婚者平坦的额角体面得多。懂得几手击剑法的，总比一点不会的好些，因此有角也总比没角强。奥列佛师傅来啦。

奥列佛·马坦克斯特师傅上。

试金石　奥列佛·马坦克斯特师傅，您来得巧极了。您是就在这树下替我们把事情办了呢，还是让我们跟您到您的教堂里去？

马坦克斯特　这儿没有人可以把这女人做主嫁出去吗？

试金石　我不要别人把她布施给我。

马坦克斯特　真的，她一定要有人做主许嫁，否则这种婚姻便不合法。

杰克斯　（上前）进行下去，进行下去；我可以把她许嫁。

试金石　晚安，某某先生，您好，先生？欢迎欢迎！上次多蒙照顾，不胜感激。我很高兴看见您。我现在有一点点儿小事，先生。哎，请戴上帽子。

杰克斯　你要结婚了吗，傻瓜？

试金石　先生，牛有轭，马有勒，猎鹰腿上挂金铃，人非木石岂无情？鸽子也要亲个嘴儿；女大当嫁，男大当婚。

杰克斯　像你这样有教养的人，却愿意在一棵树底下像叫花子那样成亲吗？到教堂里去，找一位可以告诉你们婚姻的意义的好牧师。要是让这个家伙把你们像钉墙板似的钉在一起，你们中间总有一个人会像没有晒干的木板一样干缩起来，越变越弯的。

试金石　（旁白）我倒以为让他给我主婚比别人好一点，因为瞧他的样子是不会像像样样地主持婚礼的。假如结婚结得草率一些，以后我可以借口抛弃我的妻子。

杰克斯　你跟我来，让我指教指教你。

试金石　来，好奥德蕾。我们一定得结婚，否则我们只好通奸。

再见，好奥列佛师傅，不是

亲爱的奥列佛！
勇敢的奥列佛！
请你不要把我丢弃；

而是

走开去，奥列佛！
滚开去，奥列佛！
我们不要你行婚礼。（杰克斯、试金石、奥德蕾同下）

马坦克斯特　不要紧，这一批荒唐的浑蛋谁也不能讥笑掉我的饭碗。（下）

## 第四场　林中的另一部分

罗瑟琳及西莉霞上。

罗瑟琳　请别跟我讲话，我一定要哭。

西莉霞　你就哭吧，可是你还得想一想男人是不该流眼泪的。

罗瑟琳　但我岂不是有应该哭的理由吗？

西莉霞　理由是再充分也没有的了，所以你哭吧。

罗瑟琳　瞧他头发的颜色，就可以看出来他是个坏东西。

西莉霞　比犹大的头发颜色略微深些，他的接吻就是犹大一脉相传下来的。

罗瑟琳　凭良心说一句，他的头发颜色很好。

西莉霞　那颜色好极了，栗色是最好的颜色。

罗瑟琳　他的接吻神圣得就像圣餐面包触到唇边一样。

西莉霞　他买来了一对狄安娜用过的嘴唇，一个凛若冰霜的尼姑也不会吻得像他那样虔诚，他的嘴唇里就有着冷冰冰的贞洁。

罗瑟琳　可是他为什么发誓说今天早上要来，却偏偏不来呢？

西莉霞　不用说，他这人没有半分真心。

罗瑟琳　你是这样想吗？

西莉霞　是的。我想他不是个扒手，也不是个盗马贼。可是要说起他的爱情的真不真来，那么我想他就像一个盖好了的空杯子，或是一枚蛀空了的硬壳果一样空心。

罗瑟琳　他的恋爱不是真心吗？

西莉霞　他在恋爱的时候，是真心的。可是我以为他并不在恋爱。

罗瑟琳　你不是听见他发誓说他的的确确在恋爱吗？

西莉霞　从前说是，现在却不一定是。而且情人们发的誓，是和堂倌嘴里的话一样靠不住的，他们都是惯报虚账的家伙。他在这树林子里跟公爵你的父亲在一块儿呢。

罗瑟琳　昨天我碰见公爵，跟他谈了好久。他问我的父母是怎样的人，我对他说，我的父母跟他一样高贵；他大笑着让我走了。可是我们现在有像奥兰多这么一个人，还要谈父亲做什么呢？

西莉霞　啊，好一个出色的人！他写得一手好诗，讲得一口漂亮话，发着动听的誓，再堂而皇之地毁了誓，同时碎了他情人的心。正如一个拙劣的枪手，骑在马上一面歪，像一只好鹅一样把他的枪杆折断了。但是年轻人凭着血气和痴劲做出来的事，总是很出色的。谁来了？

柯林上。

柯　林　姑娘和大官人，你们不是常常问起那个害相思病的牧人，那天你们不是看见他和我坐在草地上，称赞着他的情人，那个盛气凌人的牧羊女吗？

西莉霞　嗯，他怎样啦？

柯　林　要是你们想看一本认真扮演的好戏，一面是因为情痴而容颜惨白，一面是因为傲慢而满脸绯红。只要稍走几步路，我可以领你们去，看一个痛快。

罗瑟琳　啊！来，让我们去吧。在恋爱中的人，欢喜看人家相恋。带我们去看；我将要在他们的戏文里当一名重要的角色。（同下）

## 第五场　林中的另一部分

西尔维斯及菲琵上。

西尔维斯　亲爱的菲琵，不要讥笑我。请不要，菲琵！您可以说您不爱我，但不要说得那样狠。习惯于杀人的硬心肠的刽子手，在把斧头向低俯的颈项上劈下的时候也要先说一声对不起。难道您会比这种靠着流血为生的人心肠还硬吗？

罗瑟琳、西莉霞及柯林自后上。

菲　琵　我不愿做你的刽子手，我逃避你，因为我不愿伤害你。你对我说我的眼睛会杀人，这种话当然说得很好听，很动人。眼睛本来是最柔弱的东西，一见了些微尘就会胆小得关起门来，居然也会给人叫作暴君、屠夫和凶手！现在我使劲地翻起白眼瞧着你。假如我的眼睛能够伤人，那么让它们把你杀死了吧，现在你可以假装晕过去了啊。嘿，现在你可以倒下去了呀。假如你并不倒下去，哼！羞啊，羞啊，你可别再胡说，说我的眼睛是凶手了。现在你且把我的眼睛加在你身上的伤痕拿出来看。单单用一枚针儿划了一下，也会有一点疤痕。握着一根灯芯草，你的手掌上也会有一刻留着痕迹。可是我的眼光现在向你投射，却不曾伤了你，我相信眼睛里是绝没有可以伤人的力量的。

西尔维斯 啊，亲爱的菲琵，要是有一天，也许那一天就近在眼前，您在谁清秀的脸庞上看出了爱情的力量，那时您就会感觉到爱情的利箭所加在您心上的无形的创伤了。

菲 琵 可是在那一天没有到来之前，你不要走近我吧。如果有那一天，那么你可以用你的讥笑来凌虐我，却不用可怜我。因为不到那时候，我总不会可怜你的。

罗瑟琳 （上前）为什么呢，请问？谁是你的母亲，生下了你来，把这个不幸的人这般侮辱，如此欺凌？你生得不漂亮，老实说，我看你还是晚上不用点蜡烛就钻到被窝里去的好，难道就该这样骄傲而无情吗？怎么，这是什么意思？你望着我做什么？我瞧你不过是一件天生的粗货罢了。他妈的！我想她要打算迷住我哩。不，老实说，骄傲的姑娘，你别做梦吧！凭着你的墨水一样的眉毛，你的乌丝一样的头发，你的黑玻璃球一样的眼睛，或是你的乳脂一样的脸庞，可不能叫我为你倾倒呀。你这蠢牧人，干吗你要追随着她，像是挟着雾雨而俱来的南风？你是比她漂亮一千倍的男人。都是因为有了你们这种傻瓜，世上才有那许多难看的孩子。叫她得意的是你的恭维，不是她的镜子。听了你的话，她便觉得她自己比她本来的容貌美得多了。可是，姑娘，你自己得放明白些。跪下来，斋戒谢天，赐给你这么好的一个爱人。我得向你耳边讲句体己的话，有买主的时候赶快卖去了吧。你不是到处都有销路的。求求这位大哥恕了你，爱他，接受他的好意。生得丑再要瞧人不起人，那才是其丑无比了。好，牧人，你拿了她去。再见吧。

菲 琵 可爱的青年，请您把我骂一整年吧。我宁愿听您的骂，不要听这人的恭维。

罗瑟琳 他爱上了她的丑样子，她爱上了我的怒气。倘使真有这种事，那么她一扮起了怒容来答复你，我便会把刻薄的话去治她。你为什么这样瞧着我？

菲 琵 我对您没有怀着恶意呀。

罗瑟琳 请你不要爱我吧，我这人是比醉后发的誓更靠不住的。而且我又不喜欢你。要是你想知道我家在何处，请到这儿附近的那簇橄榄树的地方来寻访好了。我们去吧，妹妹。牧人，着力追求她。来，妹妹。牧女，待他好一点儿，别那么骄傲。整个世界上生眼睛的人，都不会像他那样把你当作天仙的。来，瞧我们的羊群去。（罗瑟琳、西莉霞、柯林同下）

菲　琵　过去的诗人，现在我明白了你的话果然是真：“哪个情人不是一见就钟情？”

西尔维斯　亲爱的菲琵！菲　琵　啊！你怎么说，西尔维斯？

西尔维斯　亲爱的菲琵，可怜我吧！

菲　琵　唉，我为你伤心呢，温柔的西尔维斯。

西尔维斯　同情之后，必有安慰。要是您见我因为爱情而伤心而同情我，那么只要把您的爱给我，您就可以不用再同情，我也无须再伤心了。

菲　琵　你已经得到我的爱了，咱们不是像邻居那么要好着吗？

西尔维斯　我要的是您。

菲　琵　啊，那就是贪心了。西尔维斯，从前我讨厌你，可是现在我也不是对你有什么爱情。不过你既然讲爱情讲得那么好，我本来是讨厌跟你在一起的，现在我可以忍受你了。我还有事儿要差遣你呢，可是除了你自己因为供我差遣而感到的欣喜以外，可不用希望我还会用什么来答谢你。

西尔维斯　我的爱情是这样圣洁而完整，我又是这样不蒙眷顾，因此只要能够拾些人家收获过后留下来的残穗，我也以为是一次最丰富的收成了。随时略微给我一个不经意的微笑，我就可以靠着它活命。

菲　琵　你认刚才对我讲话的那个少年吗？

西尔维斯　不大熟悉，但我常常遇见他。他已经把本来属于那个老头儿的草屋和地产都买下来了。

菲　琵　不要以为我爱他，虽然我问起他。他只是个淘气的孩子，可是倒很会讲话。但是空话我理它做什么？然而说话的人要是能够讨听话的人欢喜，那么空话也是很好的。他是个标致的青年，不算顶标致。当然他是太骄傲了，然而他的骄傲很配他。他长起来倒是一个漂亮的男人，顶好的地方就是他的脸色。他的舌头刚刚得罪了人，用眼睛一瞟就补偿过来了。他的个儿不很高，然而照他的年纪说起来也就够高。他的腿不过如此，但也还好。他的嘴唇红得很美，比他那张白脸上掺和着的红色更烂熟更浓艳，一个是大红，一个是粉红。西尔维斯，有些女人假如也像我一样向他这么评头论足起来，一定会马上爱上他的。可是我呢，我不爱他，也不恨他。然而，我有应该格外恨他的理由。凭什么他要骂我呢？

他说我的眼珠黑，我的头发黑。现在我记起来了，他嘲笑着我呢。我不懂怎么我不还骂他。但那没有关系，不声不响并不就是善罢甘休。我要写一封辱骂的信给他，你可以给我带去。你肯不肯，西尔维斯？

西尔维斯　菲琵，那是我再愿意不过的了。

菲　琵　我就写去，这件事情盘绕在我的心头，我要简简单单地把他挖苦一下。跟我去，西尔维斯。（同下）

# 第 四 幕

## 第一场 亚登森林

罗瑟琳、西莉霞及杰克斯上。

杰克斯 可爱的少年，请你许我跟你结识结识。

罗瑟琳 他们说你是个多愁的人。

杰克斯 是的，我喜欢发愁不喜欢笑。

罗瑟琳 这两件事各趋极端，都会叫人讨厌，比之醉汉更容易招一般人的指摘。

杰克斯 发发愁不说话，有什么不好？

罗瑟琳 那么何不做一根木头呢？

杰克斯 我没有学者那种争强好胜的忧愁，也没有音乐家那胡思乱想的忧愁，也没有官员们那种装威作福的忧愁，也没有军人们那种侵权夺利的忧愁，也没有律师们那种卖狡弄狯的忧愁，也没有女人们那种吹毛求疵的忧愁，也没有情人们那种集上面一切之大成的忧愁。我的忧愁全然是我独有的，它是由各种成分组成的，是从许多事物中提炼出来的，是我旅行中所得到的各种观感，因为不断地沉思，使我充满了一种十分古怪的悲哀。

罗瑟琳 是一个旅行家吗？噢，那你就有应该悲哀的理由了。我想你多半是卖去了自己的田地去看别人的田地。看见的这么多，自己却一无所有。眼睛是看饱了，两手却是空空的。

杰克斯 是的，我已经得到了我的经验。

罗瑟琳 而你的经验使你悲哀。我宁愿叫一个傻瓜来逗我发笑，不愿叫经验来使我悲哀，而且还要到各处旅行去找它！

奥兰多上。

奥兰多 早安，亲爱的罗瑟琳！

杰克斯 要是你要念起诗来，那么我可要少陪了。（下。）

罗瑟琳 再会，旅行家先生。你该打起些南腔北调，穿了些奇装异服，瞧不起本国的一切好处，厌恶你的故乡，简直要怨恨上帝干吗不给你生一副外国人的相貌，否则我可不能相信你曾经在威尼斯荡过艇子。啊，怎么，奥兰多！你这些时都在哪儿？你算是一个情人？要是你再对我来这么一套，你可再不用来见我了。

奥兰多　我的好罗瑟琳，我来得不过迟了一小时还不满。

罗瑟琳　误了一小时的情人的约会！谁要是把一分钟分作了一千分，而在恋爱上误了一千分之一分钟的几分之一的约会，这种人人家也许会说丘比特曾经拍过他的肩膀，可是我敢说他的心是不曾中过爱神之箭的。

奥兰多　原谅我吧，亲爱的罗瑟琳！

罗瑟琳　哼，要是你再这样慢腾腾的，以后不用再来见我了，我宁愿让一只蜗牛向我献殷勤的。

奥兰多　一只蜗牛！

罗瑟琳　对了，一只蜗牛；因为他虽然走得慢，可是却把他的屋子顶在头上，我想这是一份比你所能给予一个女人的更好的家产，而且他还随身带着他的命运哩。

奥兰多　那是什么？

罗瑟琳　嘿，角呀；那正是你所要谢谢你的妻子的，可是他却自己随身带了它做武器，免得人家说他妻子的坏话。

奥兰多　贤德的女子不会叫她丈夫当王八，我的罗瑟琳是贤德的。

罗瑟琳　我是你的罗瑟琳吗？

西莉霞　他喜欢这样叫你，可是他有一个长得比你漂亮的罗瑟琳哩。

罗瑟琳　来，向我求婚，向我求婚，我现在很高兴，多半会答应你。假如我真是你的罗瑟琳，你现在要向我说些什么话？

奥兰多　我要在没有说话之前先接个吻。

罗瑟琳　不，你最好先说话，等到所有的话都说完了，想不出什么来的时候，你就可以趁此接吻。善于演说的人，当他们一时无话可说之际，他们会吐一口痰。情人们呢，上帝保佑我们！倘使缺少了说话的资料，接吻是最便当的补救办法。

奥兰多　假如她不肯让我吻她呢？

罗瑟琳　那么她就使得你向她请求，这样又有了新的话题了。

奥兰多　谁见了他的心爱的情人会说不出话来呢？

罗瑟琳 哼，假如我是你的情人，你就会说不出话来。我不是你的罗瑟琳吗？

奥兰多 我很愿意把你当作罗瑟琳，因为这样我就可以讲着她了。

罗瑟琳 好，我代表她说我不愿接受你。

奥兰多 那么，我代表我自己说我要死去。

罗瑟琳 不，真的，还是请个人代死吧。这个可怜的世界差不多有六千年的岁数了，可是从来不曾有过一个人亲自殉情而死。特洛伊罗斯是被一个希腊人的棍棒砸出了脑浆的。可是在这以前他就已经寻过死，而他是一个模范的情人。即使希罗当了尼姑，里昂德也会活下去活了好多年的，倘不是因为一个酷热的仲夏之夜。因为好孩子，他本来只是要到赫勒斯滂海峡里去洗个澡的，可是在水中抽起筋来，因而淹死了。那时代的愚蠢的史家却说他是为了塞斯托斯的希罗而死。这些全都是谎言，人们一代一代地死去，他们的尸体都给蛆虫吃了，可是决不会为爱情而死的。

奥兰多 我不愿我的真正的罗瑟琳也有这样的想法，因为我可以发誓说她只要皱一皱眉头就会把我杀死。

罗瑟琳 我凭着此手发誓，那是连一只苍蝇也杀不死的。但是来吧，现在我要做你的一个乖乖的罗瑟琳；你向我要求什么，我一定给你。

奥兰多 那么爱我吧，罗瑟琳！

罗瑟琳 好，我就爱你，星期五、星期六以及一切的日子。

奥兰多 你肯接受我吗？

罗瑟琳 肯的，我肯接受像你这样二十个男人。

奥兰多 你怎么说？

罗瑟琳 你不是个好人吗？

奥兰多 我希望是的。

罗瑟琳 那么好的东西会嫌太多吗？来，妹妹，你要扮做牧师，给我们主婚。把你的手给我，奥兰多。你怎么说，妹妹？

奥兰多 请你给我们主婚。

西莉霞 我不会说。

罗瑟琳 你应当这样开始：“奥兰多，你愿不愿？”

西莉霞 好吧。奥兰多，你愿不愿娶这个罗瑟琳为妻？

奥兰多 我愿意。

罗瑟琳 嗯，但是什么时候才娶呢？

奥兰多　当然就在现在哪呀，只要她能替我们完成婚礼。

罗瑟琳　那么你必须说："罗瑟琳，我娶你为妻。"

奥兰多　罗瑟琳，我娶你为妻。

罗瑟琳　我本来可以问你凭着什么来娶我的，可是奥兰多，我愿意接受你做我的丈夫。这丫头等不到牧师问起，就随口说出来了。真的，女人的思想总是比行动跑得更快。

奥兰多　一切的思想都是这样，它们是生着翅膀的。

罗瑟琳　现在你告诉我你占有了她之后，打算保留多久？

奥兰多　永久，再加上一天。

罗瑟琳　说一天，不用说永久。不，不，奥兰多，男人们在未婚的时候是四月天，结婚的时候是十二月天。姑娘们做姑娘的时候是五月天，一做了妻子，季候便改变了。我要比一只巴巴里雄鸽对待它的雌鸽格外多疑地对待你。我要比下雨前的鹦鹉格外吵闹，比猢狲格外弃旧怜新，比猴子格外反复无常。我要在你高兴的时候像喷泉上的狄安娜女神雕像一样无端哭泣。我要在你想睡的时候像土狼一样纵声大笑。

奥兰多　但是我的罗瑟琳会做出这种事来吗？

罗瑟琳　我可以发誓她会像我一样做出来的。

奥兰多　啊！但是她是个聪明人哩。

罗瑟琳　她倘不聪明，怎么有本领做这等事？越是聪明，越是淘气。假如用一扇门把一个女人的才情关起来，它会从窗子里钻出来的。关了窗，它会从钥匙孔里钻出来的。塞住了钥匙孔，它会跟着一道烟从烟囱里飞出来的。

奥兰多　男人娶到了这种有才情的老婆，就难免要感慨"才情才情，看你横行到什么地方"了。

罗瑟琳　不，你可以把那句骂人的话留起来，等你瞧见你妻子的才情爬上了你邻人的床上去的时候再说。

奥兰多　那时这位多才的妻子又将用怎样的才情来辩解呢？

罗瑟琳　呃，她会说她是到那儿找你去的。你捉住她，她总有话好说，除非你把她的舌头割掉。唉！要是一个女人不会把她的错处推到她男人的身上去，那种女人千万不要让她抚养她自己的孩子，因为她会把他抚养成一个傻子的。

奥兰多　罗瑟琳，这两小时我要离开你。

罗瑟琳　唉！爱人，我两小时都缺不了你哪。

奥兰多　我一定要陪公爵吃饭去，到两点钟我就会回来。

罗瑟琳　好，你去吧，你去吧！我知道你会变成怎样的人。我的朋友们这样对我说过，我也这样相信着，你是用你那种花言巧语来把我骗上手的。不过又是一个给人丢弃的罢了。好，死就死吧！你说是两点钟吗？

奥兰多　是的，亲爱的罗瑟琳。

罗瑟琳　凭着良心，一本正经，上帝保佑我，我可以向你起一切无关紧要的誓，要是你失了一点点儿的约，或是比约定的时间来迟了一分钟，我就要把你当作在一大堆无义的人们中间一个最可怜的背信者、最空心的情人，最不配被你叫作罗瑟琳的那人所爱的。所以，留心我的责骂，守你的约吧。

奥兰多　我一定恪遵，就像你真是我的罗瑟琳一样。好，再见。

罗瑟琳　好，时间是审判一切这一类罪人的老法官，让他来审判吧。再见。（奥兰多下）

西莉霞　你在你那种情话中间简直是侮辱我们女性。我们一定要把你的衫裤揭到你的头上，让全世界的人看看鸟儿怎样作践了她自己的巢。

罗瑟琳　啊，小妹妹，小妹妹，我的可爱的小妹妹，你要是知道我是爱得多么深！可是我的爱是无从测计深度的，因为它有一个高深莫测的底，像葡萄牙海湾一样。

西莉霞　或者不如说是没有底的吧，你刚把你的爱倒进去，它就漏了出来。

罗瑟琳　不，维纳斯的那个坏蛋私生子，那个因为忧郁而怀孕，因为冲动而受胎，因为疯狂而诞生的。那个瞎眼的坏孩子，因为自己没有眼睛而把每个人的眼睛都欺蒙了的。让他来判断我是爱得多么深吧。我告诉你，爱莲娜，我不看见奥兰多便活不下去。我要找一处树荫，去到那儿长吁短叹地等着他回来。

西莉霞　我要去睡一觉。（同下）

## 第二场　林中的另一部分

杰克斯、众臣及林居人等上。

杰克斯 是谁把鹿杀死的？

臣 甲 先生，是我。

杰克斯 让我们引他去见公爵，像一个罗马的凯旋将军一样。顶好把鹿角插在他头上，表示胜利的光荣。林居人，你们没有个应景的歌儿吗？

林居人 有的，先生。

杰克斯 那么唱起来吧，不要管它调子怎样，只要可以热闹热闹就是了。

林居人 （唱）

杀鹿的人好幸福，
穿它的皮顶它角。
唱个歌儿送送他。（众和）
顶了鹿角莫讥笑，
古时便已当冠帽；
你的祖父戴过它，
你的阿爹顶过它；
鹿角鹿角壮而美，
你们取笑真不对。（众下）

## 第三场 林中的另一部分

罗瑟琳及西莉霞上。

罗瑟琳 你现在怎么说？不是过了两点钟了吗？这儿哪见有什么奥兰多！

西莉霞 我对你说，他怀着纯洁的爱情和忧虑的头脑，带了弓箭出去睡觉去了。瞧，谁来了。

西尔维斯上。

西尔维斯 我奉命来见您，美貌的少年，我的温柔的菲琵要我把这信送给您。（将信交罗瑟琳）里面说的什么话我不知道，但是照她写这封信的时候那发怒的神气看来，多半是一些气恼的话。原谅我，我只是个不知情的送信人。

罗瑟琳 （阅信）最有耐性的人见了这封信也要暴跳如雷，是可忍，孰不可忍！她说我不漂亮，说我没有礼貌，说我骄傲，说即使男人像凤凰那样稀罕，她也不会爱我。天哪！我并不曾要追求她的爱，她为什么写这种话给我呢？好，牧人，好，这封信是你捣的鬼。

西尔维斯　不，我发誓我不知道里面写些什么，这封信是菲琵写的。

罗瑟琳　算了吧，算了吧，你是个傻瓜，为了爱情颠倒到这等地步。我看见过她的手，她的手就像一块牛皮那样粗糙，一块沙石那样颜色。我以为她戴着一副旧手套，哪知道原来就是她的手，她有一双做粗活的手，但这可不用管它。我说她从来不曾想过写这封信，这是男人出的花样，是一个男人的笔迹。

西尔维斯　真的，那是她的笔迹。

罗瑟琳　嘿，这是粗暴的凶狠的口气，全然是挑战的口气。嘿，她就像土耳其人向基督徒那样向我挑战呢。女人家的温柔的头脑里，决不会想出这种恣睢暴戾的念头来。这种狠恶的字句，含着比字面更狠恶的用意。你要不要听听这封信？

西尔维斯　假如您愿意，请您念给我听听吧。因为我还不曾听到过它呢；虽然关于菲琵的凶狠的话，倒已经听了不少了。

罗瑟琳　她要向我撒野呢。听那只雌老虎怎样写法：（读）

你是不是天神的化身，
来燃烧一个少女的心？

女人会这样骂人吗？

西尔维斯　您把这种话叫作骂人吗？

罗瑟琳　（读）

撇下了你神圣的殿堂，
虐弄一个痴心的姑娘？

你听见过这种骂人的话吗？

人们的眼睛向我求爱，
从不曾给我丝毫损害。

意思说我是个畜生。

你一双美目中的轻蔑，
倘能勾起我这般情热；
唉！假如你能青眼相加，
我更将怎样意乱如麻！
你一边骂，我一边爱你；

你倘求我，我何事不依？
代我传达情意的来使，
并不知道我这段心事；
让他带下了你的回报，
告诉我你的青春年少，
肯不肯接受我的奉献，
把我的一切听你调遣；
否则就请把拒绝明言，
我准备一死了却情缘。

西尔维斯　您把这叫作骂吗？

西莉霞　唉，可怜的牧人！

罗瑟琳　你可怜她吗？不，她是不值得怜悯的。你会爱这种女人吗？嘿，利用你作工具，那样玩弄你！怎么受得住！好，你到她那儿去吧，因为我知道爱情已经把你变成一条驯服的蛇了。你去对她说："要是她爱我，我吩咐她爱你；要是她不肯爱你，那么我决不要她，除非你代她恳求。假如你是个真心的恋人，去吧，别说一句话。瞧，又有人来了。"（西尔维斯下。）

奥列佛上。

奥列佛　早安，两位。请问你们知不知道在这座树林的边界有一所用橄榄树围绕着的羊栏？

西莉霞　在这儿的西面，附近的山谷之下，从那微语喃喃的泉水旁边那一列柳树的地方向右出发，便可以到那边去。但现在那边只有一所空屋，没有人在里面。

奥列佛　假如听了人家嘴里的叙述便可以用眼睛认识出来，那么你们的模样正是我所听到说起的，穿着这样的衣服，这样的年纪："那少年生得很俊，面孔像个女人，行为举动像是老大姐似的。那女人是矮矮的，比她的哥哥黝黑些。"你们就是我所正要寻访的那屋子的主人吗？

西莉霞　既蒙下问，那么我们说我们正是那屋子的主人，也不算是自己的夸口了。

奥列佛　奥兰多要我向你们两位致意，这一方染着血迹的手帕，他叫我送给他称为他的罗瑟琳的那位少年。您就是他吗？

罗瑟琳 正是。这是什么意思呢?

奥列佛 说起来徒增我的惭愧,假如你们要知道我是谁,这一方手帕怎样、为什么、在哪里沾上这些血迹。

西莉霞 请您说吧。

奥列佛 年轻的奥兰多上次跟你们分别的时候,曾经答应过在两小时之内回来。他正在林中漫步,品味着爱情的甜蜜和苦涩,瞧,什么事发生了!他把眼睛向旁边一望,听着,他看见了些什么东西,在一株满覆着苍苔的秃顶的老橡树之下,有一个不幸的衣衫褴褛须发蓬松的人仰面睡着;一条金绿的蛇缠在他的头上,正预备把它的头敏捷地伸进他的张开的嘴里去,可是突然看见了奥兰多,它便松了开来,婉蜒地溜进林莽中去了;在那林荫下有一头乳房干瘪的母狮,头贴着地蹲伏着,像猫一样注视这睡着的人的动静,因为那畜生有一种高贵的素性,不会去侵犯瞧上去似乎已经死了的东西。奥兰多一见了这情形,便走到那人的面前,一看却是他的兄长,他的大哥。

西莉霞 啊!我听见他说起过那个哥哥,他说他是一个再伤天害理不过的。

奥列佛 他很可以那样说,因为我知道他确是伤天害理的。

罗瑟琳 但是我们说奥兰多吧,他把他丢在那儿,让他给那饿狮吃了吗?

奥列佛 他两次转身想走,可是善心比复仇更高贵,天性克服了他的私怨,使他去和那母狮格斗,很快地那狮子便倒在了他面前。我听见了搏击的声音,就从苦恼的瞌睡中醒过来了。

西莉霞 你就是他的哥哥吗?

罗瑟琳 他救的便是你吗?

西莉霞 老是设计谋害他的便是你吗?

奥列佛 那是从前的我,不是现在的我。我现在已经变了个新的人了,因此我可以不惭愧地告诉你们我从前的为人。

罗瑟琳 可是那块血渍的手帕是怎样来的?

奥列佛 别性急。那时我们两人述叙着彼此的经历,以及我到这荒野里来的原委,一面说一面眼泪流个不停。简单地说,他把我领去见那善良的公爵,公爵赏给我新衣服穿,款待着我,吩咐我的弟弟照应我。于是他立刻带我到他的洞里去,脱下衣服来,一看臂上给母狮抓去了一块肉,血不停地流着,那时他便晕了过去,嘴里还念着罗瑟琳的名字。简单地说,我把他救醒过来，裹好了他的伤口。略过些时，他精神恢复了，便叫我这个陌生人到这儿来把这件事通知你们，请你们原谅他的失约。这一方手帕在他的血里浸过，他要我交给他戏称为罗瑟琳的那位青年牧人。（罗瑟琳晕过去）

西莉霞 呀，怎么啦，盖尼米德！亲爱的盖尼米德！

奥列佛 有好多人一见了血便要发晕。

西莉霞 还有其他的缘故哩。哥哥！盖尼米德！

奥列佛 瞧，他醒过来了。

罗瑟琳 我要回家去。

西莉霞 我们可以陪着你去。请您扶着他的臂膀好不好？

奥列佛 提起精神来，孩子。你算是个男人吗？你太没有男子气了。

罗瑟琳 一点不错，我承认。啊，好小子！人家会觉得我假装得很像哩。请您告诉令弟我假装得多么像。哎哟！

奥列佛 这不是假装。你的脸色已经有了太清楚的证明，这是出于真情的。

罗瑟琳 告诉您吧，真的是假装的。

奥列佛 好吧，那么振作起来，假装个男人样子吧。

罗瑟琳 我正在假装着呢。可是凭良心说，我理该是个女人。

西莉霞 来，你瞧上去脸色越变越白了，回家去吧。好先生，陪我们去吧。

奥列佛 好的，因为我必须把你怎样原谅舍弟的回音带回去呢，罗瑟琳。

罗瑟琳 我会想出些什么来的。但是我请您就把我的假装的样子告诉他吧。我们走吧。（同下）

# 第　五　幕

## 第一场　亚登森林

试金石及奥德蕾上。

试金石　咱们总会找到一个时间的，奥德蕾，耐心点吧，温柔的奥德蕾。

奥德蕾　那位老先生虽然这么说，其实这个牧师也很好呀。

试金石　顶坏不过的奥列佛师傅，奥德蕾；顶不好的马坦克斯特。但是，奥德蕾，林子里有一个年轻人要向你求婚呢。

奥德蕾　嗯，我知道他是谁，他跟我全没有关涉。你说起的那个人来了。

威廉上。

试金石　看见一个村汉对我来说是家常便饭。凭良心说话，我们这辈聪明人真是作孽不浅；我们总是忍不住要寻寻人家的开心。

威　廉　晚安，奥德蕾。

奥德蕾　你晚安哪，威廉。

威　廉　晚安，先生。

试金石　晚安，好朋友。把帽子戴上了，把帽子戴上了。请不用客气，把帽子戴上了。你多大年纪了，朋友？

威　廉　二十五了，先生。

试金石　正是妙龄。你名叫威廉吗？

威　廉　威廉，先生。

试金石　一个好名字。是生在这林子里的吗？

威　廉　是的，先生，我感谢上帝。

试金石　“感谢上帝”。很好的回答。很有钱吗？

威　廉　呃，先生，不过如此。

试金石　“不过如此”，很好很好，好得很。可是也不算怎么好，不过如此而已。你聪明吗？

威　廉　呃，先生，我还算聪明。

试金石　啊，你说得很好。我现在记起一句话来了："傻子自以为聪明，但聪明人知道他自己是个傻子。"异教的哲学家想要吃一颗葡萄的时候，便张开嘴唇来，把它放进嘴里去。那意思是表示葡萄是生下来给人吃，嘴唇是生下来要张开的。你爱这姑娘吗？

威　廉　是的，先生。

试金石　把你的手给我。你有学问吗？

威　廉　没有，先生。

试金石　那么让我教训你："有者有也。"修辞学上有这么一个譬喻，把酒从杯子里倒在碗里，一个满了，那一个便要落空。写文章的人大家都承认"彼"即是他；好，你不是彼，因为我是他。

威　廉　哪一个他，先生？

试金石　先生，就是要跟这个女人结婚的他。所以，你这村夫，莫——那在俗话里就是不要——与此妇——那在土话里就是和这个女人——交游——那在普通话里就是来往；合拢来说，莫与此妇交游，否则，村夫，你就要毁灭；或者让你容易明白些，你就要死；那就是说，我要杀死你，把你干掉，叫你活不成，让你当奴才。我要用毒药毒死你，一顿棒子打死你，或者用钢刀捅死你；我要跟你打架；我要想出计策来打倒你；我要用一百五十种法子杀死你；所以赶快发着抖滚吧。

奥德蕾　你快去吧，好威廉。

威　廉　上帝保佑您快活，先生。（下）

柯林上。

柯　林　我们的大官人和小娘子找着你哪，来，走啊！走啊！

试金石　走，奥德蕾！走，奥德蕾！我就来，我就来。（同下）

## 第二场　林中的另一部分

奥兰多及奥列佛上。

奥兰多　你跟她相识得这么浅便会喜欢起她来了吗？一看见了她，便会爱起她来了吗？一爱了她，便会求起婚来了吗？一求了婚，她便会答应了你吗？你一定要得到她吗？

奥列佛　这件事进行得匆促，她的贫穷，相识得不久，我突然的求婚和她突然的允许，这些你都不用怀疑。只要你承认我是爱着爱莲娜的，承认她是爱着我的，允许我们两人的结合，这样你也会有好处。因为我愿意把我父亲老罗兰爵士的房屋和一切收入都让给你，我自己在这里终生做一个牧人。

奥兰多　你可以得到我的允许。你们的婚礼就在明天举行吧，我可以去把公爵和他的一切乐天的从者都请来。你去吩咐爱莲娜预备一切。瞧，我的罗瑟琳来了。

罗瑟琳上。

罗瑟琳　上帝保佑你，哥哥。

奥列佛　也保佑你，好妹妹。（下）

罗瑟琳　啊！我的亲爱的奥兰多，我瞧见你把你的心裹在绷带里，我是多么难过呀。

奥兰多　那是我的臂膀。

罗瑟琳　我以为是你的心给狮子抓伤了。

奥兰多　它的确是受了伤了，但却是给一位姑娘的眼睛伤害了的。

罗瑟琳　你的哥哥有没有告诉你当他把你的手帕给我看的时候，我假装晕去了的情形？

奥兰多　是的，而且还有更奇怪的事情呢。

罗瑟琳　噢！我知道你说的是什么。歇，那倒是真的。从来不曾有过这么快的事情，除了两头公羊的打架和恺撒那句“我来，我看见，我征服”的傲语。令兄和舍妹刚见了面，便大家瞧起来了，一瞧便相爱了，一相爱便叹气了，一叹气便彼此问为的是什么，一知道了为的是什么，便要想补救的办法，这样一步一步地踏到了结婚的阶段，不久他们便要成其好事了，否则他们等不到结婚便要放肆起来的。他们简直爱得慌了，一定要在一块儿，用棒子也打不散他们。

奥兰多　他们明天便要成婚，我就要去请公爵参加婚礼。但是，唉！从别人的眼中看见幸福，多么令人烦闷。明天我越是想到我的哥哥满足了心愿多么快活，我便将越是伤心。

罗瑟琳　难道我明天不能仍旧充做你的罗瑟琳了吗？

奥兰多　我不能老是靠着幻想而生存了。

罗瑟琳　那么，我不再用空话来叫你心烦了。告诉你吧，现在我不是说着玩儿，我知道你是一个有见识的上等人。我并不是因为希望你赞美我的本领而恭维你，我要使你相信我的话，也不是图自己的名气，只是为着你的好处。假如你肯相信，那么我告诉你，我会行奇迹。从三岁时候起我就和一个术士结识，他的法术非常高深，可是并不作恶害人。要是你爱罗瑟琳真是爱得那么深，就像你瞧上去的那样，那么你哥哥和爱莲娜结婚的时候，你就可以和她结婚。我知道她现在的处境是多么不幸，只要你没有什么不方便，我一定能够明天叫她亲自出现在你的面前，一点没有危险。

奥兰多　你说的是真话吗？

罗瑟琳　我以生命为誓，我说的是真话。虽然我说我是个术士，可是我很重视我的生命呢。所以你得穿上你最好的衣服，邀请你的朋友们来，只要你愿意在明天结婚，你一定可以结婚。和罗瑟琳结婚，要是你愿意。瞧，我的一个爱人和她的一个爱人来了。

西尔维斯及菲琵上。

菲　琵　少年人，你很对我不起，把我写给你的信宣布了出来。

罗瑟琳　要是我把它宣布了，我也不管，我存心要对你傲慢不客气。你背后跟着一个忠心的牧人，瞧着他吧，爱他吧，他崇拜着你哩。

菲　琵　好牧人，告诉这个少年人恋爱是怎样的。

西尔维斯　它是充满了叹息和眼泪的，我正是这样爱着菲琵。

菲　琵　我也是这样爱着盖尼米德。

奥兰多　我也是这样爱着罗瑟琳。

罗瑟琳　我可是一个女人也不爱。

西尔维斯　它是全然的忠心和服务，我正是这样爱着菲琵。

菲　琵　我也是这样爱着盖尼米德。

奥兰多　我也是这样爱着罗瑟琳。

罗瑟琳　我可是一个女人也不爱。

西尔维斯　它是全然的空想，全然的热情，全然的愿望，全然的崇拜、恭顺和尊敬，全然的谦卑，全然的忍耐和焦心，全然的纯洁，全然的磨炼，全然的服从，我正是这样爱着菲琵。

菲　琵　我也是这样爱着盖尼米德。

奥兰多　我也是这样爱着罗瑟琳。

罗瑟琳　我可是一个女人也不爱。

菲　琵　（向罗瑟琳）假如真是这样，那么你为什么责备我爱你呢？

西尔维斯　（向菲琵）假如真是这样，那么你为什么责备我爱你呢？

奥兰多　假如真是这样，那么你为什么责备我爱你呢？

罗瑟琳　你在向谁说话：“你为什么责备我爱你呢？”

奥兰多　向那不在这里，也听不见我说话的她。

罗瑟琳　请你们别再说下去了吧，这简直像是一群爱尔兰的狼向着月亮嗥叫。（向西尔维斯）要是我能够，我一定帮助你。（向菲琵）要是我有可能，我一定会爱你。明天大家来和我相会。（向菲琵）假如我会跟女人结婚，我一定跟你结婚。我要在明天结婚了。（向奥兰多）假如我会使男人满足，我一定使你满足。你要在明天结婚了。（向西尔维斯）假如使你喜欢的东西能使你满意，我一定使你满意。你要在明天结婚了。（向奥兰多）你既然爱罗瑟琳，请你赴约。（向西尔维斯）你既然爱菲琵，请你赴约。我既然不爱什么女人，我也赴约。现在再见吧；我已经吩咐过你们了。

西尔维斯　只要我活着，我一定不失约。

菲　琵　我也不失约。

奥兰多　我也不失约。（各下）

## 第三场　林中的另一部分

试金石及奥德蕾上。

试金石　明天是快乐的好日子，奥德蕾，明天我们要结婚了。

奥德蕾　我满心盼望着呢，我希望盼望出嫁并不是一个不正当的愿望。有两个老公爵的童儿来了。

二童上。

童　甲　遇见得巧啊，好先生。

试金石　巧得很，巧得很。来，请坐，请坐，唱个歌儿。

童　乙　遵命遵命。居中坐下吧。

童　甲　一副坏喉咙未唱之前，总少不了来些老套子，例如咳嗽吐痰或是说嗓子有点儿哑了之类；我们还是免了这些，马上唱起来怎样？

童　乙　好的，好的，两人齐声同唱，就像两个吉普赛人骑在一匹马上。

**歌**

一对情人并着肩，
　哎哟哎哟哎哎哟，
走过了青青稻麦田，
　春天是最好的结婚季节，
听嘤嘤歌唱枝头鸟，
爱人们最爱春光好。

小麦青青大麦鲜，
　哎哟哎哟哎哎哟，
乡女村男交颈儿眠，
　春天是最好的结婚季节，
听嘤嘤歌唱枝头鸟，
爱人们最爱春光好。

新歌一曲意缠绵，
　哎哟哎哟哎哎哟，
人生美满像好花妍，
　春天是最好的结婚季节，
听嘤嘤歌唱枝头鸟，
爱人们最爱春光好。

劝君莫负艳阳天，
　哎哟哎哟哎哎哟，
恩爱欢娱要趁少年，
　春天是最好的结婚季节，
听嘤嘤歌唱枝头鸟，
爱人们最爱春光好。

试金石　老实说，年轻的先生们，这首歌词固然没有多大意思，那调子却也很不入调。

童　甲　您弄错了，先生；我们是照着板眼唱的，一拍也没有漏过。

试金石　凭良心说，我来听这么一首傻气的歌儿，真算是白糟蹋了时间。上帝和你们同在，上帝把你们的喉咙补补好吧！来，奥德蕾。（各下）

## 第四场　林中的另一部分

老公爵、阿米恩斯、杰克斯、奥兰多、奥列佛及西莉霞同上。

公　爵　奥兰多，你相信那孩子果真有他所说的那种本领吗？

奥兰多　我有时相信，有时不相信。就像那些因恐结果无望而心中惴惴的人，一面希望一面担着心事。

罗瑟琳、西尔维斯及菲琵上。

罗瑟琳　再请耐心听我说一遍我们所约定的条件。（向公爵）您不是说，假如我把您的罗瑟琳带了来，您愿意把她赏给这位奥兰多做妻子吗？

公　爵　即使再要我把几个王国作为陪嫁，我也愿意。

罗瑟琳　（向奥兰多）您不是说，假如我带了她来，您愿意娶她吗？

奥兰多　即使我是统治万国的君王，我也愿意。

罗瑟琳　（向菲琵）您不是说，假如我愿意，您便愿意嫁给我吗？

菲　琵　即使我在一小时后就要一命呜呼，我也愿意。

罗瑟琳　但是假如您不愿意嫁给我，您不是要嫁给这位忠心无比的牧人吗？

菲　琵　是这样约定着。

罗瑟琳　（向西尔维斯）您不是说，假如菲琵愿意，您便愿意娶她吗？

西尔维斯　即使娶了她等于送死，我也愿意。

罗瑟琳　我答应要把这一切事情安排得好好的。公爵，请您守约许嫁您的女儿。奥兰多，请您守约娶他的女儿。菲琵，请您守约嫁给我，假如不肯嫁给我，便得嫁给这位牧人。西尔维斯，请您守约娶她，假如她不肯嫁给我，现在我就去给你们解释这些疑惑。（罗瑟琳、西莉霞下。）

公　爵　这个牧童使我记起了我的女儿的相貌，有几分像是她。

奥兰多　殿下，我初次见他的时候，也以为他是郡主的兄弟呢。但是，殿下，这孩子是在林中生长的，他的伯父曾经教过他一些魔术的原理，据说他那伯父是一个隐居在这儿林中的大术士。

试金石及奥德蕾上。

杰克斯　一定又有一次洪水来啦，这一对一对都要准备躲到方舟里去。又来了一对奇怪的畜生，傻瓜是他们公认的名字。

试金石　列位，这厢有礼了！

杰克斯　殿下，请您欢迎他。这就是我在林中常常遇见的那位傻头傻脑的先生，据他说他还出入过宫廷呢。

试金石　要是有人不相信，尽管把我质问好了。我曾经跳过高雅的舞，我曾经恭维过一位贵妇，我曾经向我的朋友要过手腕，跟我的仇家们装亲热，我曾经毁了三个裁缝，闹过四回口角，有一次几乎打出手。

杰克斯　那是怎样闹起来的呢？

试金石　呃，我们碰见了，一查这场争吵是根据着第七个原因。

杰克斯　怎么叫第七个原因？殿下，请您喜欢这个家伙。

公　爵　我很喜欢他。

试金石　上帝保佑您，殿下，我希望您喜欢我。殿下，我挤在这一对对乡村的姐儿郎儿中间到这里来，也是想来宣了誓然后毁誓，让婚姻把我们结合，再让血气把我们拆开。她是个寒碜的姑娘，殿下，样子又难看。可是，殿下，她是我自个儿的，我有一个坏脾气，殿下，人家不要的我偏要。宝贵的贞洁，殿下，就像是住在破屋子里的守财奴，又像是丑蚌壳里的明珠。

公　爵　我说，他倒很伶俐机警呢。

试金石　傻子信口开河逗人乐，都是如此。

杰克斯　但是且说那第七个原因，你怎么知道这场争吵是根据着第七个原因呢？

试金石　因为那是根据着一句经过七次演变后的谎话。把你的身体站端正些，奥德蕾。是这样的，先生：我不喜欢某位廷臣的胡须的式样。他回我说假如我说他的胡须的式样不好，他却自以为很好，这叫作“有礼的驳斥”。假如我再去对他说那式样不好，他就回我说他自己喜欢要这样，这叫作“谦恭的讥刺”。要是再说那式样不好，他便蔑视我的意见，这叫作“粗暴的答复”。要是再说那式样不好，他就回答说我讲得不对：这叫作“大胆的谴责”。要是再说那式样不好，他就要说我说谎，这叫作“挑衅的反攻”。于是就到了“委婉的说谎”和“公然的说谎”。

杰克斯　你说了几次他的胡须式样不好呢？

试金石　我只敢说到“委婉的说谎”为止，他也不敢给我“公然的说谎”。

因此我们较了较剑，便走开了。

杰克斯　你能不能把一句谎话的各种程度按照次序说出来？

试金石　先生啊，我们争吵都是根据着书本的，就像你们有讲礼貌的书一样。我可以把各种程度列举出来。第一，有礼的驳斥；第二，谦恭的讽刺；第三，粗暴的答复；第四，大胆的谴责；第五，挑衅的反攻；第六，委婉的说谎；第七，公然的说谎。除了“公然的说谎”之外，其余的都可以避免。但是“公然的说谎”只要用了“假如”两个字，也就可以一天云散。我知道有一场七个法官都处断不了的争吵。当两造相遇时，其中的一个单单想起了“假如”两字，例如“假如你是这样说的，那么我便是这样说的”，于是两人便彼此握手，结为兄弟了。“假如”是唯一的和事佬。“假如”之为用大矣哉！

杰克斯　殿下，这不是一个很难得的人吗？他什么都懂，然而仍然是一个傻瓜。

公　爵　他把他的傻气当作了藏身的烟幕，在它的荫蔽之下放出他的机智来。

许门领罗瑟琳穿女装及西莉霞上。柔和的音乐。

许　门　天上有喜气融融，
人间万事尽亨通，
　和合无嫌猜。
公爵，接受你女儿，
许门一路带着伊，
　远从天上来；
请你为她做主张，
嫁给她心上情郎。

罗瑟琳　（向公爵）我把我自己交给您，因为我是您的。（向奥兰多）我把我自己交给您，因为我是您的。

公　爵　要是眼前所见的并不是虚假，那么你是我的女儿了。

奥兰多　要是眼前所见的并不是虚假，那么你是我的罗瑟琳了。

菲　琶　要是眼前的情形是真，那么永别了，我的爱人！

罗瑟琳　（向公爵）要是您不是我的父亲，那么我不要有什么父亲。（向奥兰多）要是您不是我的丈夫，那么我不要有什么丈夫。（向菲琶）要是我不跟你结婚，那么我再不跟别的女人结婚。

许　门　请不要喧闹纷纷！

这种种古怪事情，

都得让许门断清。

这里有四对恋人，

说的话儿倘应心，

该携手共缔鸳盟。

你俩患难不相弃，（向奥兰多、罗瑟琳）

你们俩同心永系；（向奥列佛、西莉霞）

你和他宜室宜家，（向菲琵）

再莫恋镜里空花；

你两人形影相从，（向试金石、奥德蕾）

像风雪跟着严冬。

等一曲婚歌奏起，

尽你们寻根觅底，

莫惊讶咄咄怪事，

细想想原来如此。

**歌**

人间添美眷，

　天后爱团圆；

席上同心侣，

　枕边并蒂莲。

不有许门力，

　何缘众庶生？

同声齐赞颂，

　许门最堪称！

公　爵　啊，我的亲爱的侄女！我欢迎你，就像你是我自己的女儿。

菲　琵　（向西尔维斯）我不愿食言，现在你已经是我的，你的忠心使我爱上了你。

贾克斯上。

贾克斯　请听我说一两句话，我是老罗兰爵士的第二个儿子，特意带了消息到这群贤毕集的地方来。弗雷特里克公爵因为听见每天有才智之士投奔到这林中，故此兴起大军，亲自统率，预备前来捉拿他的兄长，把他杀死除害。他到了这座树林的边界，遇见了一位高年的修道士，交谈之下，悔悟前非，便立即停止进兵。同时看破红尘，把他的权位归还给他的被放逐的兄长，一同流亡在外的诸人的土地，也都各还原主。这不是假话，我可以用生命作担保。

公　爵　欢迎，年轻人！你给你的兄弟们送了很好的新婚贺礼来了：一个是他的被扣押的土地；一个是一座绝大的公国，享有着绝对的主权。先让我们在这林中把我们已经在进行的好事办了，然后，在这幸运的一群中，每一个曾经跟着我忍受过艰辛的日子的人，都要按照个人的地位，分享我的恢复了的荣华富贵。现在我们且把这种新近得来的尊荣暂时搁在脑后，举行起我们乡村的狂欢来吧。奏起来，音乐！你们各位新娘新郎，大家欢天喜地的，跳起舞来呀！

杰克斯　先生，恕我冒昧。要是我没有听错，好像您说的是那公爵已经潜心修道，抛弃富贵的宫廷了？

贾克斯　是的。

杰克斯　我这就找他去。从这种悟道者的地方，可以得到一些绝妙的教训。（向公爵）我让你去享受你那从前的光荣吧，那是你的忍耐和德行的报酬。（向奥兰多）你去享受你那用忠心赢得的爱情吧。（向奥列佛）你去享有你的土地、爱人和权势吧。（向西尔维斯）你去享用你那用千辛万苦换来的老婆吧。（向试金石）至于你呢，我让你去口角吧。因为在你的爱情的旅程上，你只带了两个月的粮草。好，大家个人去找个人的快乐，跳舞可不是我的事儿。

公　爵　别走，杰克斯，别走！

杰克斯　我不想看你们的作乐；你们将会得到些什么，我就在被你们遗弃了的山窟中也可以知道的。（下）

公　爵　进行下去吧，开始我们的嘉礼，自始至终谁都是满心的欢喜。（跳舞。众下）

## 收场白

罗瑟琳　叫女人来念收场白，似乎不大合适。可是，那也不见得比叫老爷子来念开场白更不成样子些。要是好酒无须招牌，那么好戏也不必有收场白。可是好酒要用好招牌，好戏倘再加上一段好收场白，岂不更好？那么，我现在的情形是怎样的呢？既然不会念一段好收场白，又不能用一出好戏来讨好你们，我并不穿得像个叫花子一样，因此我不能向你们求乞，我的唯一的法子是恳请。我要先向女人们恳请。女人们啊！为了你们对于男子的爱情，请你们尽量地喜欢这部戏。男人们啊！为了你们对于女子的爱情，瞧你们那副痴笑的神气，我就知道你们谁都不讨厌她们的，请你们学着女人们的样子，也来喜欢这部戏。假如我是一个女人，你们中间只要谁的胡子生得叫我满意，脸蛋长得讨我欢喜，而且气息也不叫我恶心，我都愿意给他一吻。为了我这种慷慨的奉献，我相信凡是生得一副好胡子、长得一张好脸蛋或是有一口好气息的诸君，当我屈膝致敬的时候，都会向我道别。（下）